大四喜 4 完

文創風 952

瀟瀟清泉 著

目錄

第三十一章

聽了許蘭因的話，長公主愣了一會兒，才不可思議地問道：「妳的意思是，妳是妍丫頭的閨女？妍丫頭沒有死，當初跳江的另有其人，我們又被柴正關和老沈氏騙了？」

許蘭因點點頭，開始從柴清妍想清楚後藉口去娘娘庵燒香茹素，然後偷偷逃跑講起。

「……我會知道我娘的真實身分，還是在小星星去我們家之後。聽了小星星的遭遇，我娘很心疼他，小星星也非常黏我娘。那時，我看他們長得有些像，又那麼親近，還覺得是上天的緣分。我娘雖然喜歡小星星，卻說這麼可愛的孩子丟了，他的爹娘長輩還不得哭死啊，我們不能這樣霸著他。

「小星星由於太小，說不清家裡的人和事，我就給他做了催眠，結果催眠真的起作用了，小星星說他在西山拜過菩薩，又坐車、坐船，還說他叫柴子瀟，有太祖、爹娘、嬤嬤……我便分析他的家在京城，出身於姓柴的大戶人家。

「我娘又仔細看了小星星的長相，突然抱著小星星大哭起來，還對小星星說了些『這裡就是你的家，沒有壞人，奶奶會永遠疼你』之類的話。這以後，我娘就親自帶著小星星吃睡，連給他搽傷口都會心疼落淚，感覺比對我小弟還要好。

「我覺得我娘的情緒太反常，就開始懷疑她跟小星星的身世有關。經過反覆詢問，我娘才跟我吐露了她的真實身分。她算了年齡和時間，說小星星肯定是柴俊的兒子。還讓我找機會打聽打聽，若是小星星回長公主府不安全，我們就永遠養他，小星星就是她的親孫子；若是長公主府的人是真心疼愛小星星，那我們就把孩子還回去。

「其實把小星星還給柴大人，最難過的不是我，而是我娘。她覺得，小星星在她身邊，她就還有一個娘家人，哪怕小星星再小，那也是關心她的娘家人。我爹知道這些事，還是在秦家舅舅和表哥上門認親以後。因為我娘懷疑王翼跟她的偶遇，還有王翼恰巧在成親前爭搶紅牌打死人一事是被人設計的，所以我爹才開始暗中調查老沈氏和北陽長公主府的關係……」許蘭因的話一大半真、一小半假，講得聲情並茂，還特地描述柴子瀟受傷如何嚴重、秦氏如何護理他，以及秦氏如何感念長公主和柴駙馬、柴俊的好。

長公主都聽哭了，其他人也都心酸不已，驚詫人世間竟還有這種際遇。

長公主哭道：「這真是一種緣分啊！瀟哥兒回來後，唸叨最多的是姑姑，第二多的就是許奶奶。妍丫頭心腸好，本宮感謝她。」

柴俊起身，向許慶岩長躬及地，這個禮是給秦氏的。

許蘭因又道：「我娘曾經說過，她將來哪怕恢復身分了，也要隨外祖姓秦，願意叫秦煙。因為，她羞於有那樣一個圖財害命、膽大妄為、惡貫滿盈、不顧親情的父親。所以，我和我娘都不願意我外祖母給柴正關當正妻，柴正關不配！」之後，她又跪下給長公主和柴駙馬磕了三個頭，說道：「還求長公主殿下和大祖父、舅舅、表哥，求你們不要把我娘的真實身分說出來。否則，不止我娘活不下去，我爹和我們三個姊弟也沒有活路了。」

聽她這麼說，許慶岩和秦儒都跪下磕頭，趙無長躬及地。

長公主起身親自把許蘭因扶起來，柴統領和柴俊又把許慶岩和秦儒扶起來。

長公主把許蘭因拉至身邊坐下，拍著她的手說道：「好孩子，本宮也心疼妍丫頭，更感謝她和妳對瀟哥兒的疼惜。我們不是心狠之人，那樣豈不是跟柴正關和老沈氏一樣壞了？妳娘的事我們定會保密。我們再一起想法子，讓北陽和王翼鬆口放過妍丫頭，讓她正大光明地活著。」

柴駙馬和柴統領也頻頻點頭稱是。

柴俊興奮地笑道：「真是太巧了，瀟哥兒嘴裡的『許奶奶』真的是他的姑祖母，他嘴裡的『姑姑』，也真的是他的姑姑！」又對許蘭因和許慶岩笑道：「因妹妹、姑丈。」

他這是確認身分了。許慶岩又起身，給長公主和柴駙馬磕了頭。

長公主又對柴駙馬說道：「那件事卻是耽誤不得，駙馬爺就帶著兒子跟孫子去清理柴家門戶吧。」

柴駙馬不僅是駙馬，也是平南侯，還是京城柴氏一族的族長，平南侯柴家的嫡支及旁支都歸他管。

他起身說道：「柴榮帶著人跟我一起去二房，俊兒去把你三叔和八太祖一起請去二房。」

他們幾人走後，許慶岩等人也起身告辭了。

長公主說道：「你們就回吧。因丫頭是本宮嫡嫡親的姪外孫女，要留下來陪本宮住幾日。」

趙無和許慶岩看看許蘭因，許蘭因衝他們點點頭，他們幾人才告辭回家。

屋裡沒人了，長公主又側頭仔細看著許蘭因。

屋頂吊下四盞琉璃宮燈，牆壁上的四座青玉燭臺上還點著四支蠟燭，把屋裡照得亮如白晝。

許蘭因雙目半垂，任由長公主打量。

稍後，長公主才笑道：「真是個漂亮的孩子！有一些妍丫頭的影子，卻是比她落落大方，也聰慧得多。本宮聽俊兒講了妳給瀟哥兒催眠的事，哎喲，真是太神奇了。若是別人說的，本宮都不信呢！」又笑道：「放心，俊兒特地說了這事要保密，本宮不會說出去的。」

這老太太還挺可愛的，許蘭因笑起來。

長公主又道：「改天妳催眠給本宮看看，本宮很感興趣呢。」

她仔細看了看長公主的神色，說道：「之前聽柴大人說，長公主睡眠不太好，現在好些了嗎？」

長公主嘆道：「之前說瀟哥兒淹死了，本宮氣得大病一場，睡眠就一直不好，前半夜幾乎沒睡著過。後來瀟哥兒回來了，睡眠稍微好些了，但每日也睡不夠兩個時辰，還經常作惡夢，夢到瀟哥兒又丟了，喝安神湯、針灸都不管用。今天出了這麼大的事，肯定又睡不好了。」

長公主的症狀比閔戶的失眠症輕多了，用心理暗示就能夠解決。

許蘭因笑道：「催眠也治失眠症。不過，長公主的症狀還不算嚴重，我先幫您按按腦袋上的穴位、說說話，若不管用，再催眠。」

長公主一直對催眠很感興趣，也一直被睡不好覺折磨著，便笑著答應了。

長公主坐上床，許蘭因給她按摩了一刻鐘後，就讓她平躺在床上，又讓人把屋裡多餘的燭光熄滅，只留遠處的一盞。

屋裡立即暗了下來。

許蘭因坐在床邊，輕聲說道：「請閉上眼睛，心無旁騖，全身放輕鬆，靜靜聽我說……嗯，很好，就這樣……夜已經深了，萬籟俱寂，人們都進入了夢中。您也快睡著了，就要睡著了……」許蘭因的聲音輕緩、單調，像重複的滴水聲或是催眠曲，反覆給她做著心理暗示。

兩刻多鐘後，長公主的呼吸聲綿長起來，她已經睡著了。

許蘭因輕手輕腳地出了正房。看到漫天星辰，影影綽綽的樹竹，遠處飛簷翹角的黑色剪影，再感覺到拂面的夜風冰涼，她提了許久的心才放鬆下來，好似又回到了真實的世界。

也就兩個多時辰，卻經歷了那麼多事。該辦的、不該辦的，都辦了。

一直在外面候著的掌棋過來扶住許蘭因，輕聲說道：「姑娘，往這邊走。」跟著長公主府的丫鬟紅桃去了西跨院。

或許剛才的兩個多時辰讓許蘭因心力交瘁，她洗漱後頭一落枕就睡著了。

許蘭因是被一陣「啾啾」的鳥鳴聲驚醒的。

「什麼時辰了？」

掌棋笑道：「剛剛辰時。奴婢正要來叫姑娘，姑娘就醒了。」

許蘭因由她們服侍著洗漱，又問道：「長公主起來了嗎？」她更想問的是，駙馬爺回來了嗎？

紅桃笑道：「昨天亥時末就睡著了，睡了三個多時辰呢！寧嬤嬤和李嬤嬤走路都帶著笑呢！」

聽說那位大神睡了個好覺，許蘭因又鬆了口氣。她一覺好眠，柴駙馬應該沒有回來打擾她。

梳好頭，又看見丫頭紅桃端進來一個托盤，裡面裝著一個洋漆描金化妝匣、兩支碧玉梅花釵。

紅桃笑道：「這是寧嬤嬤剛拿來的，說玉釵是長公主賞許姑娘的。」親手把玉釵給許蘭因插上，又道：「寧嬤嬤還說，辰時三刻請許姑娘去上房陪長公主用飯。」

一切收拾妥當，許蘭因出了門。天光已經大亮，紅彤彤的朝陽斜掛在東方天際。

長公主好像剛禮了佛，手上轉著念珠，屋子裡也飄盪著一股檀香味。

許蘭因過去給長公主見了禮，就被長公主拉著坐在她旁邊。

許蘭因側頭看了看長公主，笑道：「長公主的精神很好，看著很年輕呢！」

長公主呵呵笑出了聲。「昨兒本宮睡了三個多時辰呢！哎喲，早上一起來就感覺神清氣爽，吸氣都通暢了許多！」

寧嬤嬤在一旁湊趣道：「是呢，奴婢也覺得長公主的臉色紅潤了許多！」

稍早時去前院打探消息的李嬤嬤，此刻回來稟報道：「稟長公主，駙馬爺和老爺、大爺是在今晨寅時末回府的。老爺和大爺已經去上衙了，駙馬爺還歇在外院書房裡。」聲音又小了下來。「聽明管事說，事情很順利，還抓了大夫人院子裡的邱嬤嬤，請長公主殿下放心。」

長公主點點頭，怒道：「必須嚴懲邱婆子，還要讓府裡的下人都去觀刑。她的家人親戚也都賣了，一個都不許留！哼，大膽的奴才，實在可惡！」

許蘭因了然，那個邱嬤嬤應該是老沈氏安插在長公主府裡的耳報神。

早飯已經擺在西側屋的炕几上，長公主和許蘭因坐去炕邊吃早飯。

長公主邊吃邊打量著許蘭因。

許蘭因優雅地吃著，任由她打量。

長公主笑道：「老婆子就是喜歡看漂亮小娘子。因丫頭不止漂亮、聰慧，聲音也好聽，讓人心安。」

許蘭因笑說：「長公主過獎了。」

長公主又道：「怎樣讓妳娘回歸柴家，本宮想到了一個好主意……」

許蘭因的心一下子提了起來。

看到許蘭因緊張的表情，南陽長公主笑起來。「猴兒，看妳嚇的，本宮一直記著妳們的好。」

許蘭因不好意思地笑了笑。

長公主緩緩說著。「我們府歷來人丁不旺。早年，駙馬爺還讓本宮從二房或是三房中過繼個女孩兒來跟前解悶，本宮看了幾個都不滿意，就撂開了這個心思。後來秦慧娘帶著妳娘回京，本宮很喜歡清妍，漂亮、溫柔，又不世故。但駙馬爺不同意，說秦慧娘的嫁妝比整個二房的家產還厚，過繼清妍容易引起誤會……

「一晃二十幾年過去，清妍生了妳這個鬼靈精，妳們又跟瀟哥兒有諸多緣分，多難得啊！因此，本宮又想起了早年那個心思，想著乾脆過繼清妍給本宮當閨女，這樣，她姓柴，還是柴家的閨女，只是從二房閨女變成了長房閨女。」

許蘭因沒想到長公主想出了這樣一個好主意，這無疑解決了秦氏的許多難題。她激動地起身跪在長公主面前，磕頭道：「蘭因謝過外祖母！」

長公主笑道：「好孩子，起來吧！」又拉著她的手說道：「清妍的身分沒公開，就是本宮和駙馬爺的義女；等到身分公開後，就正式把她過繼到本宮和駙馬爺的名下。」心裡想著：『自己只是舉手之勞，卻是能救柴清妍的性命和她一家人的前程。這樣，既替瀟哥兒還了情，也還了當初秦慧娘贈送如玉生肌膏的情。還了該還的情，本宮的後人應該就能平安了……』

長公主的這個心聲，許蘭因當然聽到了。

原來，長公主覺得柴子瀟的劫難或許是她沒有完全兌現當年的承諾，才機緣巧合地讓柴清妍的後人又救了瀟哥兒，她趁此機會還了該還的情，後人才能夠平安。雖然她的認親和過繼摻雜了其他成分，但對他們一家的善意和幫助是真的。

許蘭因又替自己的母親感謝長公主的仁慈和善意。

兩人正說著，柴大夫人來請安了。

她的臉色不豫，神情慌張。今天天不亮，她的心腹婆子邱嬤嬤就被外院的護衛抓了起來，護衛說是奉了駙馬爺的命令。她算著長公主用完早飯了，才趕過來問安。

長公主指著許蘭因說道：「這孩子就是救過瀟哥兒的因丫頭。當初瀟哥兒在他們家，多得她母親和她的照顧。我已經認了她母親為義女，今後她就是本宮的外孫女了。」

許蘭因又給柴大夫人磕了頭，喊道：「大舅母。」

柴大夫人笑道：「好孩子，謝謝你們救了瀟哥兒。以後是親戚了，就在府裡多住些日子，有什麼需要直接跟大舅母說。」說著，又從頭上取下一支鳳頭銜珠金步搖給許蘭因當見面禮。

幾人說了幾句話，許蘭因看出柴大夫人有話要單獨跟長公主說，便託辭走了出去。

她剛出門，就看見一個婆子急匆匆進屋，稟報道：「長公主、大夫人，聽說京兆府的捕快去二房抓捕二老夫人，二老夫人居然、居然上了吊，放下來時已經涼透了……」

許蘭因沒再往下聽，走去院子裡的碧池邊。

老沈氏罪惡的一生就這樣結束了。她死了，彷彿把柴正關的一切罪惡也帶去了另一個世界……

她正看著錦鯉發呆，就聽到一個軟糯糯的聲音。「妳就是許蘭因？」

許蘭因抬起頭，看到一個姑娘站在她面前。姑娘十五、六歲，明豔動人，穿著華麗，身材適中，眼裡有一股居高臨下的氣勢。

這位一定是柴俊的胞妹柴菁菁了。長公主府四代人只有她一位姑娘，全家都寵著她。聽說她又很得皇上和太后娘娘的喜歡，五歲時就被封青陽縣主。

許蘭因點點頭，笑道：「妳就是柴姑娘吧？在寧州府時我就聽過妳的大名。」

柴菁菁一挑眉。「喔？」

許蘭因又進一步道：「京城四美之一的柴姑娘，不僅長得好、棋下得好，還吹得一手好笛子。」

許蘭因的話無疑讓柴菁菁非常高興，一副「本就該如此」的得意貌。「傳了那麼遠啊？謝謝妳救了我姪子，妳的情本姑娘記著。」說完，她抬腳進了上房。

稍後，許蘭因又看到一位二十幾歲的秀美小媳婦牽著一個小男孩走過來，他們的身邊圍了一群下人，其中一個是錢嬤子。小媳婦身體不太好，很瘦。而那個小男孩，不是她想了多日的小星星又是誰？

柴子瀟也看到許蘭因了，他先是怔了怔，確定沒看錯，才甩開娘親的手跑過去，喊道：「姑姑、姑姑！妳怎麼才來看我？我好想妳喔……」後面的聲音帶著哭腔。

許蘭因抱著撲進她懷裡的柴子瀟，笑道：「我不是來看你了嗎？小星星長胖了、長高了，更漂亮了。」

柴子瀟抱著許蘭因的脖子，癟著嘴說：「我想姑姑、想許奶奶、想嘉姊姊、想亭叔叔、想趙爹爹、想閔大伯。」

許蘭因用臉挨了挨他的小胖頰，笑道：「他們也想你。趙爹爹也來京城了，改天來看你。他們還給你帶了好些禮物呢，我來得匆忙，改天拿來給你。」

馬氏拉著許蘭因說了幾句感謝的話，又道：「家裡出了大事，我得趕緊去問問長輩，需要我們做些什麼。等閒下來後，我再同許妹妹說話。」就讓柴子瀟陪許蘭因玩，她快步去了上房。

幾人在外面轉了近半個時辰，許蘭因覺得長公主他們該談的事都談完了，才領著柴子瀟去上房。

許蘭因進去，看見柴大夫人、馬氏、柴菁菁都在。長公主對柴正關和老沈氏是恨毒了，並沒有因為老沈氏死亡而讓晚輩去二房弔唁或是幫忙，連表面功夫都不肯做。

柴菁菁對許蘭因說道：「我祖母說，妳現在是我的表姊了。」又對柴子瀟說：「以後要叫她表姑姑，我才是你姑姑。」

馬氏也笑道：「表妹，以後有事儘管說，別跟嫂子客氣。」說著，又從頭上取下一支赤金累絲嵌寶孔雀簪給許蘭因做見面禮。

同輩可以不給見面禮，但馬氏感謝許蘭因，這支金簪是她早準備好要送的。

許蘭因接過後道了謝，又對比自己小的柴菁菁笑道：「給表妹的見面禮，改天送上。」

晌午，外院的婆子又來報，說駙馬爺去了京兆府，要等到下晌或是晚上才回來。

幾個晚輩陪長公主吃了飯後，其他人各回各院。長公主睡不著，就倚在羅漢床上假寐。許蘭因則傳授寧嬤嬤和李嬤嬤心理暗示治療失眠的一些技巧。兩位嬤嬤都是人精，極會揣摩人心，又服侍長公主那麼多年，學會一些技巧，日後或許就能幫長公主盡快入眠。

未時末，柴大夫人和柴菁菁一起來了。

長公主和柴大夫人在屋裡敘話，柴菁菁則把許蘭因拉去了西跨院。

她的丫頭拿了一副圍棋、一副西洋棋。

柴菁菁問道：「表姊選哪樣？」

許蘭因笑道：「我可沒有表妹那麼好的才情，圍棋不會下，西洋棋下不好。」又笑道：「聽說表妹笛子吹得好，我在老家山裡無意間聽到一首極好聽的小曲兒，跟對方學會了，想在茶舍開業的時候，讓樂女吹奏出來。妳幫我聽聽，曲子適合古箏、琵琶，還是笛子、洞簫？」

柴菁菁一聽是極好聽的小曲兒，雖然嘴上說著「山裡能有什麼好聽的小曲兒」，但雙眼還是認真地看著許蘭因。

為了讓京城的心韻茶舍更吸引人，許蘭因特地想了前世幾首這個時代能接受且喜歡的曲子，其中一首是「青城山下白素貞」的曲子，是簡單又朗朗上口的小調兒，只不過太歡快，不太適合用在茶舍裡，現在正好拿來哄一哄笛子吹得好的小姑娘。

見柴菁菁果然感興趣，許蘭因就輕聲哼起來。

許蘭因哼完一遍，柴菁菁的眼睛都瞪大了，立即說道：「再哼一遍。」

許蘭因又哼了兩遍。

柴菁菁笑道：「這首小曲兒果真極好聽，適合用笛子吹奏。不過，它太歡快了，茶樓裡下棋的人都是慢思路，跟這首小曲兒不搭。」

許蘭因似是才反應過來。「喲，就是呢！」

柴菁菁讓丫頭去把笛子拿過來，她則根據曲調寫樂譜。

等到丫頭把笛子取過來，柴菁菁便開始吹起來。她吹了幾遍後，就能準確無誤地吹奏出來。

美人養眼，她又穿的是古代衣裳，讓許蘭因有種錯覺，真的像白娘子在青城山下修煉幻化成了人形似的。她由衷地誇獎道：「表妹仙人之姿，再吹著這首仙曲兒，猶如月宮仙子落凡間呢！」

柴菁菁笑得眉眼彎彎，說道：「就妳嘴兒甜！怪不得瀟哥兒那麼喜歡妳，我也喜歡妳了！」說完還捏了捏許蘭因的小手。

這時，寧嬤嬤走了進來，誇張地笑道：「哎喲，原來是大姑娘吹的小曲兒啊！長公主還以為是許姑娘吹的呢，說是好聽極了，她從來就沒聽過！」

柴菁菁立即拉著許蘭因去了上房。

屋裡，不僅長公主和柴大夫人在，馬氏和柴子瀟也來了。

柴菁菁拉著長公主的袖子笑問：「祖母，那首曲子是孫女吹的，好聽嗎？」

長公主驚訝道：「是妳吹的？那叫什麼曲兒？之前從來沒聽妳吹過呢！」

柴菁菁說了是許蘭因剛剛哼給她聽的，又說：「這個月的十八是萬壽節，舉國歡慶，我就在御宴上吹奏這首曲子吧？」

長公主笑著點點頭。「這首小曲兒歡快喜慶，倒是適合在萬壽節上吹奏。只是調子簡單，莫讓別人聽見，若先流傳出去，就沒有那麼喜氣和新鮮了。」

柴菁菁笑出一口貝齒，眼裡迸發著精光。

許蘭因又提議道：「表妹再重新給曲兒起個好聽的名兒，正式演奏的時候最好請人用古箏伴奏一下，只要幾個簡單的刮奏和滑音，弄出流水聲就好。」

柴菁菁聽得連連聽頭，也不想繼續待在這裡了，拿著笛子和樂譜就回自己院子琢磨曲子去了。

申時，柴駙馬、柴統領、柴俊一起回來了。

他們說，老沈氏「畏罪自殺」，京兆府已經判了義絕。柴家不能留她的屍首，沈家也不敢收，直接讓人扔去了城外的亂墳崗。為怕她的幾個子女悄悄帶走掩埋，還派了十幾個暗衛在那裡守著。柴正關及老沈氏生的兩個嫡子、三個入仕的孫子也已經同意辭官回老家，辭官的理由是看管家眷不力，引咎辭職。

眾人聽了都極為解氣。

馬氏還是有些不忿，說道：「每次看到瀟哥兒身上的傷，想到他受的苦，我的心都碎了！柴正關做了那麼多惡事，沒坐牢不說，卻還保住了清白的名聲！」

柴俊說道：「祖父心慈，看在兄弟的情分上手下留情。但他們做的壞事多，坑的不止我們，有些人不會留情，他們將來得不了好。」

他沒有明說，但許蘭因聽明白了。以後不僅南陽長公主府會暗中收拾他，北陽長公主和王翼也不會放過他。

他們看了許蘭因一眼，又說，秦慧娘的娘家來討要嫁妝，柴駙馬主持公道，讓柴正關還回去。秦家有嫁妝單子，這些天他們會把那些嫁妝整理出來。不過，柴正關他們花了不少，能還回秦家一半就不錯了。

在家的時候，許蘭因和秦氏等人壓根兒就沒想過能把嫁妝全部討回去，只要收拾了柴正關和老沈氏，嫁妝能收多少是多少。

許蘭因提出告辭，說要把這件喜事告知家裡。

長公主說道：「跟他們說，這個月初十我府上擺幾桌認親宴，再請幾家親戚作見證，妳代妳母親行禮。」又對柴駙馬幾人說了她收許蘭因的母親為義女的事。

柴駙馬幾人都明白了長公主的意思，笑說極好。

柴俊還笑道：「祖母天天說沒有生個閨女，現在好了，不僅閨女有了，連外孫女、外孫子都有了！」

馬車到許家門口時，已經華燈初上。

許慶岩正同許蘭舟、趙無、秦儒在外院喝酒、吃飯。

許蘭因坐下吃飯，講了那邊的情況。

這些消息都令許慶岩幾人開心不已。

夜裡，萬籟俱寂，只能聽到院子裡的竹葉在夜風中沙沙響著。

許蘭因躺在床上睡不著。她覺得，趙無應該會來找她。她也想趙無了，很想很想。他們雖然只分開一天一夜，但在長公主府的時間她並不輕鬆。

自從穿越過來，許蘭因的所有心事只能對趙無說，也只有趙無能讓她無措和惶恐的心安定下來。

突然，許蘭因的窗櫺響了一下，接著又有兩聲野貓的叫聲。

許蘭因笑起來，翻身起床，她壓根兒就沒脫衣裳，只需拿一件披風。

許慶岩可不是秦氏，趙無來找她，他猜得到，跟蹤都不一定。所以兩人絕對不能在她的閨房裡說話，就在外面正大光明說好了。

趙無也是這麼想的。

但他實在是太想許蘭因了。一日三秋，他終於理解了這個詞的含義。他等不到明天，今天就想跟她單獨說說話。

趙無悄聲道：「我想姊了，咱們去花園走走。」又囑咐道：「夜風大，把披風披上。」

許蘭因點頭。

在出小院門之前，趙無捏了捏許蘭因的小手，又趕緊放開，生怕許老妖的眼睛在哪裡注視著他們，會突然跳出來。

兩人穿過三個月亮門，來到小花園。許家小花園很小，也就兩畝地大，中間還有一個小池塘。現在天冷，又沒有女主人的張羅，小花園裡沒有什麼花草，多為樹竹，顯得更加寥落和蕭索。

許蘭因和趙無站去池塘邊，那裡有一塊成人高的大石，可以遮擋夜風。兩人望著漫天寒星，開心地規劃著未來。

「蘭亭和月兒、嘉嘉都想把咱們兩家隔的那堵牆拆了，兩家變一家，他們串門子方便。」

「喔，我也這麼想來著。把外院那堵牆打通，日後妳回娘家都不用走大門。」

許蘭因暗樂，這就是不跟婆家長輩住一起的好處。

「明天我陪你去銀樓。」

「好，買妳喜歡的聘禮。姊，我想早些迎妳進門，咱們回去就訂親，明年初就成親。昨天我跟許叔說了咱們的事，他也很歡喜，說成親的時間最好定在五月。還要等大半年，太久了。」

許蘭因笑起來，五月的確久了些，但年初又太倉促了，於是折衷道：「就三月吧，看我爹和我娘同不同意。」

「嬸子聽妳的，許叔聽嬸子的。妳說了三月，他們肯定會同意！」

許蘭因和趙無說了半個多時辰的話，才向許蘭因的小院走去。

進小院之前，趙無停下，警戒地看看周圍，樹林裡、牆角旮旯等等，似乎……沒有敵情。

許蘭因失笑，這傢伙，是想做點什麼？

兩人來到屋門外，趙無垂下的雙手拉住許蘭因的雙手，怔怔地看著她。

許蘭因也回望著他。

星光下，她紅潤潤的小嘴如春天的花瓣，讓趙無的心跳加速，他好想啄一口。可是，這雙美麗的眸子太明亮了些，看得他發虛，不敢行動。

趙無吞了吞口水，輕聲說道：「姊，妳的眼睛幹麼睜這麼大，不害羞嗎？」

許蘭因氣結，真是小屁孩，不會談戀愛，說的這是什麼話？沒來由的掃興！

但看到他略帶稚嫩的臉，還是選擇原諒了他。

許蘭因踮起腳尖，在趙無的左臉上快速親了一下，就趕緊抽回小手回了屋，又快速把門關上。

趙無驚訝地捂著臉，彷彿一瞬間，潤滑芳香的小嘴輕點了他的臉一下，眼前的麗人就一閃而過，只剩下黃色的小門，及院子裡的清風。

趙無怔了一下才反應過來，自己是被美人一親芳澤了。他後悔不迭，自己應該眼疾手快，拉住她多親幾下的。那種美妙的滋味，快得他還沒有感覺到就沒了。

他沮喪了一下下，想到他們還有明天、後天、大後天、一輩子，又開心起來。時間還長，以後自己想怎麼親就怎麼親。

他原地跳了幾跳，去把院門插上，從牆上跳出去，再翻牆躍房，一路興奮地跑向他住的小院。

跑到小院牆下，趙無停下腳步。現在這麼興奮，他回去也睡不著，還不如去溫府看看那幾個老東西，再使個壞，坑一坑溫言。想著，他又向外跑去。

次日一早，許慶岩就遣人來請許蘭因去他的院子吃早飯。

許蘭因見許蘭舟和秦儒都在，獨獨少了趙無，遂問道：「趙無呢？」

許慶岩看了她一眼，說道：「他昨天半夜出府，後半夜才回來。」

許蘭因有些心虛，低頭沒言語。

許蘭舟笑道：「姊，趙大哥要做我姊夫了，真好！當初姊救了他，後來他救了爹，以後又成了一家人，這就是緣分啊！」

飯後，許慶岩去王府當值，許蘭舟去上學，秦儒去柴家二房，天還沒有大亮。這時候去茶舍太早了，許蘭因又回了屋。她和趙無昨天就說好，今天一起去茶舍，再一起去銀樓。

辰時末，趙無來找許蘭因。

他一進屋就看著許蘭因笑，眼神特別曖昧。

一旁的掌棋和抱棋紅了臉，低頭裝沒看見。

許蘭因無聲地瞋了他一眼，說道：「我爹說你夜裡出府了，你去哪裡了？」

一說起這事，趙無的表情就黯然下來。他看了掌棋二人一眼，她們識趣地避了出去。

趙無才低聲說道：「我去溫府了。本來想整整溫言，卻聽到了一件意想不到的秘事。」

他冷笑兩聲，又道：「溫言正在溫老夫人那裡發脾氣，說溫國公現在還沒給他請封世子，心都長歪了。又罵蒲老夫人沒有兌現諾言，當初她說了，若那兩個小崽子都死了，就會讓國舅爺出面請皇上封他為世子，還承諾不降爵……哼，他們嘴裡的『那兩個小崽子』，肯定是指我和我大哥了。」

許蘭因聽了吃驚不已。「奇怪，你們兄弟的死活跟蒲家有什麼關係？」

「蒲」姓很少，又加了個「國舅爺」，許蘭因便知道他指的蒲家是蒲太后的娘家，蒲老夫人很可能是太后的嫂子，老國舅爺的夫人。

趙無也是百思不得其解。「溫言盼著我們死是為了承爵，可蒲家是為什麼呢？我們兄弟根本沒得罪過蒲家，我爹娘也不可能得罪他們啊！」

許蘭因說道：「之前只以為是溫言想要你們死，現在又加進了蒲家，更說明你爹娘死因蹊蹺。知道蒲家參與進來是好事，也是一道突破口。你和大哥沒有得罪過蒲家，溫老夫人跟蒲老夫人是表姊妹，你爹得罪他們的可能性也不大，那麼最有可能的就是你娘或是她的娘家，跟蒲家有什麼恩怨了。你沒聽你外家人說過什麼嗎？」許蘭因認識趙無這麼久，就沒聽他說過他外家的事。

趙無輕聲說道：「我沒有外家。」看見許蘭因困惑的眼神，又說得更明白了一些。「大哥說，我娘是個孤兒，很小就進道觀當了道姑。有一次我爹進山打獵的時候受了傷，被我娘所救，還留我爹在道觀裡養了半個月的傷，他們就產生了感情。當初我爹要娶我娘，老太太和溫國公都不同意，是我爹以死相逼才娶回家的。所以，他們都非常不喜歡我娘，也不喜歡我爹和我們兩兄弟……姊，我娘也是比我爹大了半歲，他們的結合，也是因為我娘救過我爹。妳說，我們跟他們是不是很像？」

許蘭因很想說，不像。若她是他娘，知道他爹有那樣一個家庭和父母，再愛都不會嫁給他的。不過，她也由衷佩服他爹，作為國公府的世子，敢頂住壓力娶一個道姑回家。他娘也勇敢，為了愛重返俗世，還進了那個不喜歡她的大宅子，年紀輕輕就送了命。

許蘭因若有所思地說：「你娘很小就當了道姑，不可能得罪什麼人。應該是她父母在世的時候得罪了人，可能招來了殺身之禍，又怕你娘也慘遭殺害，所以讓她小小年紀就當了道姑吧？只是，你娘嫁給你爹後，他們怎麼知道她是仇人之女，還能說服你祖父母幫助他們？」

趙無沈思片刻，也想不通其中的關節。「姊那句話說得對，知道蒲家參與進來是好事，又多了一道突破口，我會想辦法查出來的。還是那句話，有做就會留下痕跡。」

看到趙無黯然的眼神，許蘭因的小手蓋住趙無放在桌上的大手，說道：「不管什麼情況，我都支持你。我們同心協力，會查清楚的。不只是為你父母報仇，也是為我們和我們的下一代掃除危險。」

聽見許蘭因說了「下一代」，趙無的眼裡立即盛滿喜悅，重重地點了一下頭。「嗯，會查出來的，會給孩子們一個安全的家！姊，我喜歡孩子，以後我們多生幾個。」

這話說的，讓許蘭因這個老瓜瓤子也有些紅了臉。

終於看到許蘭因害羞，趙無很有成就感。他把自己的大手從小手中抽出來，再把小手緊緊裹住，捧至嘴邊親了又親。

趙無的大手溫暖厚實，手心裡還有粗糙的繭子。嘴唇滾燙濕潤，在她的手背、指尖上輕輕親吻著。

兩世為人，許蘭因這是第一次被男人親，哪怕親的是手，也讓她的心悸動不已。

兩人正情濃時，後屋抱棋突兀的大笑聲傳了過來，雖然馬上噤聲，也讓許蘭因和趙無嚇了一跳，旖旎的氣氛立即消失，許蘭因忙把手收了回來。

趙無看看空空如也的大手，氣道：「妳太寵那幾個丫頭了！不知分寸，應該好好教訓教訓才是！」

看到他沮喪的樣子，許蘭因嬌笑出聲。

許蘭因燦爛的笑容感染了趙無，讓他的心又明媚起來。他笑道：「還有件事情要告訴姊，我悄悄在溫言的茶裡下了瀉藥，親眼看見他喝下。這種藥比巴豆猛多了，至少能讓他狂瀉半個月！哼，整不死他們，先討點利息。以後，我每回一次京城，就整他們一回！」

許蘭因笑道：「妙極！那一對老壞蛋，就不該讓他們日子好過。其實，我很想去柴正關那裡，替我娘和我外祖母罵罵他，可惜我娘現在還不能暴露身分。」

兩人一起去了茶舍。

茶樓的外觀已經全部裝修好，從外面看去，漂亮又別致，還符合這個時代的審美和風雅。

進了茶樓，王三妮正在後院訓練男小二和女小二的禮儀。

看到許蘭因和趙無來了，王三妮高興地走了過去，朝他們屈膝行了禮，笑道：「許姊姊、趙大哥！知道你們要來，一直盼著呢！」

一口道地的京腔。

許久沒見的王三妮更充滿職業婦女的氣質；幹練、穩重、落落大方，又具有親和力。

許蘭因對自己這位總經理滿意極了，點頭笑道：「非常好！」

王三妮帶著許蘭因和趙無樓上樓下、後院轉了一圈。內部裝修也完工了，跟寧州府的心韻茶舍大致相似，只是更加奢華大氣了一些。

王三妮說，許蘭因給的銀子都花完了，柴俊又拿了一千兩來，才裝修出這個效果。

許蘭因對王三妮的工作表現也非常滿意，獎勵了她五十兩銀子。又獎勵了一直在這裡幫忙的南陽長公主府的兩個管事各十兩銀子，先期招的幾個員工和丁曉染各五兩銀子。

王三妮不僅把工作做得好，柴俊對她的印象也非常好，特地在長公主府後街給她家找了一個小院住，還安排王進財進去柴家族學上學。

因為忙那幾件大事，許蘭因和柴俊還沒時間說茶舍的事。

王三妮又說，柴俊提議，這個月十八是萬壽節，眾人都在忙那件事，茶舍最好再延遲幾天，等到這個月的二十六開業。她還把參加開業當天棋類比賽的人員名單給許蘭因看了，這次不僅要比心韻茶舍的特色棋——西洋棋、軍棋、跳棋，還會比圍棋和象棋。

茶舍原定於這個月十五開業，開業之後許蘭因就要回去，可開業延後了，她也只有再耽誤一些日子，等這個月底再回去。

趙無雖然極捨不得跟許蘭因分開，但他趕時間，不僅衙門規定了回歸的日期，他還要急著回去準備提親、置聘禮、裝修宅子等事宜。「寧州府有一堆事，那我就不等姊了，後天先回去。」

許蘭因點頭同意。

晌飯後，許蘭因和趙無去了寶泰銀樓，買了四副龍鳳手鐲和一個七寶瓔珞圈、兩支嵌寶金釵當聘禮，又給秦氏和幾個女眷親戚都買了禮物。

趙無把許蘭因送至南陽長公主府門前才離開。

他還想夜裡再來探望許蘭因，被許蘭因勸住了。長公主府的護衛比溫府的護衛強多了，萬一被發現了對她的名聲不好。

許蘭因又在南陽長公主府住了下來。

柴菁菁忙著「改編」和練習曲子，許蘭因多半陪長公主解悶，及跟柴子瀟和馬氏一處玩耍，晚飯後會同柴俊說說茶舍。

柴俊已經打了包票，會在開業當天把劉兆厚請來，還會請幾個京城的棋界高手當西洋棋和圍棋、象棋、軍棋的裁判。而跳棋裁判，許蘭因也有了人選，就是柴菁菁和周梓幽。這次跳棋參賽選手也訂了規定，十二歲以下。

又請了柴統領當頒獎嘉賓。

南陽長公主喜歡熱鬧，聽說後，也要求參加，許蘭因就給她安排了一個官——裁判長。這個裁判長只負責說幾句話和點頭就是，而真正管事的副裁判長由棋癡周書擔任。

這位周書當然是之前在寧州府書院的副院長周書，他前兩個月調來國子監當司業。後來許蘭因才知道，他還是周家的族親。

一晃到了十月初十，今天南陽長公主府擺認親宴。

一大早，許蘭舟就來了長公主府。

南陽長公主府請了平郡王府、雍郡王府、北陽長公主府、鳳和公主府。也請了吳王府，但昨天吳王和吳王妃去了西山報國寺為先皇祈福，要在那裡抄經茹素五天，只有吳王世子，十歲的劉元明來了。作為吳王的護衛，許慶岩也去了西山。

許蘭因和許蘭舟坐在側屋裡等，聽著廳屋裡的熱鬧。今天姊弟兩個都穿得很喜氣，許蘭因是大紅遍地金的長褙子，戴著一支赤金鳳凰嵌寶長釵和兩支碧玉蓮花簪，衣裳是長公主府的繡娘這幾天趕的，首飾是長公主賞的。

許蘭舟穿著大紅繡團花長甲衣、雲緞中衣，腰繫玉帶，頭戴束髮金冠，還戴了一個赤金瓔珞圈。這一身行頭，也是長公主府送的。

許蘭舟緊張得身子都有些發抖，小聲道：「姊，我害怕。」

許蘭因笑道：「不怕。等咱們磕頭認了親，就是南陽長公主的外孫跟外孫女了，那些人就成了咱們的親戚。」

雖然是偽親戚，但總是親戚。

兩人悄聲耳語著，柴菁菁走了進來，小聲對許蘭因說：「表姊，北陽長公主的孫子王瑾也來了，妳注意著他些。」說完就走了出去。

許蘭因已經聽柴俊說了一些北陽長公主府的大概情況，她有二子一女。二兒子就是王翼，王翼有一個獨子，就是王瑾，當初許蘭因還在寧州府的夜市上見過他一次。

據說，王瑾被寵得驕縱跋扈，跟他爹一樣喜好絕色。

「姊，柴姑娘的話是什麼意思？」許蘭舟擔心地問。

許蘭因道：「不管什麼意思，咱們都離那人遠著些。」

李嬤嬤進來笑道：「表小姐、表少爺，客人來齊了，長公主讓你們出去見禮。」

南陽長公主對客人們的說辭是，因為許蘭因救助並收養了柴子瀟，才使柴子瀟脫離苦海，得以回歸家裡。又因為許蘭因及其母秦氏待柴子瀟像親人一般，才使柴子瀟很快忘了傷痛，能如正常孩子一樣快樂健康。她為了報答許蘭因及其母親，便決定認許蘭因的母親秦氏為義女。

所有的客人都不理解，許蘭因在這裡，她母親不在這裡，要認親也應該是許蘭因認柴榮夫婦為義父跟義母才更合理吧？不過，納悶歸納悶，都沒人說出來。

吳王世子劉元明只有十歲，穩重多智。他更注意了許蘭因姊弟幾分，因為他們的父親是老妖許護衛，許護衛又頗得父王和外曾祖父的看重。

等到許蘭因和許蘭舟從側屋裡走出來，在座的人都有些側目。他們知道老妖許慶岩出身農家，聽說老妖在敵國的時候，這一家人曾經窮得連飯都吃不起，卻沒想到能養出這樣的好人才。

男孩長身玉立，五官俊朗，雖然有一些緊張，但也稱得上舉止得當。

而這位姑娘，眉目如畫，杏面桃腮，氣質沈靜。就這個氣度，不遜於在座，乃至於整個京城的任何一位貴女。唯一的缺點是妝容偏淡，少了一點富貴相，卻更顯清麗脫俗，韻味別樣。

許蘭因先來到南陽長公主和柴駙馬前面的蒲團上跪下，拿起丫頭托盤中的茶碗向長公主敬茶道：「晚輩蘭因，代母親秦煙給您敬茶，祝您福如東海長流水，壽比南山不老松。」聲音柔和清亮，快慢適宜。

南陽長公主笑眯了眼，接過茶碗喝了一口，說道：「本宮一直想要個閨女，這下可了了心願了！」說完，給了許蘭因（秦氏）一對極品翡翠手鐲。

許蘭因又拿過一個茶碗向柴駙馬敬茶道：「晚輩蘭因，代母親秦煙給您敬茶，祝您長命百歲，後福無疆，吉祥如意，富貴安康。」

柴駙馬接過茶碗喝了一口，說道：「讓妳母親以後常來京城住，多在我們跟前盡孝，南陽稀罕閨女。」說完，又給了許蘭因（秦氏）一尊羊脂玉佛手。

接著，許蘭因又代秦氏給柴統領夫婦行了禮。

再接著，許蘭因和許蘭舟給長公主和柴駙馬磕頭，喊了「外祖母、外祖父」，收了見面禮；又給柴榮夫婦見禮，喊「舅舅、舅母」；再是給柴俊夫婦見禮，喊了「表哥、表嫂」。之後，又被人領著依次給長公主一方的親戚引見。

這麼多人，許蘭因特別留心的只有王翼。

王翼四十左右，長得高大健碩、微黑、五官硬朗，一看就是有一把力氣的武夫，而不像宗室之人。他看許蘭因時眼裡閃過一絲驚豔，稍縱即逝。

許蘭因暗呸一口。

令許蘭因沒想到的是，北陽長公主對她特別和藹，送的嵌寶銜珠大鳳釵有一個巴掌那麼大，連南陽長公主都愣了愣。
許蘭因不知道該不該收，側頭看了一眼南陽長公主，見長公主微微點頭，她才收了。
一圈下來，許蘭因姊弟收的見面禮在掌棋拿著的托盤中堆成了一座五光十色的小金山。許蘭因沒有發財的感覺，這些人的禮物不好拿，他們看的是南陽長公主的面子，而自己也要付出更多的誠意。
連小財迷許蘭舟看到這麼多寶貝，眼神都暗了一下，有了心理負擔。
之後，又見了柴家的本家親戚三房一家，以及跟長公主府關係比較好的族親柴五老爺一家。
許蘭因也看出來了，宗親中，其他人哪怕是笑笑的，態度也比較疏離。而柴家親戚中，基本上都是羨慕，還有嫉妒恨的。
見完了禮，柴駙馬領著男人們去了前院；南陽長公主和幾個尊貴的老太太繼續在這裡說笑；年輕人和柴家親戚則去了廂房或是外面玩耍。
吃完晌飯，又看了戲，那些人才離開。
許蘭因也知道了為什麼柴菁菁讓她注意些王瑾。
今天北陽長公主沒帶大兒子一家來，而是帶了二房一家，包括王瑾，南陽長公主就特地留意了幾分，怕他們又起那個心思。
果真，許蘭因一出來，北陽長公主一家三代都露出了極滿意的表情。特別是王瑾，驚豔的神情掩都掩不住，甚至連王翼都驚豔了一下，氣得南陽長公主冷哼出聲。

王瑾是王翼的獨子，被北陽長公主寵得厲害，親爹是個混不吝，又沒親娘教導，從小就養成了不學無術、愛打架生事的性格，長大後又喜歡眠花宿柳，家世好的姑娘都不願意嫁給他，所以王瑾跟他爹一樣，也成了「困難戶」。想找門第高的嫡女不太可能，門戶太低的姑娘或是庶女，若不是絕色，他又看不上。

南陽長公主的外孫女，不是親的，身分雖有，但也不算太高。小娘子長得這麼好，王瑾娶了她也不跌價。一個乾孫女罷了，南陽肯定不會駁北陽的面子。

下晌，北陽長公主悄悄跟南陽長公主說了想把許蘭因說給自己孫子當媳婦的事。

南陽長公主笑道：「本宮也稀罕瑾兒，長得壯實，有男兒氣慨。可惜了，因兒已經訂親了。」

北陽長公主還不死心，又道：「都說那孩子從小在鄉下長大，能訂下什麼好親事？若是嫁給瑾兒，她可是掉進福窩窩裡了！」

南陽長公主正色說道：「那個後生，本宮也見過，他就是把瀟兒從乞丐手裡救出來的後生。不僅如此，他也是把老妖從西夏國帶回來的人。本宮和因兒都承了他的情，怎麼能甩了他另攀高枝呢？若那樣，別人是要戳脊梁骨的！」

北陽長公主一噎，只得不情願地放棄。

許蘭因聽說了這件事，也噁心得不行，又屈膝謝了長公主對她的維護。

聽許蘭舟說，王瑾還邀約他明天去酒樓喝酒，被他以要上學推拒了。

許蘭因道：「你做得對。那些紈袴子弟，切莫跟他們混在一起。」

「我知道。」

許蘭舟經常被許慶岩耳提面命，因此雖然在周家族學上學，卻從來不會主動去攀附那些權貴子弟，更不敢跟好玩的紈袴混在一起；而周家嫡支和有權有勢的庶支子弟也瞧不上他，不會刻意交好他。

吃完晚飯，許蘭舟回許家，許蘭因則繼續留在南陽長公主府。

第三十二章

幾天過去，南陽長公主的失眠已經不需要許蘭因幫忙了，寧嬤嬤得了許蘭因的真傳，她就能搞定。

柴菁菁也給那支曲子起了個新名字，叫「西山弄梅」，很風雅，也很適合這個時代的審美。為柴菁菁伴奏的人也找好了，就是柴俊。

從穿著、髮型、化妝到吹笛子的一舉一動，南陽長公主、柴大夫人、馬氏，再加上許蘭因，都盡最大努力為柴菁菁獻計獻策，誓要讓她在萬壽節的才藝中取得好成績。

轉眼到了十月十八萬壽節這天，朝堂內外熱鬧非凡。

南陽長公主府是宗親，柴統領又是高官加近臣，除了太小的柴子瀟和乾親許蘭因，所有主子都要去宮裡朝賀。男人們早上去，女人們午時去。

她們在家只吃了一點東西，幾乎沒喝水，怕在宮裡失儀。給皇上磕了頭後，就看宮中舞女表演，以及才子才女展示才藝。評出名次後，再吃御宴。

柴菁菁的妝容是許蘭因幫著化的，結合了現代、這個時代、以及柴菁菁的特點，保留了這個時代追求的華麗元素，又摒棄了過於濃豔的弊端。妝容立體，濃淡適宜，華麗不失自然，清雅不失明豔。

打扮出來的柴菁菁美麗得像仙女下凡，長公主和柴大夫人都滿意極了，誇不絕口。

長公主笑道：「本宮覺得，菁菁的這臉妝容會跟她的『西山弄梅』一樣，在大名流傳開來。」

柴菁菁聽了喜不自禁，又輕輕捏了捏許蘭因的手。

待她們走後，許蘭因就帶著柴子瀟回了許家。街上各處掛著紅綾、彩燈，街頭巷尾還有唱戲的、說書的，熱鬧極了。人也擁擠，馬車走得很慢。

雖然今天上衙的、上學的都休沐，但許家依然沒有主子。許蘭舟和秦儒去街上玩了，許慶岩當值。

許蘭因對這個家也很陌生，帶著柴子瀟到處轉著玩，還能時時聽到外面的吆喝聲。

柴子瀟很開心，笑說：「表姑姑，我像是又回到了咱們之前的那個家！」

晚上亥時，小星星已經睡著了。

許慶岩回來，遣人喚許蘭因去見他。

來到許慶岩的院子裡，許蘭舟和秦儒也在。

許蘭因見他一臉喜色，便知道柴菁菁肯定取得了好成績。

許慶岩對許蘭因笑道：「聽說，柴大姑娘被欽點為才藝比賽第一名，這是本朝建朝以來，在萬壽節上第一個靠吹奏曲子獲得第一名的人。曹大人甚至說，『西山弄梅』可以跟

『晚江落月』嬿美！」

「晚江落月」是這個時代的名曲。

許蘭因笑道：「評價這麼高？」

許慶岩點頭，又笑道：「這也是宗室第一個得第一名的人，皇上和太后娘娘都非常開懷。還有柴大姑娘化的妝容，據說也得了太后娘娘和女眷們的誇讚。」

之後，果真如南陽長公主的預料，曲子「西山弄梅」很快在大名流傳開來，並一直在這個歷史時空流傳下去；柴菁菁的妝容也被宮裡的女人和貴女、貴婦們所推崇，先在宮裡和貴族圈時興起來，後又流傳到民間，這種妝容被稱為「清妝」。

而創造這兩個奇蹟的柴菁菁，不僅被奉為「四美」之首，還被尊稱為「清妝才子」。

當然，這是後話了。

皇宮裡，太極殿內燈光輝煌。

曲終人散，大殿裡只有皇上劉通及大太監伍練。皇上坐了一會兒後，起身向殿外走去。

伍練知道，每當這個日子，皇上都會去慈寧宮陪傷心的太后娘娘。

慈寧宮的側殿裡，只有蒲太后和一個年老的嬤嬤。

蒲太后正看著釵上的燕子垂淚，喃喃說道：「都說燕子識故巢，可妳卻沒等到回家就先走了……」

門外太監的聲音響起。「奴才拜見皇上！」

蒲太后把釵放下，擦乾眼淚，皇上已經走了進來。

看到太后發紅的眼圈，皇上在她身旁坐下說道：「母后又在想她？」

蒲太后點點頭，淚水又湧了上來。「不知為何，近幾年來，每年的這個時候，哀家總是會夢到她。往年夢到的，都是她五歲時的小模樣，可昨天夜裡卻是奇怪，哀家夢到她已經長成了大姑娘，衝著哀家笑，還說『母后，我是您的穎兒』，結果哀家叫了一聲『穎兒』，卻一下子把自己叫醒了，穎兒也不見了。皇兒，你說會不會是哀家的期限快到了，穎兒來接哀家了？若真是這樣也好，生前她沒跟哀家在一起，去了另一個世界，但願我們母女不分離……」

皇上說道：「母后，若她活著，今天也該四十六歲了，怎麼可能還是大姑娘？一定是您太想她，才作了那個夢。您老的身體還康健，再活二十年都沒問題。」

這話也不能讓太后展顏。

皇上又道：「讓兆印和張氏明日親自去一趟報國寺吧，在寺裡抄經茹素九日。兒臣和她的生辰八字一樣，一個為兒臣，一個為她。」

蒲太后驚道：「如此，不會撞了皇兒的大運吧？」

皇上擺手道：「不會。兒臣年少時根本沒想過當皇上，看著那幾個皇兄爭破頭，最終兒臣卻坐上了皇位。幾個兒子爭儲爭得厲害，還有人通敵，最終又撥亂反正，把老三處理了。

兒臣從出生到現在四十六華誕，一切順遂。兒臣總覺得，是兒臣把她的好運占盡了，兒臣對不起她……」皇上偏要讓身體不好的嫡子去，也是對她的看重。「等兆印回來，就封他為太子，元明為太孫。」

蒲太后從來不會插手朝事，沒說好，也沒說不好，只說道：「兆印是個好孩子，沒了左臂，被廢太子之位，也沒讓他性情大變，依然平和賢德。只是可憐，身體不好……」能不能活到繼承大統還不一定。

母子兩人說了一陣話，見蒲太后面露疲色，皇上才告辭回養心殿歇息。

次日一早，許蘭因去許慶岩院子吃早飯。

桌前只有許蘭舟和秦儒。

「爹呢？」許蘭因問。

許蘭舟道：「聽方叔說，天沒亮爹就被叫走了，說今天一早要護送王爺和王妃去西山報國寺祈福，要去九天。」

許蘭因納悶。「他們在萬壽節前不是就去祈福過了嗎？」

許蘭舟道：「萬壽節前是為先皇祈福，這次是為皇上祈福。」

秦儒又說了在柴家鬥智鬥勇的情況。「……嫁妝理出了大半，再過幾天就理完了。唉，柴正關敗家，剩下的或許連五萬兩銀子都不到。」

許蘭舟氣得小聲咒罵了幾句。

許蘭因說道：「只要柴正關和老沈氏遭到報應，什麼都值。跟那家人打交道很煩人，表哥辛苦了。」

她已經聽說，柴正關和他出仕的子孫已經辭職，吏部也准了。絕大多數朝臣都精明，猜到他們辭官另有原因；但也有極少數人說柴家父子品性高潔，以身作則，女眷偷偷做了壞事，他們不僅不護短，還懲戒自己，藉此警示他人。

這些傳言令人噁心，但許家幾人和南陽長公主府也不好多加解釋。

飯後，許蘭舟上學，秦儒去了柴家。

等到小星星起床，吃了早飯，許蘭因又帶著他回了南陽長公主府。

一進垂花門，就看到多張不熟悉的面孔站在院子裡，還能從正房裡飄出長公主和其他婦人的說笑聲。

許蘭因就牽著小星星直接去了她住的西跨院。

一整天下來，來長公主府向柴菁菁提親的就有七家。而且，其中一家竟是平郡王府。王府或是郡王府同公主府聯姻的不多，之前無論是平郡王府，還是南陽長公主府，都沒想過把劉元奉和柴菁菁湊成對。

但昨天，年輕的平郡王爺在萬壽節上看中了柴菁菁，今天一早老平王妃就專程去宮裡見了太后娘娘。太后娘娘平時就喜歡劉元奉和柴菁菁，聽說太后表示，若南陽長公主府也同意，她願意賜婚。

老平王妃喜極，下晌又請人去問南陽長公主。

南陽長公主也非常喜歡劉元奉，現在聽說他有意，連太后娘娘都同意了，還願意賜婚，馬上答應下來。

許蘭因替柴菁菁高興的同時，也暗道，蘇晴此時肯定心都碎了。

十月二十六，準備多日的京城心韻茶舍正式開業。

天剛矇矇亮，許蘭因和柴俊、柴菁菁就坐著馬車去了茶舍，南陽長公主和柴統領會後一步去。

長公主參加是為了湊熱鬧，而柴統領完全是因為特別喜歡西洋棋和軍棋，希望這兩種棋能夠在大名朝發揚光大。

因為柴俊高超的手腕，南陽長公主和柴統領的賞臉，四皇子誓要當西洋棋和軍棋的無冕之王，所以參賽者大多為官員、名士、監生，去捧場的人就更多了。

坐在車裡，許蘭因才聽柴俊說他找的幾個幫忙的人裡包括古望辰。他還沒有資格當頒獎人和裁判，只是負責跑腿。

許蘭因很無奈，她還沒有機會跟柴家人說她跟古望辰的舊事。事情已經這樣了，現在她也不好多說。

幾人來到茶舍時，不僅王三妮等工作人員在忙碌，古望辰也來了。

古望辰過來給他們抱拳笑道：「柴大人、柴姑娘、許姑娘。」他更想叫「因妹妹」，卻沒敢叫出口。

柴菁菁微微點了點頭，許蘭因裝作沒聽見，柴俊則拉著他去一旁分派任務。

古望辰瞅著沒人在許蘭因身邊的時候，走過去溫言笑道：「因妹妹越來越能幹了，恭喜妳。以前我們之間有太多的誤會，我——」

許蘭因打斷他的話，冷冷說道：「不需要你恭喜。我能幹，你撈不到任何好處。」說完，就抬腳走了。

看到那抹倩影去了後院，古望辰氣得咬了咬牙，卻也只能調整好面部表情，上了樓。

隨著人越來越多，棋手、裁判大致都到齊了。南陽長公主和柴統領來了不久，禮部侍郎曹大人、李祭酒和著名才女黎夫人、四皇子劉兆厚、吳王世子劉元明等人也來了。

這幾個人，除了四皇子要求最後跟西洋棋和軍棋的棋狀元比賽，要當無冕之王外，其他人都是來觀棋的。

南陽長公主和曹大人做了開幕祝辭後，棋手們就開始比賽。

南陽長公主等人在後院廂房中喝茶歇息，許蘭因多在陪長公主和黎夫人，偶爾也會去茶舍看看情況，提點王三妮做什麼。

一樓大堂的右邊是跳棋比賽，許多家長都來觀棋。周府的大奶奶和兩位周府姑娘也來了，她們不僅來看周府的兩個孩子比賽，還是來看周梓幽當裁判。

周三姑娘周梓眉也來了。

時近晌午，許蘭因又去請觀棋的劉兆厚和劉元明到後院，這兩人尊貴，又餓不得，他們同長公主要正點吃飯。

走到大堂，她似看到空中有一道電波交匯，而電波的一頭正是站在角落裡的古望辰。他的目光溫柔、溫暖，還帶有無限憐惜。這個目光，跟書裡蘇晴前世時古望辰看蘇晴的目光一樣。正是因為這個目光，讓蘇晴記了兩世。

許蘭因一陣哆嗦，又望向電波的另一頭，是周梓眉。周梓眉剛把目光垂下，還能看出她紅著臉，含羞帶怯，委屈又感動的模樣。

許蘭因心中感到一陣凌亂，該不會古望辰把這個伎倆又用在周梓眉身上吧？

許蘭因鄙視和憎惡地看了古望辰一眼，這個男人太薄情、太自私、太壞……這是看到蘇晴沒有利用價值了，所以轉移目標了？

晚上酉時末，所有比賽結束，劉兆厚又同西洋棋和軍棋的棋狀元比賽，最終劉兆厚如願獲得兩樣棋的無冕之王。

只此一天，心韻茶舍在京城就一躍成為頂級茶樓。

忙過了這件大事，許蘭因就開始忙回家的事和整理秦氏的嫁妝，也要添置一些她自己的嫁妝。另外，她也搬回了許家。

前兩天許蘭舟接到了趙無讓麻子送的密信。一封不保密，說趙無已經找了官媒去提親，秦氏答應了，並定於明年三月初二成親；還有一封保密，用的是暗語，原來趙無又查出了一些王翼早年的不妥，請在戶部為官的柴俊幫著查一查戶部的舊帳。

許蘭因找了柴俊，柴俊雖然為難，還是答應了。

秦氏的嫁妝，產業加銀子、實物，最後只收回來約四萬三千多兩銀子，被敗了一大半。

許蘭因又去了百草藥堂。

秦家不缺錢和金銀珠寶，她想買兩樣奇藥送給秦家。

這個時代有控制消渴症（注）的特效藥金渴丸。許蘭因聽說秦老爺子有消渴症，秦澈到處託人花高價買這種藥，好不容易買到手也只有五、六丸。百草藥堂雖然明面上沒賣金渴丸，但許蘭因肯定他們有。

金渴丸百草藥堂也極寶貝，但萬掌櫃還是破例賣給許蘭因二十丸，又賣了她一支千年高麗老山參。

金渴丸八百兩銀子，老山參一千二百兩銀子，還不算收高價。

轉眼到了十月三十，許慶岩回家了。

傍晚，許蘭因和秦儒去跟南陽長公主告別。

南陽長公主留許蘭因二人吃了飯，然後在小星星的哭鬧聲中，許蘭因和秦儒愧疚地走了。

晚上，許蘭因要上床歇息了，許慶岩來找許蘭因。

他沒好意思進屋，許蘭因就來到院子裡。看他紅著臉、搓著手，欲言又止。

他的這副表情，許蘭因猜到肯定是跟秦氏有關。「爹給娘寫的信，我一回去就交給娘。」一信特別厚，不知道寫了多少體己話。

許慶岩的老臉更紅了，但還是硬著頭皮笑道：「閨女，爹知道妳聰慧，又會說話。回家後，多在妳娘面前說說爹爹的好，爹爹也有很多優點不是……」

許蘭因笑道：「我一直在說爹的好。」

次日一早，許蘭因和秦儒告別許慶岩和許蘭舟，由何西和季柱護送，坐著馬車走了。

路上又冷又無趣，許蘭因更加想念趙無那件小棉襖。有他在，暖心、放心、開心，哪怕路途再長，都樂趣多多。

一行車馬在冬月初五下晌到了寧州府。岔路口，秦儒沒回自己家，而是堅持先把許蘭因送回城北許家。

一到許家，家中熱鬧非凡。不止李洛、秦夫人、秦紅雨在，還有個年近六旬的老者。他

注：消渴症，即糖尿病。

的眉眼長得很像秦家人，許蘭因便猜出是秦澈的父親，自己的舅公。
果真，秦儒一看見他就跪下磕頭喊「祖父」。
秦老太爺看向許蘭因，笑道：「妳就是因丫頭？」
說的是官話，帶著很重的江南口音。
秦氏對許蘭因說道：「因兒，他就是妳的舅公。」
許蘭因趕緊磕頭見禮。「晚輩見過舅公。可見到您老人家了，我娘經常提起您呢！」
秦老太爺笑道：「起來，走近些，讓老頭子好好瞧瞧。嗯，跟慧娘年輕時很像。」
待許蘭因和秦儒洗漱完，幾個長輩就把他們拉去側屋密談。
聽說柴正關已經帶著嫡支的幾房人回了陝西老家，身上的銀子只有五十兩，秦氏又流淚了。「為了錢他們做盡惡事，到頭來，一個屍骨無存，一個一無所有。蒼天有眼，我娘也能瞑目了……」
李洛不好意思聽許家和秦家的這些秘事，告辭回自己家。
前幾天趙家和許家前院那堵牆就打開了一道小門，兩家串門子不需要出大門。
現在他已經能夠正常走路，還能小跑，只是稍稍有些跛，腿也比正常人細瘦得多。之前黃老大夫說過這種情況很正常，多加鍛鍊就好了。
他剛剛走出垂花門，就聽到身後傳來幾聲嬌笑，是秦紅雨。
李洛的臉發燙，腳步頓了頓，繼續往外走去。

自己現在什麼都沒有，靠弟弟養活，靠弟媳治病，還是個跛子，憑什麼去肖想那個如花一樣嬌嫩美好的小姑娘呢？

他現在要做的，是籌謀為父母報仇，奪回屬於他和弟弟的東西。

半個多時辰後，去給閔府送東西的人把許蘭月和閔嘉接回來了，接著許蘭亭也放學了，三個孩子抱著許蘭因，自是一番親熱。

許蘭因把自己買的以及長公主府、周府、京城閔府送的禮物都拿出來交給他們。

這三個孩子，最激動的居然是許蘭月。閔嘉跟親爹的感情已經非常好，許蘭亭跟親娘的感情一直好，因此許蘭月就更加想念在京城的爹爹和大姊了。

她都哭了，豐富的面部表情更顯得那條長疤的猙獰。

看到那條疤痕，許蘭因很無奈。她又問了萬掌櫃，萬掌櫃說，只有等到孩子長大後能夠承受那個痛楚，用刀把鼓出來的疤痕削掉或是用藥腐蝕掉，再搽如玉生肌膏。

傍晚，趙無和秦澈也下衙來了。

飯後把秦家幾人送走，趙無就請許蘭因去隔壁看看房屋的裝修情況。

秦氏知道兩個小兒女有悄悄話要說，就拉住幾個纏著她的孩子，讓許蘭因跟著去了。

兩人走到外院，沒有人，又黑，趙無便拉著許蘭因的小手悄聲問：「這麼久沒見，想我嗎？」

許蘭因老實答道：「想，很想很想。」

趙無笑出了聲。「我也想姊，作夢都想……」想到作夢時的反應，他的心跳過速，手心都出了汗。

許蘭因即使沒聽他的心聲，感覺到他手心裡的滾燙和汗濕，也能想到他作的是「春夢」。許蘭因失笑，因為她也作過相同的夢。

兩人在小門前鬆了手，小門另一邊是另一種景象。趙家正在大興土木，主子、下人都搬了家，做家具的工匠現在還在忙碌。

星光燦爛，又有多個燈籠，把院子照得透亮。

許蘭因和趙無轉了一圈，提了一些自己的建議和想法。

之後趙無和許蘭因又去了許家後罩房，給工匠提了些做家具的建議。

兩人走了一圈便已到了亥時，工匠都走了，幾個孩子也睡了，趙無不好意思再繼續待下去，只得返回自己家。本來想說夜裡來看她，但想到許蘭因路上辛苦，只得忍了。

之後的幾日，許蘭因同秦氏忙著置嫁妝、做嫁衣，秦府還專門派來一個繡娘幫忙。

趙無和李洛則忙著修整家裡和置聘禮，而趙無的衣裳也是由許家幾人做。

同時，許蘭因和趙無利用一切可以利用的時間談談戀愛、拉拉小手。

有一次，趙無還親了她一下，樂得他一整夜沒睡踏實。

自從秦氏給南陽長公主當了義女後，也不像之前那麼害怕了。偶爾會去胭脂鋪子看看，也去過秦府兩次。

這天晚餐，許慶岩突然回來了。

他低聲對秦氏說道：「煙妹，王翼的事已經有了進展。」又讓下人去把趙無和李洛請來。

許蘭月跑過去抱住許慶岩的腰，說道：「爹爹，我想你！」抬頭看到許慶岩瘦多了，嘴邊長了一圈水泡，鼻子跟臉凍得紫紅，頭髮上的白霜還未化盡，都心疼得哭了，問道：「爹爹生病了嗎？」

看到這樣的許慶岩，許蘭因和許蘭亭也都心疼。

許慶岩摸了摸許蘭月的頭頂，又摸摸許蘭亭的頭頂，笑道：「大人有事，你們去歇息吧。」這次他只請了四天假，昨天一下衙就日夜兼程往這裡趕，路滑不好走，一天一夜換馬不換人。明天他又要往京城趕，按時去上衙。

許慶岩把許蘭舟給秦氏的信交給她，另一封信交給趙無。「這是我去跟岳母辭行的時候，柴大人讓我轉交給你的。」

柴大人就是柴俊。為了區分柴家父子，叫柴榮為柴統領，柴俊為柴大人。

信很厚，裡面羅列了很多帳目。

趙無又回家把之前他的調查記錄拿過來，幾人看著帳目，分析了一番。

趙無說道：「這個帳和軍裡的多筆帳都對不上。他們買次充好，幾次下來就貪墨軍晌十萬兩之鉅。為了怕事情暴露，又找藉口把全程參與此事的錢糧官崔義調去極寒之地安興關。已經過去了五年，不知崔義還活沒活著。」

李洛很高興，因為溫言也參與了其中。「若是崔義活著，由他告發，事情就好辦得多。不過，這事還有蒲家人參與，皇上以孝治國，會不會為了太后把事壓下？」

許慶岩說道：「很有可能會把蒲元傑和王翼這兩個親戚摘出來，把沒有倚仗的崔義和蠢人溫言推出去。」

能嚴懲溫言當然好，但放過王翼豈不是白忙活了？

許蘭因道：「所以，找到關鍵證人崔義後不是告發，而是威脅王翼。若事情敗露，哪怕皇上願意放過王翼和蒲元傑，他們也不會有好前程，他們肯定不願意走到那一步。多了個蒲家人也好，王翼哪怕不在乎自己的前程，可蒲元傑不會不在乎。」

秦氏的眼裡溢出了喜色。她作夢都想把那個強壓在她身上、噁心的名聲掀掉。

趙無點點頭，說道：「年後我就找差事去一趟安興關，努力把崔義找出來。」看了一眼許蘭因，又道：「二月底前肯定能趕回來，不會耽誤婚期。」

許蘭因有些臉紅，這熊孩子幹麼要多解釋一句？嗔了他一眼，沒說話。

不能告發，溫言也就得不到懲罰，李洛有些失望。

趙無寬慰道：「溫言對至親都能下這個狠手，肯定幹了更多的惡事。大哥再等一等，我會找出他的其他罪證。」

李洛紅著臉笑道：「大哥知道，事情要一件一件辦。先把嬸子的事解決了，再辦咱們兄弟的。」

幾人商量至夜深才回。

夜裡又下起了大雪，狂風颳著枯枝和窗紙，嘩嘩響著。許蘭因被驚醒，想著許慶岩明日必須要快馬加鞭趕回京，心疼得覺都沒睡好。

似乎才睡著，許蘭因就聽到後院的公雞啼起來，她的門也響了。

盧氏說道：「大姑娘，今天雪大，老爺吃了早飯就得趕路。」

許蘭因趕緊起來，同秦氏、盧氏、楊大嬸一起去後院廚房。風夾著飛雪，刺得人臉上生疼。

做好飯，天還沒亮。

趙無和李洛陪許慶岩吃飯，季柱在另一間屋吃。

秦氏對許慶岩說道：「你多注意安全。我還在蘭舟的信裡夾了一張二百兩銀子的銀票和一張清單，讓他置辦好年禮給長公主府送去。」

許慶岩點頭答應，又對三個姊弟妹說道：「你們三人要好好孝敬母親，年前我肯定趕不回來了，年後儘量回來一趟。蘭舟二十放長假，二十五、六能夠回家。」

飯後，許家三姊弟妹和趙無兄弟把許慶岩、季柱送出了胡同口，看著他們消失在飛雪中。

晚上，趙無又讓許蘭因去那邊看家具。

兩個孩子還想跟，被秦氏攔住了。

趙無拎著燈籠領她看了一圈。他們的新房已經粉刷好，地面也用小青石板鋪平，只有窗紙還沒有換。

兩人又說了一下怎麼佈置、哪裡放什麼家具。

來到東側屋的一個牆角邊，趙無指著一塊青石板輕聲說道：「這裡面是暗格，我自己悄悄弄的，別人都不知道。」

這塊青石板跟別的青石板接縫非常好，看不出有什麼異樣。

他把紗燈交給許蘭因，費了些力氣才取下青石板，裡面是一個一尺見方的洞，正好能放下一個小木箱或是小罐子。

許蘭因非常滿意，笑道：「這比床上或是櫃子裡的暗格隱密多了。」

在家具上弄暗格都要經過木匠的手，不保險。她跟趙無唸叨過一次，誰知趙無就自己弄出一個。

把青石板蓋上後，兩人坐去小凳子上。趙無執起許蘭因兩隻冰冷的手，在嘴邊輕輕哈著熱氣。覺得她的手熱了，又用大手捂著她的臉。大手滾燙，手心的繭子刮在她臉上，癢酥酥的。

屋裡空蕩蕩的，比別的屋冷得多。紗燈透出的燈光昏黃幽暗，把兩個大大的影子印在牆上。外面的風颳得樹枝和窗紙響著，但兩人就是願意在這裡多坐坐。

趙無說道：「姊放心，不管什麼時候、什麼境遇，我都不會做出讓姊傷心的事。我像我爹，癡情。」

他的最後一句話逗樂了許蘭因。「不管哪個男人，面對妻子或是心悅的女人，都會標榜自己的癡情。」

趙無急了，抓起她的手說道：「我說的是心裡話，不是標榜！我爹就很癡情，真的！我現在還記得，我娘去世後，我爹從軍營趕回來，哭著用腦袋撞牆，恨不得去死。他幾天幾夜不吃不喝，還是我和我大哥端著水和飯跪在他面前，他才吃了。他還讓我們放心，說他為了我們哥倆，也會好好活著，為娘報仇，讓我們平安長大。後來，老太太想盡辦法給他塞女人，甚至還瞞著他把老太太的娘家姪女定給他，都被他鬧黃了。他說他只有我娘一個女人，不會再娶。若是他一直活著，我相信他做得到。」

想到那兩個短命的好人，許蘭因深深嘆了一口氣，說道：「那麼好的兩個人，老天真是不開眼。」又問：「你爹是世子又是長子，為什麼要去外面任職？他為了你娘和你們兄弟，也應該想辦法調回京才對啊！」

「我太祖父和祖父在公務上都沒有什麼建樹，家裡已經開始敗落。我爹一直想重興家業，很小就投了軍。在我娘去世前，他一直在京郊的西大營任職，每旬可以回家一天。他結識我娘，是去昌州公幹的時候，我娘在那裡的五香山修行。可在我娘去世後，他卻突然被調去了外地。我現在還記得，我爹不願意去，還去求了上峰，說上有老、下有小，可最終他還是被調去了。那時我爹應該已經知道了什麼，看出我娘死因蹊蹺，怕他不在了我們兄弟不能平安長大……之前我一直想不明白，自從那天夜探溫府，聽了老太太的話後，我覺得應該跟蒲家有關。等到把岳母的這件事忙完，我就一心一意調查我爹娘的死，若能查出我娘出家前的身世就更好了。」

昏黃的燈光中，趙無的眉頭皺著，目光深邃堅毅。不像過去，只要說起父母的早逝和溫家人的可惡，眼裡就會透出憎恨、不甘和不知所措。

那個蹺蹺的大男孩真的長大了！

許蘭因把自己的小手從大手中抽出來，又反握著那雙大手，說道：「好，我同你一起查。你知道，我很聰慧的，肯定能幫上忙。」

趙無笑起來，露出大大的酒窩。他拿起她的手在嘴邊輕輕吻著，之後把她攬進懷裡，濕熱的唇在她的眉心、腮邊、唇角游移著，讓許蘭因的身體一絲一絲火熱起來。

他喃喃說著。「姊，我恨不得明天就把妳娶回家……」

許蘭因也有些意亂情迷，在覺得他的呼吸越來越沈重時，頭腦清明過來，直起身說道：

「我再不回去，成親前我娘就不會讓我來你家了。」

趙無不捨地鬆開手，拿起紗燈，把許蘭因送至許家的垂花門口。

秦氏正站在正房的門前，哪怕沒有月亮、星星，窗內透出的燈光特別昏暗，也能看出來她神情極其不悅。

許蘭因摟著她的胳膊進了正房，嗔道：「外面這麼冷，娘幹麼站在門外吹風啊？」見秦氏還瞪著她，又小聲說道：「我想在新房裡弄個暗格，趙無就在牆角——」

秦氏趕緊說道：「好了，你們弄的那些東西不用跟娘說。以後不要在他家待得太久，娘相信妳和他是好孩子，可那邊還住著大伯，有那麼多下人，不能讓他們看輕妳。若被看輕了，一輩子妳也別想翻身。」自己就是一個活生生的例子。一個人跟著許慶岩去鄉下，被人惡意揣測輕視，連個鄉下婦人都不如。

許蘭因知道她的心病，乖巧地說：「我知道的。」

忙忙碌碌中到了臘月底，許蘭亭放假了，工匠們也停工了。

許家給秦府、兩個閔府、洪家都送了年禮，也先後收到了他們幾家送來的年禮。

二十五上午，閔嘉就由下人護送著去京城，以後也會留在京城閔府生活。昨天，許蘭因就帶著許蘭亭和許蘭月到閔府住了一宿。

他們把她送到角門處，小妮子抱著許蘭因哭得很傷心，讓許蘭因也心酸不已。

許蘭因保證，明年會帶著許蘭亭和許蘭月去看望她，以後自家也有可能在京城安家，小妮子才好過些。

二十六下晌，秦氏和許蘭因坐在上房東側屋的炕上做針線，許蘭月坐在一旁打絡子，許蘭亭在大方桌上寫大字。屋裡燒著炕，還燃著兩盆炭，非常暖和。

秦氏的眼睛不時瞥向小窗，神色焦急。

突然，丁固驚喜的聲音響起來。「太太、大姑娘，大爺回來了！」

接著是花子欣喜的「汪汪」叫聲，再接著是許蘭舟熟悉的腳步聲。

許蘭亭跳下椅子，嘴裡喊著「大哥」，向門外跑去，秦氏緊隨其後。

許蘭因也放下手中的活計，牽著許蘭月出了上房。

看到大半年沒見的兒子長高長壯了，舉止也更加得體，秦氏激動難耐。

許蘭舟被眾星捧月般迎進屋裡，下人又把半車禮物搬進屋。有許蘭舟父子買的，還有長公主府送的。

轉眼到了三十，城北許家去城東許家吃了晌飯，下晌回來又和趙家吃了晚飯，飯後各家守各家的歲。

大年初二，秦府請秦氏一家去府裡玩，還請了趙無、李洛和閔戶。因為閔戶今年三月中要回京娶親，過年就沒回去。

第一次過年能夠帶著兒女回娘家，讓秦氏非常高興。

她認真打扮了一番，穿著大紅撒花長褙子，戴著赤金嵌寶大鳳釵，化了個許蘭因教她的「清妝」。美麗喜氣，神采飛揚。

「娘真漂亮！」許蘭舟脫口道。

許蘭亭趕緊道：「大哥說錯了，娘一直都這麼漂亮！」然後，眼睛一眨也不眨地看著秦氏。

逗得眾人笑起來。

秦氏的臉色更加豔麗，嗔道：「娘老了，還什麼漂亮？你們姊姊才是真漂亮。」

許蘭因毫不謙虛地笑道：「我漂亮，那也是娘把我生得這樣漂亮！」

說得眾人更是大樂。

眾人來到外院，趙無兄弟已經等在這裡了。

今天李洛比趙無穿得還喜氣，棕紅色提花錦緞長袍，外面披了一件湖藍色提花錦緞斗篷，戴著束髮金冠。真是一位俊雅秀逸的青年公子。

他跟趙無的氣質不同。趙無俊秀中透著硬朗，他則是俊雅中透著溫潤。唯一的一點不足是，他比趙無矮了半個頭。

李洛是出溫府以來，除了去許家外，第一次去別人家作客，而且是自己走著去的，因此笑得非常開心。

似乎，他還長高了些。

許蘭因打趣道：「李大哥越來越俊俏了！」不好說長高，她拿俊俏說事。

說得李洛臉通紅。

眾人直接去了秦府正院。

許蘭因四姊弟，包括趙無兄弟，給秦老太爺磕了頭，給長輩見了禮，每人都得了一個大紅包。

李洛也得了，讓他很不好意思，也很開懷。

小祥哥兒也給秦氏磕了頭，給許蘭因幾個長輩見了禮，得了一厚摞的紅包，笑得他見牙不見眼。

秦家人厚道，對許蘭月跟秦氏生的幾個孩子都一視同仁，讓小姑娘很開心。

除了閔戶外，都是親戚，閔戶又跟他們極熟，因此男人們也沒去前院，都在正院玩。秦澈、閔戶、李洛幾人陪著秦老爺子打馬吊；秦儒和趙無下西洋棋，許蘭舟在一旁觀看；許蘭因、秦紅雨及小些的孩子玩著軍棋或是跳棋；秦氏和秦夫人、秦大奶奶逗著小祥哥兒。

屋裡笑鬧聲一片。

李洛跟秦澈說了他想去知府衙門當小吏的打算。

他的遠期目標是把父母的死因查清，為他們報仇，再把屬於他和趙無的東西奪回來。但這些事要徐徐圖之，而且主要靠趙無，他只能在背後出謀劃策。

他覺得目前自己應該出去找事做，不能再繼續待在家裡讓弟弟養。掙錢的同時，在實踐中鍛鍊自己的能力，以後恢復身分才能走得更遠。他的腿已經大好，又長高長胖，即使溫家幾人見了他也不敢輕易相認，更別說那些十幾年沒跟他見過面的故人了。

現在，他和趙無已經不怕溫家人。趙無的官雖然小，卻在皇上、太子、周家、南陽長公主那裡都掛了號，許慶岩現在也在御林軍裡被重用，未來弟妹的外祖母是長公主。

他們怕的是幕後的蒲家，不知蒲家為何要整死他們兄弟。

李洛跟閔戶熟悉，但趙無已經在按察司，他不好再去，就想去知府衙門當個小吏。

秦澈笑道：「李公子是監生，學業優秀，滿腹才華，就委屈你暫時跟楊目一起給我當師爺吧。」

李洛一直很佩服秦澈能力強、官聲好，為民辦實事，還左右逢源，跟在他身邊能學到更多。他放下手中的牌，起身給秦澈作了個長揖。

趙無也高興，過去朝秦澈抱拳感謝。

眾人在秦家高高興興地玩了一天，吃完晚飯才回家。

正月十三，明天許蘭舟又要回京上學。秦氏再是萬般不捨，也只得為兒子準備東西。

晚上，許蘭舟抱著一個箱子走進西廂。

他從箱子裡拿出一架富貴花開的蜀繡桌屏，笑道：「這是我在京城七錦閣買的。姊的好日子我回不來，先把妝添了。」

這架桌屏非常精緻，還是雞翅木架雙面繡，至少要三、四百兩銀子。

許蘭因驚道：「你哪裡來的那麼多錢？」

許蘭舟笑說：「娘和姊給我的零用錢、月例銀子，還有族學裡比武得的獎勵。我去長公主府送年禮，提前給外祖母和外祖父拜年，他們也給了我紅包。這些錢加起來，正好買了這座桌屏。」

許蘭因笑道：「謝謝你，我非常喜歡。」又拿了二百兩銀子的銀票給他，說道：「我知道你的錢不多，平時捨不得用。這些錢拿去零花，不要太節省，結交朋友也要花錢。」

許蘭舟的臉都紅了，搖頭說道：「拿了姊這個錢，那不等於姊自己買的添妝，弟弟哪有那個臉？聽娘說，給姊置嫁妝的錢還是姊給她的一萬兩銀子。弟弟無能，做為許家長子，沒有本事掙錢為姊多置嫁妝，家裡過好日子也是靠娘的嫁妝。」

許蘭因說道：「你還小，好好讀書，以後有本事了這個家就靠你們養。」她又把銀票換成五十兩銀子，說道：「這是姊給你的零用錢，本來就是要給你的。」

許蘭舟這才高興地接過來。

許蘭因又囑咐道：「不要太省，該花的就花。」

許蘭舟點頭笑說：「我知道的，娘也給了我五十兩銀子。」

次日一早，一家人和趙無兄弟又把許蘭舟送出胡同口。

現在天還未大亮，趙無、李洛去上衙，許蘭因幾人回屋。

等到辰時末，秦氏和許蘭因、許蘭亭、許蘭月才坐騾車先去了黃石大街的麒麟銀樓。

許蘭因的首飾已經大致置辦齊全了，她主要是拉秦氏出來散心。她只挑了一對赤金點翠掩鬢、一對嵌寶耳環，又給趙無、許蘭亭、許蘭月各買了一塊小玉掛飾。

秦氏卻看中了一套鑲寶嵌珠赤金累絲頭面，共有十二件，每件飾品上都鑲嵌了至少五顆以上大小不一的寶石，做工極其精湛，看著華光異彩、光彩奪目。這是前前朝興盛的樣式，整套首飾必須全部戴在頭上，現在還是有許多貴婦喜歡。當然，價錢也非常昂貴，要二千八百兩銀子。她笑道：「因兒還差一套這樣的頭面，買了。」

許蘭因雖然覺得這些東西好看，卻不算很喜歡，長期戴會把人的頸椎壓出毛病。而且置嫁妝的一萬兩銀子已經花得所剩無幾，再買這套首飾就超支了。她搖頭道：「娘，我不太喜歡，太重了。」

秦氏還是堅持買下。她覺得完全拿閨女給的銀子置嫁妝對不起閨女，所以這套首飾拿她的錢買。「偶爾戴戴還是可以。」

幾人又去繡坊買了幾疋料子和一些小東西，在酒樓裡吃了飯，又去秦氏的淑女坊選了幾樣胭脂水粉，才回家。

剛進家門，一直等在這裡的盧氏就稟報道：「老爺回來了！」

許慶岩這次能在家待五天，還給每人都買了禮物，又拿出五百多兩銀子交給秦氏。

「這是我這幾個月的月銀、火炭銀、歲末賞銀，妳拿著。」

秦氏想推辭，許慶岩忙道：「我常年在外，總不能讓妳一直拿嫁妝養活兒女吧？沒有這個道理。」

秦氏這才收下。

晚上，幾個男人在趙家吃飯兼密談。

趙無又讓人來請許蘭因過去。

閔戶也來了，幾個男人還在喝酒。

趙無說：「姊，閔大人派我去安興關辦點事，後天就出發。我還能拐個彎去大相寺看望我師父，妳幫忙做些他愛吃的點心。」

儘管許蘭因萬般不捨，但那件事他必須去辦。她點點頭，又道：「安興關天寒地凍，我為你做了厚棉袍和厚棉褲，給你拿來。」

次日，許蘭因做了許多點心，有專門給戒癡大師做的加了料的金絲糕、蛋撻、蛋糕，還給趙無做了一些不容易壞的餅乾。

十六這日天沒亮，許蘭因和秦氏都起來了，兩人帶著盧氏和楊大嬸又做了幾道下酒菜送過去。

飯後，趙無和何東牽著馬出門。

秦氏過來說道：「那事能辦就辦，實在不行不要強求。注意安全，早些回來，不要誤了你們的婚期。」

趙無點點頭。

許慶岩和李洛把他們送至胡同口，看著兩個背影騎馬，絕塵而去。

天空還飄著小雪，許蘭因心裡泛酸。這裡到安興關，一切順利，來回也要一個多月的時間。

三天一晃而過，十九那天上午又把許慶岩送走。

六天之內送走三個親人，許蘭因幾人心情都不好。

進入二月，天氣漸暖，樹上抽出了新綠。

在焦急的等待盼望中，許家和趙家一直忙著籌備婚事。

嫁妝基本上全部準備好了，家具只差刷漆。

趙家的院子全部修整好，門窗、柱子也都上了漆。家具已經做好，擺進了屋裡，只剩下正房的兩間屋子空置，等待新娘的家具抬進去。剩下的是一些掃尾活，如換窗紙、移栽樹竹等。

這些日子不說許蘭因經常去趙家看，秦氏也要一天跑幾次，提出需要整改的地方。

二月二十一，許蘭因帶著許蘭亭去了茶舍，今天是她和胡依、秦紅雨、閔楠聚會的日子。

幾人在茶舍玩到未時末，看到天空烏雲密佈，飄起了小雨，才趕緊起身，各自回家。

這是入春以來的第一場雨。

春雨貴如油，穿越到古代又當了地主的許蘭因更加知道春雨的彌足珍貴。

她掀開車簾，看著雨霧迷離，看著籠罩在雨霧中的古代街景，打著傘、穿著蓑衣的行人，又想起了趙無。

他已經出去一個多月了，不知他此時是在經歷北地的風雪，還是這邊的風雨？許蘭因心裡鈍鈍的痛。

許蘭月問道：「大姊又想趙大哥了嗎？」

許蘭因「嗯」了一聲。

許蘭月又說道：「爹爹說，男人要做大事，就是要經歷別人承受不了的風雨和苦痛。」

許蘭因扭頭看看這個早熟的孩子，點點頭。「嗯，妳說的對。他們在外面奔波勞累，在家的親人會心疼。」

許蘭月往許蘭因的身邊擠了擠，說道：「我也心疼爹爹……」還有娘親。

第三十三章

丁固剛把騾車趕進胡同口，就看見趙家的小柱子在趙家大門口站著。

小柱子也看見他了，笑著跑上前說道：「大姑娘，我家二爺回來了，剛回來沒一會兒！」

丁固哈哈笑著，直接把車趕進趙家大門。

許蘭因下車，讓許蘭月先回家，她進了垂花門。

小柱子又道：「二爺在屋裡，許夫人也在。」

趙無聽見外面的動靜，迎出門笑道：「姊，我回來了！」

趙無風塵僕僕地趕回來，瘦多了，右臉上的凍瘡還沒好。看到這個模樣的趙無，許蘭因極是心疼。

許蘭因問道：「事情辦得怎麼樣？」

兩人回屋坐定，趙無道：「找到崔義了。他怕得罪王翼和蒲元傑，一開始不敢說。我給了他二百兩銀子，還許諾把他調去西部邊陲。周家有子弟在那裡當副將，王翼和蒲元傑伸不進手去，他才說出實話。崔義也狡猾，為防萬一，當初他便留了證據。我回來後先繞道去了京城，把他的口供和一些證據交給岳父。這件事，岳父和柴統領會在適當的時機同北陽長公主府說清楚。」

曙光就在前面，秦氏又激動、又忐忑，喃喃說道：「王翼是個混不吝，他會答應嗎……」若是他犯渾不放手，不僅她完了，許慶岩有麻煩，幾個兒女也可憐了。

趙無寬慰道：「岳母放心，王翼再混蛋，還有北陽長公主和王駙馬押著他，再不成也還有蒲家。退一萬步說，若這些人都押不住王翼，那南陽長公主會去求皇上和太后開恩，還有岳父當初的功勞，太子和周家也都會幫忙。」

幫忙和竭盡全力幫忙是不一樣的。

許慶岩為太子和周家立了大功，他有困難周家肯定會幫。但周家幫許慶岩是主家幫心腹的幫、上級幫下級的幫，能幫許慶岩最大限度地脫責就不錯了，絕對不會當作頭等大事那樣一幫到底。

所以為了以防萬一，在許慶岩回京的時候，許蘭因就把那塊小木牌交給了他。若王翼孤注一擲不聽勸，用那塊小木牌換周家的鼎力相助。

王爺、公主的頭銜聽著好聽，但底蘊和私下的人脈肯定比不上經營了幾代的權臣。何況周太師還是太子的外祖父，皇上最心愛女人的父親，他的話在皇上那裡有一定的分量。

這一仗，只能勝利，不能失敗。

許慶岩也識得那塊小木牌，高興壞了。他聞了聞小木牌的味道，說這塊小木牌周家只有三個人有——周老太師、周侍郎、周世子。不知這塊小木牌是他們三人中誰給出手的？要想收回去，肯定要付出大價錢。

秦氏聽了心下才稍安，起身說道：「無兒先歇息歇息吧，我回去弄幾個下酒菜，再讓人把我表哥和閔大人請來喝酒。」

趙無洗了澡，吃了一碗雞蛋肉絲麵，才緩過勁來。北地風雪大，積雪厚，路不好走。這三十五天，起碼有二十九天都在趕路。

疲倦解除了，肚子填飽了，他舒服地深吸了一口氣。

望望窗外，院子裡飄著細雨，把滿院子的新綠洗刷得更加蒼翠欲滴。再聞聞溫暖濕潤的氣息，他已經回到家裡，身邊站著最心愛的女人。

他的目光轉向許蘭因，給了她一個大大的笑。

在外面，只要一想到這個身影，他就柔情頓生。哪怕漫天飛雪，寒風刺骨，心裡也溫暖得像開滿了春花一樣。

趙無走到許蘭因面前，把她攬進懷裡，用臉輕輕蹭著她的頭髮、臉頰。「姊，好想妳。特別是在天冷的時候，只要一想到妳，就不覺得冷了。」

許蘭因把頭埋在他的頸窩，聞著帶有梅花香的皂豆香味。熟悉的懷抱、熟悉的味道，讓她的心更加柔弱和甜蜜。她又用鼻子蹭了蹭他的脖子，笑道：「我是你的小炭爐。」趙無笑起來，氣息噴進她的耳裡，癢酥酥的。

「不，妳是我的湯婆子。」

兩人都悶笑出聲。隨即，濕潤的嘴貼合在一起，呼吸越來越沈……

不知過了多久，一串凌亂的腳步聲在院子裡響起，接著是許蘭亭的聲音——

「趙大哥，你終於回來了！」

趙無和許蘭因趕緊分開。

趙無笑著把許蘭亭抱起來，向上拋了拋。「好小子，又長沈了、長高了。」

許蘭亭最喜歡聽這話，站直身子跟趙無比了比個子，嘟嘴說道：「才到趙大哥的胸口。」

小正太現在已經要稱小少年了。小少年目側近一百三，白皙俊秀，健康活潑，跟許蘭因剛來時看到的那個又矮又瘦又虛弱的孩子完全兩樣。

許蘭因笑道：「你才八歲，已經算是高個子了。」

許蘭亭喜樂得笑彎了眼睛。「趙大哥快教我練武！爹爹回來被妹妹纏得緊，都沒時間教我。」

幾人打傘去許家。

許蘭因去廚房幫忙，趙無在廊下教許蘭亭練武。

秦澈、李洛、閔戶先後來到許家。聽趙無說找到崔義，並拿到了該拿到的，都分析王翼必會妥協。

秦氏聽了，又寬慰了不少。

二月二十四，趙家送聘。這是趙無走之前就商議好的，無論他趕不趕得回來，這天都會送聘。

老天給面子，今天沒有下雨，陽光明媚，天空湛藍。

小舅子許蘭亭特地請了一天假，穿著喜氣的小紅袍，同許大石一起站在門口迎接送聘隊伍。

許家還來了許多觀禮的客人。

由於兩家住隔壁，聘禮隊伍吹吹打打從趙家出來，向右走繞了一條街，再從左面來到許家。

聘禮在院子裡鋪開，客人們和來看熱鬧的鄰居嘖嘖稱讚，說小趙大人能幹，有這麼豐厚的身家。

守在一旁的盧氏聽了，笑著解釋道：「我家姑爺為國立了兩次奇功，不僅皇上和朝廷賞了他，幫忙辦事的主家也賞了他。」

一身喜慶的趙無笑得燦爛，在李洛和洪震的陪同下進了許家。

眾人又笑著誇準新郎官長得俊、笑得甜，哄笑聲讓趙無的臉更紅了。

他朝秦氏磕頭叫了「岳母」，又向周圍看熱鬧的人抱拳作揖，才回了趙家。

許蘭因坐在自己的臥房沒好意思出去，聽著外面對趙無的誇獎和調侃，以及羨慕新娘子有福氣。

許蘭因知道，愛清靜的秦氏請這麼多人來家觀禮，就是想把閨女的喜事辦得熱熱鬧鬧，而不像她出嫁時那樣冷清、倉促，連個祝福的人都沒有。

晌飯後，眾人在廊下喝茶、聊天，有些人無事便下著跳棋和飛行棋。

閔夫人和閔大奶奶今天是第一次來許家。閔夫人看到秦夫人和許夫人非常親厚，甚至比跟自己還親厚，而且許夫人跟秦紅雨長得有些像，再看看許蘭因跟秦紅雨也有些像，好像許夫人姓秦……便有些狐疑。

秦夫人看了出來，笑道：「閔夫人興許已經看出來了吧？紅雨長得有些像許夫人，偏偏許夫人還姓秦。我家老爺說這是緣分，說不定一百年前我們兩家是親戚呢！」

這麼大大方方說出來，別人還真不好說什麼了。

閔夫人笑道：「是呢，還真說不定呢！」

熱熱鬧鬧玩了一天，晚上送走客人，開始整理聘禮。

除了吃的，秦氏把實物和五百兩的壓箱銀子都裝進了嫁妝裡。

二月二十八，許家去趙家安床。

看到一件件家具抬去趙家，秦氏和許蘭亭、許蘭月眼圈都紅了，知道許蘭因嫁人的日子馬上要到了。

秦氏和許蘭亭同許蘭因是從苦難中一起熬過來的，特別是近幾年，許蘭因就是這個家的支柱，是他們的主心骨。哪怕家主許慶岩回來了，在秦氏和許蘭亭的心裡，她的這兩重身分都沒變過。現在她要嫁人了，成了別人家的人，他們不僅覺得難受，還有不安和徬徨。特別是秦氏，既盼著閨女嫁個好人家，又不習慣家裡沒有這個閨女。

許蘭月就更不用說了，自從趙家的聘禮送過來後，就偷偷哭過好幾次。

許蘭因把許蘭亭和許蘭月拉著靠在自己的腿邊，笑道：「我就住在隔壁，咱們還在一處吃飯、玩耍，依然跟原來一樣，都是一家人……」勸了兩個孩子幾句，把他們打發走，就靠去了秦氏身邊。

她摟住秦氏的胳膊，把頭靠在秦氏的肩上。她知道秦氏不捨，母女兩個談到夜深，才各自歇息。

三月初一，跟許蘭因玩得好和熟悉的秦紅雨、秦大奶奶、閔楠、胡依、徐婉、許老頭夫婦和大房一家都來添妝。閔府的一個婆子也來了，代表閔嘉添了一疋錦緞。還有一個胡同的兩位娘子，她們跟許家的關係不錯，也來添妝。秦儒送秦老太爺回江南，沒趕回來。

晚上，秦氏手裡拿著一本書進了許蘭因的臥房。

秦氏把門關上，坐去許蘭因旁邊，順著她的頭髮說道：「明天妳就是趙家婦了，目前他家人口簡單，只有一個大伯子，關係也好相處，要互敬互愛，多為夫家開枝散葉。趙無是個好孩子，妳不能欺負他……」

許蘭因撒嬌道：「娘怎麼總是說我欺負他？他可是出了名的武功高手，我哪裡敢欺負他！」

秦氏瞪她一眼。「別以為我不知道妳愛揪他的耳朵！以後他是妳的夫君了，要尊重他！」

許蘭因只得笑著點點頭。

秦氏直接把那本書塞在枕頭底下，紅著臉說道：「睡前看看。」又囑咐了掌棋一些注意事項，才回屋。

掌棋、護棋、抱棋會做為陪嫁丫頭跟著許蘭因去趙家。

把秦氏送走，許蘭因拿出那本書翻了翻。雖然寫意，還是非常逼真和大膽，看得她臉紅心跳。前世她活到三十出頭還是個原裝貨，只在書裡和影視劇裡看過一些男女親熱的描述和鏡頭，比這本書隱晦多了。

夜裡，許蘭因有些失眠。透過紗帳，朦朧中，看到牆邊掛著的大紅嫁衣、桌上的紅蓋頭和鳳冠，心裡感慨萬分。

活了兩世，今生終於把自己嫁出去了，嫁的還是親手調教出來的大男孩……不，是大男人。在古代能自由戀愛、自己選夫婿，多不容易。

迷迷糊糊想著，不知什麼時候才睡著了。

三月初二，是許家嫁女的大喜日子。天還沒亮，秦氏同幾個下人就先起來了，在樹上、廊下掛燈籠、掛彩綾，忙著做喜宴。

秦氏見從來不睡懶覺的閨女還沒起床，又讓丫頭把她叫醒。

浴桶裡漂著花瓣，灑了香露，許蘭因由丫頭們服侍著坐進浴桶裡。洗完了澡，有些迷糊的她也徹底清醒過來。

擦乾身子，穿上繡了鴛鴦戲水的紅綾肚兜，再穿上紅綾中衣褲。

從淨房裡出來，臥房裡已經變了樣，紅紗帳、紅被褥，到處披紅掛綠。

許老頭夫婦和大房一家最先到，連在南平縣的許二石都趕來了。接著是秦澈一家、洪震一家、閔燦一家、胡依一家、朱壯一家，還有幾家認識許慶岩的武官及家眷、玩得好的兩家鄰居……這些人家的男人無論上衙的、上學的，都請了假過來。

許老頭看到這麼多大官，特別是知府大人一家跟秦氏的親厚，老腿都有些發抖，看見自己兩個孫子出面招待這些貴客，心裡又無比的自豪。

朱壯一家是秦夫人請來的，主要是請朱壯的母親給許蘭因當全福人。朱太太的公婆、父母、丈夫都健在，還兒女雙全，身體也好，又能說會道。

白白胖胖的朱太太長得十分喜氣，邊給許蘭因梳頭邊唱著吉祥話。「一梳梳到尾，二梳梳到白髮齊眉……」

梳完頭髮，又在許蘭因的臉上塗上海棠粉，用一根五彩線絞她臉上和脖子上的毫毛，俗稱開臉。

開臉的過程，還要有小正太許願來幫著完成。

朱太太先用彩線在臉上上中下彈三下，她邊彈，許願邊唱道：「上敬天地父母，中祝夫妻和順，下彈子孫滿堂。」

朱太太再左中右彈三下，許願又唱道：「左彈早生貴子，中彈勤儉持家，右彈白頭到老。」

為了完成這個艱鉅的任務，小許願足足練習了好幾天，背得又好、聲音又大。稚嫩的童聲說著這些吉祥話，逗得觀禮的人笑不停。

接著是上妝、梳頭、戴鳳冠、穿喜服，這些事由喜婆和丫頭做。完成這一連串儀式，許蘭因就盤腿坐上喜床由著別人觀看。

這一套流程做下來，已是午時初，又開始吃喜宴了。

與此同時，許家的嫁妝一抬抬地抬出去。許家置了六十四抬，每抬都特別實沈，也特別高尚和華麗。買東西和壓箱銀子就花了一萬二千兩銀子，再加上兩個特別賺錢的茶舍，京郊五百兩地和一個莊子，加起來三萬兩銀子都不止。

客人們和門外看熱鬧的鄰居嘖嘖稱讚，這麼大的手筆就是高官和大商賈都少見。

昨天晚上許大石就已經跟老夫婦說了，許蘭因的嫁妝是她自己掙的以及秦氏用自己的嫁妝置辦的，許家沒花一文錢，讓他們不要亂說話。

即使老倆口有了心理準備，但看到這麼多嫁妝還是心肝亂顫，顧氏也羡慕得眼睛發紅。特別是老爺子，站都站不穩了。他想大喊，因丫頭在許家掙的就是屬於許家的！

但許大石一直扶著他，還不時在他耳邊說：「知府大人就在這裡，二嬸的義母是長公主，爺千萬不要給二叔和我們招禍……」

屋裡只剩下秦紅雨、閔楠、胡依陪著許蘭因。

許蘭因對胡依道：「把鏡子拿來給我。」胡依拿來鏡子，許蘭因一看這濃豔怪異的新娘妝，十分嫌棄，嘟嘴說道：「還是清妝好看。」

柴菁菁「發明」的清妝早就傳到了大名朝各地，除了一些守舊的老女人，絕大多數女人，特別是年輕女人都喜歡化這個妝容。

胡依格格笑起來。「許姊姊化的嘴本來就顯小，嘴一翹，更小了！」

幾個姑娘都笑起來。

秦紅雨笑道：「新娘妝都是這樣的。」

三個姑娘輪著去席上吃飯，許蘭因餓得難受也只能忍著。

由於兩家離得近，接新娘的時間就要晚一些，才能正好在傍晚行禮。大概申時，趙家那邊傳來了鑼鼓聲和絲竹聲，這是新郎出門迎親了。

在床上坐了大半天的許蘭因終於又有了精神。

迎親隊伍依然要圍著這條街繞行一圈，等到鑼鼓聲再次傳來的時候，喜娘趕緊過來把紅蓋頭蓋在許蘭因的頭上。

秦氏和許老頭夫婦已經坐入西廂廳屋正座。

隨著許家爆竹齊鳴，迎親隊伍進了許家。

陪趙無來接親的是閔戶和洪震。

穿著紅衣、戴著大紅花的趙無進屋先給秦氏和許老頭夫婦磕了頭，叫「岳母、祖父、祖母」，三人給了改口紅包。當然，許老頭夫婦給的紅包是秦氏事先給他們的。

自從許家去趙家安了床，秦氏就讓趙無成親前不要再過來。才相隔三天，趙無覺得似隔了三年。再次來到許蘭因的面前，她成了他的新娘子。

趙無動情地說：「姊，我來接妳了。」

一旁的人笑道：「新郎官沒叫對，要叫娘子！」

趙無又改口。「娘子，我來接妳了。」

逗得眾人一陣哄笑。

兩位新人給秦氏和許老太磕了頭後，許蘭因由許大石揹上了花轎。

吹吹打打聲中，迎親隊伍和花轎又繞行一圈進了趙家。

許蘭因被趙家的全福人扶下來，趙無用紅綾拉著她，跨馬鞍，進正廳。趙無沒有父母，對著上座的空椅子拜了三拜，再拜天拜地，夫妻對拜，送入洞房。

趙家的客人沒有許家多，但看熱鬧的女人、孩子還是擠滿了洞房。在全福人的指導下，又完成了坐福、掀蓋頭、撒帳、喝合巹酒、吃子孫餑餑等儀式。

趙無的高興之情溢於言表，一直咧著嘴樂，被人打趣也毫不在意。

掀下蓋頭後，眾人又誇讚著新娘子的美貌，趙無樂得笑容更加燦爛。

好不容易等到客人都去吃席了，許蘭因才讓掌棋把她頭上的金冠和首飾取下來，去淨房沐浴。

修整房子的時候，許蘭因對淨房的要求比其他地方都高，還專門修了排水道，取下浴桶下的木塞，洗澡水就會自動排出。

沒有洗頭，沐浴後穿了一件石榴紅軟緞繡花褙子。對鏡把頭髮打散，隨意在頭頂挽了一個卷兒，斜插上趙無送的那支燕上釵。髮髻簡單，小臉素淨，這支美麗奢華的金釵依舊把她襯托得燦若春華，雍容華貴。

側屋的炕几上已經擺上幾個菜、一小盆雞湯、一碗米飯。

抱棋笑道：「這是小柱子送來的，說是二爺讓大姑娘……喔，讓二奶奶先墊墊，別餓著。」

許蘭因實在餓極了，坐下吃了個肚圓，幾個丫頭攔都攔不住。

吃飽了，許蘭因才有心思參觀一圈屋裡。

熟悉的屋子擺上熟悉的家具，還是讓她欣喜和新奇。這裡就是她與趙無的家了。

她的眼睛又瞟向架子床的右面，那底下放了一罈子她的金銀珠寶和銀票，是在「安床」的前一天晚上她和趙無放進去的。

前院的鬧聲漸漸平息，腳步有些踉蹌的趙無回來了。

他過來拉著許蘭因的手，眼裡的濃情似化不開的蜜，笑道：「姊，我終於把妳娶回家了。」

許蘭因笑說：「哪裡『終於』了？很容易嘛！」

趙無把許蘭因攬進懷裡，輕聲說道：「一點都不容易。有了妳，這個宅子才能稱之為家，有家的感覺真好。」

許蘭因把他的腰抱得更緊，動情地說：「嗯，我們是一家人，會永遠在一起。」

趙無伸手摸了摸她頭上的燕上釵，眼神有了些黯然。「可惜，我娘沒看到我娶媳婦，還是個這麼好的媳婦。」

許蘭因安慰道：「婆婆是好人，肯定會去天上，在天上，她會看到的。改天我們去寺裡，給公爹和婆婆上香。」

之前守在屋裡的兩個丫頭已經出了臥房，掌棋端著一個碗在門外說道：「二爺、二奶奶，醒酒湯來了。」

趙無鬆開手，端過醒酒湯喝完後，自去淨房沐浴。

幾個丫頭還要服侍許蘭因脫衣，許蘭因揮了揮手。「我自己來，妳們去歇著吧。」

她看到掌棋走之前在床上鋪了一塊白綾。

掌棋紅著臉說：「是洪夫人讓奴婢鋪的。」

這個家沒有女人，許多要女人操心的事，秦氏又不好辦的，都是胡氏幫著辦。

趙無穿著紅綾中衣褲走出來，看到許蘭因在床邊理床，過去攔腰把她抱住。

許蘭因指著床上的白綾問：「這東西誰檢查？總不會是你大哥吧？」

趙無笑道：「沒人檢查，妳不喜歡，丟一邊即可。」

許蘭因雖然不喜歡這東東，倒也沒有取下來。

兩人躺上床，把紅帳放下。帳外高几上的兩支大喜燭依然明亮，帳內暈著紅光，兩個人籠罩在朦朧的紅色中，更加意亂情迷。

趙無猴急地脫了衣褲，就要翻身上陣。

許蘭因不敢讓這個愣頭青「硬來」，那自己可要「受苦」了，忙用一隻胳膊攔住了他，說道：「不能馬上行事。」

趙無急得不行，盯著她說道：「書裡就是這麼畫的，我沒做錯。」

看來，他也認真學習那種「教材」了。

許蘭因的老臉有些紅，但為了自己的身體好受、以後的生活美滿，還是得教一教這位小兄弟。好在她嫁的是趙無，能隨自己調教。「咱們兩個都是第一次，硬來我會很痛。」

趙無停下動作問道：「那怎麼辦？」他可捨不得媳婦難受。

許蘭因看看這位好學寶寶，先循循善誘道：「要先有前戲，前戲包括兩部分，一部分是語言，要讓我沈浸在愛的氛圍裡，眼裡、心裡只有你……」見趙無一頭霧水的呆瓜模樣，只好說得更直白一些。「就是讓你甜言蜜語，說些如何愛我的話。」

趙無大樂。「這是我的長項！第二個呢？」

許蘭因頓了頓，還是紅著老臉輕聲在他耳邊說了幾句。

趙無的眼睛都瞪圓了，問道：「這事姊也知道？誰告訴妳的？」

許蘭因說道：「我是聽丁嬸說的。她怕我受罪，教了我這兩招。」心裡對盧氏說著抱歉。見趙無還愣愣地看著自己，她不高興地說：「你不願意就算了，就知道你不心疼人！」

趙無大笑，一把拉開被子說道：「這是好事啊，誰說我不願意了？」

或許是前戲足，也或許是這具身體從小吃的苦多，耐痛，反正許蘭因沒覺得有多痛。

儘管是新婚之夜，兩人還是非常盡興，高興得趙無抱著她直叫「心肝」、「寶貝」、「好媳婦」……

許蘭因竊喜，學生聰明就是省心，不管什麼一教就會，還能舉一反三。

次日，許蘭因在一陣鳥兒的啾啾聲中醒來。天光微亮，枕邊已經空了，她知道趙無肯定去院子裡練武了。無論嚴寒酷暑，他從來不會耽擱練武。

許蘭因把掌棋叫進來，穿上昨天晚上穿的石榴紅褙子，依然把燕上釵戴上，又另戴了兩支玉釵，及兩個赤金菊花掩鬢。

她覺得，新婚期戴這支釵，不只是她喜歡，還有對早逝婆婆的尊重和緬懷。

趙無練完武進來，笑道：「家裡沒有外人，姊不多睡一會兒？」

他知道，許蘭因最喜歡的日子是「睡覺睡到自然醒，數錢數到手抽筋」。可在娘家她總是很忙，後來不忙了也很自律，幾乎從來沒有睡過懶覺。

許蘭因笑道：「習慣早起了。」又低聲說：「那塊白綾燒了吧，弄了那東西，多噁心。」

趙無點頭同意。見她又戴上燕上釵，他把丫頭打發下去後才說道：「我娘囑咐過我，這支釵除了我爹和我大哥，儘量不要讓別人看到。」

看來這支釵還別有秘密。許蘭因忙把釵取下放好，換上了一支嵌寶金雀釵。

趙無又道：「昨天賀叔和湯伯、章銅旦都來了，住在客房，後天走。今天讓何東和賀三陪他們去街上玩，晚上多備些酒菜，再備些回禮。」

賀三是賀叔的兒子，目前在趙無手下做事。

兩人吃了早飯後，趙無去前院招呼客人。家裡只有個大伯李洛，不需要認親，他已經去上衙了。

幾個下人來給許蘭因磕了頭，改稱「二奶奶」。

正如趙無所說，家裡有主婦了，才能稱之為家。

許蘭因看了成親收的禮，把這些禮物造冊後放入庫房，又把這個家的帳目理了一遍。這個家沒有田產、鋪子，光憑趙無的俸祿及外快，這一大家子人他養不起。之前那五千兩銀子，置聘和修理宅子、娶親已花了一些，還剩三千兩。再加上胡家送的禮金，共有四千多兩。自己再拿出一些來，買些地，再開個鋪子……

趙無把賀捕快等人送出門，又回來看著許蘭因忙碌。「有媳婦真好……」

「好什麼好？你也得學庶務，這是生計。」見趙無一個耳朵進、一個耳朵出，許蘭因拎了拎他的耳朵說：「你那點子錢，養這一大家子都困難，生多了孩子怎麼辦？總不會要用媳婦的嫁妝養他們吧？或者說，像隔壁的李家，靠著賣女兒過日子？」

趙無最不耐煩庶務，但一聽「多生孩子」、「靠媳婦的嫁妝養孩子」、「賣女兒」等話，立即一個激靈。眼前先出現一串孩子，接著出現抹著眼淚的三個姑娘。

他趕緊說道：「咱們生再多孩子我也養得起，更不會賣閨女！閨女是爹爹的小棉襖，我疼還疼不過來，哪裡捨得賣！」馬上坐去許蘭因旁邊，兩人一筆一筆算著帳，商量置產發財的事。

世上最怕的就是「認真」二字。趙無一直不喜歡管錢、不喜歡庶務，一旦認真了，不僅學得快，還能提一些建議。

許蘭因和趙無忙完也到了晌午，兩人吃完飯後，趙無就拉著許蘭因要去午歇。

這傢伙，之前從來不晌歇的。

許蘭因望望窗外明晃晃的日光，純淨蔚藍的天空，還有枝葉裡鳥兒的啾啾聲及隔壁花子的汪汪聲。「白日宣淫，不好吧？」

趙無一本正經地說道：「這不是宣淫，是傳宗接代。家裡冷清，咱們努力三年抱兩，四年生三……」說著，一下子把許蘭因打橫抱起來。

許蘭因笑出聲，又趕緊把笑聲壓下去。

完事後，兩人睡不著，也不想起床，有一搭、沒一搭地說著話。

「姊……」

許蘭因趴在他的胸口上，輕聲說：「叫我因因，我喜歡你這樣叫我。」這是前世爸媽對她的叫法，後一個字的音拉得比前一個字長些。

趙無的拇指在她臉頰上摸了摸，叫道：「因因。」

「嗯，再叫一遍。」

「因因。」

「嗯。」

趙無又說：「以後妳就叫我趙郎。」

許蘭因抬頭看了看他，沒叫出口。

趙無問：「不喜歡？」

「也不是不喜歡，就是覺得有點肉麻。」許蘭因覺得這個稱呼比前世的「親親」、「肉肉」還肉麻。

趙無笑起來，說道：「那就叫我卓安，私下這樣叫，我小時候爹娘就是這樣叫我的。當著外人，叫我二爺。」

「卓安。」

「嗯。」

「二爺。」

「嗯。」

很奇怪，不一樣的稱呼，又讓兩人的情愫高漲起來……

初四這天回娘家。

巳時，許蘭因和趙無打扮得光鮮亮麗來到前院，沒有走那道小門，而是出趙家大門後向左拐去許家，兩個丫頭拎著禮物在後面跟著。

許家大門口站著迎接新姑爺和姑奶奶的許蘭亭及許二石。

兩人躬身行禮，叫了「姊夫、姊姊」。

上房裡坐著秦氏和許老頭夫婦、大房一家。李氏還沒滿月，她和二女兒許多沒來。

許蘭因和趙無進去給長輩磕頭見禮。

看到更加美麗水靈的許蘭因，秦氏笑眯了眼。

許蘭因一坐去椅子上，許蘭亭和許蘭月就倚進她懷裡。這兩個孩子，一個是她帶大的，一個是最黏她的，都不習慣她不在家。昨天他們就想去趙家找大姊，被秦氏硬攔住。

許蘭因之前的屋子還留著，晌飯後她和趙無在這裡歇息。

三月初九，閔戶回京娶親。這個時代官員的婚假是九日，路程另算。閔戶在京城家中住夠九日，為了開枝散葉，新娘子還會跟他到寧州府住一個月。

趙家和許家都送了重禮，也給長公主府和許慶岩父子帶了東西，許蘭因還特地給閔嘉小朋友和小星星小朋友寫了信、送了禮。

初十那天，許蘭因和趙無去郊外華頂山的大昭寺上香，同時去的還有秦氏和許蘭亭、許蘭月。

他們磕了頭、上了香，添了香油錢。

幾人在寺裡吃了齋，又遊玩了華頂山。華頂山不高，一個多時辰就遊遍了。此時正是陽春三月，桃花爛漫，山花遍野，鬱鬱蔥蔥中夾雜著怪石和溪流。幾人玩得非常盡興，太陽西沈才高高興興回城。

許蘭亭鬧著跟趙無同騎一匹馬，許蘭因掀開簾子看著外面。

阡陌縱橫的田地裡，農人們在忙活著，不遠處有一片村落，還能看到三三兩兩的孩子在其間玩鬧。

許蘭因很喜歡鄉村的平靜和美麗，只不過她在小棗村的生活並不輕鬆和愜意。

趙無指著極目處的一片屋舍對她說：「因因，洪大哥所在的營房就在那裡。」

剛說完，就看到幾個穿著戎裝、騎著馬的人由遠及近，又跑過他們。洪震也在其中，沒打招呼，只是衝他們笑笑。

許蘭因和許蘭亭也衝他笑笑，而趙無卻面沈如水地望著他們遠去的背影。

許蘭因問：「二爺，你怎麼了？」

趙無忙搖頭道：「沒什麼。」

回到家已經暮色四合。

許蘭因和趙無先回自己的院子洗漱，再去許家吃飯。

許蘭因悄聲問：「跟洪大哥一起的人裡有你認識的人？」她還惦記著這事，因為趙無看到那些人的表情非常不同。

趙無這才道：「嗯，是蒲家八老爺。那個酒囊飯袋，居然穿著三品官服。他怎麼來了這裡？不會是調過來的吧？」又解釋道：「他是蒲老國舅爺和蒲老夫人的老來子，太后娘娘的娘家姪子。過去，溫言最喜歡跟他混。」

許蘭因囑咐道：「若他真的在這裡為官，你儘量避著他。」

趙無搖搖頭。「我不僅不能避著他，還要把關係搞好。」又寬慰道：「因因放心，他跟我們兄弟見面不多，我們的變化又大，他認不出來的。不過，我還是會讓大哥躲著他，不能被他發現我們兄弟都跟溫家兄弟長得像。」

李洛雖然是秦澈的師爺，但平時很少露面，都是在衙門後堂協助秦澈處理公務。

在許家吃完晚飯，許蘭因直接回了後院，趙無去李洛房裡商議事情。

許蘭因剛洗漱完，就聽見外面趙無急促的腳步聲。他手裡拿著張小紙條走進來，面帶喜色。

他遣退下人後說道：「岳父讓麻子送信回來了。」

許蘭因趕緊接過紙條，上面的意思是，大事已成，許慶岩會盡快趕來接秦氏進京。另外，要注意王翼。

這是事情辦成了，秦氏能恢復身分走到人前了？許蘭因大喜。

徹底解決秦氏的身分，不僅要北陽長公主和王翼同意不追究秦氏，王翼還必須寫「放妻書」。有了這個憑證，他才不能反悔。

看到後面又有些擔心。許慶岩要親自來接秦氏，還讓注意王翼，說明王翼是被硬逼著放手的，怕他狗急跳牆，私下來找秦氏的麻煩。

許蘭因擔心道：「怎麼辦？得護著我娘的安全。」

趙無說道：「不出意外的話，這件事是今天下晌最終才辦成，岳父立即讓麻子送信過來。王翼過慣了富貴日子，做不到不眠不休地趕路，興許他還沒到，岳父就先回來了。」

這樣當然更好。

兩人分析著，王翼既然已經放手，哪怕心存不甘地跑來找秦氏，應該不敢傷人，只是發洩不滿來噁心人而已。但為了以防萬一，還是讓秦氏明天住到趙家來。

九日的婚假除去一天休沐日，趙無後天就要上衙。但在許慶岩回來之前，哪怕他假期到了也要繼續請假待在家裡才行。

兩人又過去跟秦氏說了這件事，秦氏喜急而泣。只要王翼寫了「放妻書」，她跟那個人就再沒有干係，她再不需要像之前那樣戰戰兢兢了……

她非常痛快地答應明天搬去趙家住，兩個孩子也一起搬。

夜裡許蘭因緊張得睡不著，她有些惆悵和不捨。秦煙變回了柴清妍，正式過繼給南陽長公主，許慶岩又在京城，她便沒有理由再繼續住在寧州府了。她去了京城，許蘭亭和許蘭月也會跟著去。

而這裡，就只剩下她和趙無了。

趙無看出了她的心思，摟著她說道：「等把我爹娘的事情查清楚，將溫言和潛在危機消滅掉，我們和大哥也去京城安家。」

許蘭因嘆道：「收拾溫言容易，查清楚那件事可不容易，還不知道要過多久。」

趙無笑道：「我在外面查壞人，因因就在家裡生孩子。孩子多了，家裡便不會冷清了。」

許蘭因看了趙無一眼，沒吱聲。雖然她也喜歡孩子，卻從來沒想過要多生幾個。

次日，沒讓許蘭亭去上學。他也會跟著秦氏去京城，以後一直留在那裡也不一定。

兩個孩子跟著秦氏搬來了趙家。秦氏住三進院的東廂，許蘭亭和許蘭月分別住西廂的南、北屋。

兩個孩子不知道為什麼要搬家，但跟姊姊住一起總是好事，因此都高高興興地搬了過去。

秦氏又把自己的身世告訴許蘭亭，許蘭月也在一旁聽。

許蘭亭聽得眼圈都紅了，過去抱著秦氏說道：「娘，兒子一定好好讀書掙功名，不再讓娘受欺負……」

秦家人一得到消息便馬上來了。除了上衙的秦澈和去了江南的秦儒，所有人都來了。

傍晚，下衙的秦澈和李洛一起來到趙家。

秦澈已經聽李洛說了秦氏的事，也是喜形於色。

次日是三月十二，趙無的婚假到期了，他讓何東去衙門再幫他請兩天病假。

秦澈派的四個捕快也住進了趙家前院。

下晌，許蘭因和趙無、秦氏正在屋裡敘話，就聽到隔壁許家的吵鬧聲，還有一個男人不高、略帶沙啞的聲音——

「柴清妍！柴清妍！妳在哪裡？給老子出來！」

接著是丁固及楊忠、盧氏幾人的聲音——

「你是誰，敢擅闖民居？我們要報官了！」

「出去、出去……哎喲，你怎麼打人呢……」

秦氏的臉都變了，哪怕隔了近二十年，她也聽得出那個聲音是王翼的！

趙無一下子站了起來，向外走去。

許蘭因扶住秦氏說道：「娘莫怕，那個惡人打不過趙無的。」

趙家和許家之間的小門已經鎖上，趙無去許家走的是大門。

兩個捕快留在趙家，兩個跟著趙無去了許家。

趙無一進去，就看到王翼面沈如水，背手站在二進院子裡，周圍還站著四個士卒和許家的幾個下人，丁固已經被打倒在地。

王翼雖然被母親、大哥、柴榮、蒲元傑等人逼著寫下「放妻書」，但心裡實在是氣不過，當天就帶著四個親兵跑來寧州府找柴清妍算帳。

王翼急於找到柴清妍，夜裡歇不到三個時辰，快馬加鞭，兩天時間就趕到了寧州府。

他不知道柴清妍家在何處，但知道許蘭因在寧州府也有家心韻茶舍，便聰明地先去心韻茶舍打探許蘭因的住處，說自己是許蘭因在京城的親戚。

心韻茶舍已經得了囑咐，不許吐露許家和趙家的住處，所以沒人告訴王翼。哪怕他的親兵拿出十兩銀子來，也沒人敢說。

好巧不巧，正好有個許家的鄰居在那裡喝茶。見王翼幾人出去，便跟著他們走了出去，說了許家住處。

王翼想著自己來的突然，這邊肯定沒有準備。沒想到柴清妍居然躲了起來，趙無還來了這裡。

王翼見過趙無，知道他是把許慶岩救出敵國的人，是許慶岩的未來女婿，但不知道趙無和許蘭因已經成親，兩家還是鄰居。

王翼還知道趙無的武功在大內高手中也屬上乘，自己加四個親兵也遠不是他的對手，因此不敢輕舉妄動。「小子，我跟許夫人是舊識，又是親戚，我跟她說兩句話就走。」

趙無揶揄道：「王大人，你是朝廷命官，娶過好幾個老婆，姬妾更是眾多，何苦來糾纏良家婦？傳出去有礙你的官聲，若再被言官參一本——」

他的話還沒說完，惱羞成怒的王翼就一馬鞭抽了過去，嘴裡罵道：「黃口小兒，老子抽死你！」

趙無抬手抓住鞭子，使勁往自己身邊一拉，把王翼拉了個趔趄。

幾個親兵過來要打趙無，那兩個捕快和楊忠、丁固立即過去跟親兵打了起來。

趙無把鞭子在手上繞了幾圈，將王翼拉到他面前，冷聲說道：「王大人，若真打起來，你們討不到便宜。」

王翼嘴硬道：「你敢？」

趙無還沒有答話，一個聲音就傳了過來——

「他不敢我敢！打幾個來我家找麻煩的流氓，走到哪裡都有理！」

隨著話聲，許慶岩大步走了過來。

第三十四章

那天下晌——

王翼把寫好的「放妻書」甩給許慶岩後，就氣急敗壞地跑了。

許慶岩怕王翼去寧州府找秦氏麻煩，但他卻不能馬上離開，還得耐著性子跟另幾人商量完後續事情。之後，他向柴統領請假回去老家接家眷，又回家給趙無寫信，讓麻子先帶去寧州府，他隨後就過去，肯定能趕在王翼之前到家。

不料，許蘭舟的小廝華山卻急匆匆地跑回家報信，說許蘭舟被人劫走了！

許慶岩怒罵道：「我不是讓你們這些天住在周府，不要出去嗎？」

華山囁嚅道：「是周十二爺把大爺哄出去的。」

許慶岩猜測是王翼幹的，目的是聲東擊西，把他絆在京城。想著麻子已經把信送回去，有趙無護著秦氏，許慶岩就先帶人去找許蘭舟。

許蘭舟是第二天早上在一個胡同裡找到的，被人打得鼻青臉腫，腿也骨折了。

許慶岩氣憤難當。

自家勢低，秦氏即使當了南陽長公主的義女，也只是義女。南陽長公主府能幫到這個分上，已是出了大力，總不好事事把他們扯進來。

而王翼則是北陽長公主的親子，不說北陽長公主頗得聖寵，就是王家也是家大業大，盤根錯節。不怕他們明面打壓，就怕他們暗中下手，做些令人意想不到的事來，總不能千日防賊。

許慶岩摸出閨女給的小木牌，之前他沒有去求周家，想著這是閨女好不容易得來的，能不用就儘量不用，現在看來，不用是不行了。

他極其挫敗。之前一直自信滿滿，覺得自己終於透過多年努力奮鬥脫離暗衛當了官，可以讓父母享福，讓妻子恢復身分，讓兒女過富貴日子，可事情並不像他想的那麼容易，總會出現這樣那樣的狀況，到了最後還是要靠這塊小木牌來解決問題。再想想，一步一步走來，一個問題接著一個問題解決，閨女在其中起的作用似乎比自己還要大，連自己這條命也是因為閨女才得以保存……

許慶岩帶著許蘭舟去了周家求見周老太師。

他把小木牌拿出來，說了許蘭因和張老神醫的交集，又說出自己相求的事情。

周老太師接過小木牌看了看，笑道：「這是老神醫救治太子後，老夫給他的，沒想到他又轉贈了許小丫頭。老夫的確說了那個話，也會兌現承諾。你放心去接媳婦吧，老夫就做個和事佬……」

於是，許慶岩才快馬加鞭地往寧州府趕來。

看到這個王八蛋真的來自家找麻煩，又想到被打傷的兒子，許慶岩氣血上湧，一把抓住王翼就是一頓暴打。

王翼雖然是武將，功夫卻比暗衛出身的許慶岩弱了一條街遠，被許慶岩打得沒有絲毫還手之力。

趙無知道許慶岩想出氣，沒有幫他，而是幾腳將王翼的幾個親兵踢倒在地，又上前把他們的一隻胳膊踩斷，讓他們做不了壞事。

見王翼已經被打得頭破血流，趴在地上起不來，趙無才過去攔道：「岳父，夠了，不能把人打死。」

許慶岩一腳把王翼踢開，說道：「滾！」

趙無對那幾個捕快說道：「王大人身體不好，不能勞累，你們租輛牛車護送他進京。」怕捕快吃虧，又道：「送到通縣即可。」

幾個捕快已經得了秦澈的命令，一切行動聽趙無的，便過去扶起王翼向外走去。幾個親兵也互相攙扶著爬起來，跟著主子走了。

王翼已經被打懵了，想罵人卻張不開嘴，像死豬一樣由著捕快扶了出去。

許慶岩把王翼寫的「放妻書」交給秦氏，上面不僅有王翼的簽字畫押，證人柴榮、王濟、蒲元傑也都有簽字畫押。

王濟是王翼的大哥。

秦氏拿著「放妻書」，激動得流出了眼淚，手不停地顫抖著。

許慶岩笑道：「煙妹，妳終於苦盡甘來了。」

秦氏擦了眼淚，說道：「岩哥辛苦了，我去給你下碗麵。」

許慶岩洗漱完，雞蛋麵也下好了，他邊吃麵邊講述京城的事情。

他們並不想把蒲家拉進是非中，所以最先去找蒲元傑，先道了歉，說主要是因為一些私事想抓王翼的把柄，沒想到卻將蒲將軍牽扯進來。蒲元傑氣惱不已，但也不想這件事鬧開，只得同意一起勸說王翼。

北陽長公主聽南陽長公主講了事情原委，恨不得柴正關和柴清妍都去死。

聽說自己被當傻瓜耍了，還白揹了那麼多年的罵名，王翼氣得眼睛都紅了。

柴榮適時出面調節矛盾，幫著說合，蒲元傑則是利誘和威逼王翼。

王翼的兄長王濟也覺得兩害相權取其輕，於是同北陽長公主一起強押著王翼寫了「放妻書」，大意是柴清妍那麼做的確是迫不得已，王翼深表同情並不予追究，以後兩人各自歡喜，互不相干。

許慶岩說得平淡無奇，但其中的不易，眾人還是想像得到。

秦氏又感激地對許慶岩說：「謝謝你。」

許慶岩笑道：「妳我夫妻，本應同甘共苦，共進共退。」然後又不好意思地對許蘭因說：「本來不想用那塊木牌，想等閨女以後有大事再用。唉，爹無能，最後還是用了。周老大人已經答應，會想辦法不讓那家人來找麻煩。」

許蘭因笑道：「好鋼用在刀刃上。目前咱們家勢低，用它保證那些人不找麻煩，值了。等以後咱們家起來了，用實力不讓惡人找麻煩，也就用不到它了。」

許慶岩豪邁地說道：「爹會努力，靠自己的實力護家人平安喜樂！」

趙無也笑道：「以後咱們不用別人的小木牌，而是發小木牌給別人！」

次日，許慶岩帶著許老頭夫婦和許蘭亭、許蘭月又回了小棗村。他以後會在京城安家，難得回來，因此回去祭祖，順便再多陪陪老倆口。

十九這天下起了小雨，許蘭因午歇睡得正香，被掌棋叫醒了。

「二奶奶，都申時了，再不起來晚上該睡不著了。」

許蘭因睜開眼睛，聽著外面淅淅瀝瀝的雨聲，就是不想起床。

她昏沈沈地閉上眼睛，想再睡一會兒。

突然，她的眼睛又猛地睜開，想到一事——她的月信該二月十一來，已經遲了八天。

這些日子一直忙碌，又因為秦氏的事情緒有些波動，想著日子推後也正常。但這兩天她特別嗜睡，這就不正常了。會不會……她懷孕了？

許蘭因摸著肚子，喜不自禁。兩世為人，這輩子不僅把自己嫁了，還要當母親了？

她對掌棋說道：「妳親自去千金醫館請個善婦科的大夫來。」

掌棋如今也懂了許多事，聽了這話，又算了算許蘭因小日子的時間，喜道：「二奶奶是懷孕了？」

許蘭因道：「還不確定。妳先不要說出去，等大夫診了脈後再說。」

掌棋趕緊讓賈叔套馬車，去了千金醫館。

半個多時辰後，張大夫給許蘭因診了脈，笑道：「恭喜趙二奶奶，是滑脈。」

掌棋笑著給了大夫診金，就忙不迭地跑去許家向秦氏報喜。

秦夫人和秦紅雨正在許家玩，聽了這話，都高興地來了趙家。

許蘭因拉著秦氏的袖子說道：「娘，我這樣不能陪妳去京城了。」

趙無已經請了十五天假，說好他們一起送秦氏幾人進京。

秦氏笑道：「子嗣重要。等妳生了外孫後，帶著他來京城。娘把那裡的事情理順，也能來這裡看閨女。」又道：「就把盧氏留下來服侍妳吧，妳身邊都是些小丫頭，娘不放心。」

許蘭因點頭同意。

秦氏又拜託秦夫人幫著多看顧許蘭因，想著要跟這個閨女分開，又難過起來。

秦夫人笑道：「因兒是我們的外甥女兒，看顧她是該當的。表妹放心，明天我就挑一個心細、會做飯的婆子來服侍，女人懷孕，可挑嘴了！」

趙無一進門就聽說媳婦懷孕了，大喜，急步向垂花門走去，他來到後院，從小窗裡飄出秦氏和秦夫人母女的說笑聲。

趙無站下，望著那扇熟悉的小窗。以後，從那扇小窗飄出的會是媳婦、兒女的說笑聲。想到妻子和軟軟的孩子，他的心裡溢滿了溫情。

他抬頭望向天空，透過細細的雨絲，天空一片灰暗，烏雲壓得很低。哪怕天塌了，他也要頂起來。為了因因，為了兒女，為了這個家。

他穩了穩情緒，才走進屋裡。

趙無進屋先給許蘭因一個大大的笑臉，又給秦氏和秦夫人行了禮後，問道：「因因懷孕，有什麼需要注意的？」

秦氏和秦夫人說了一堆注意事項，又說要派盧氏和一個婆子來專門服侍許蘭因。趙無鬆了一口氣，又朝她們作揖道謝。

晚上，趙無撩開許蘭因的中衣，不眨眼地望著她平坦的小肚子，嘀咕道：「沒長一點，跟原來一樣平啊……」

許蘭因跟他比劃著小手指，笑道：「孩子現在只有指甲蓋這麼大。」

趙無明顯不信。「連這妳也知道，不會吧？」

許蘭因一臉得意。「我就是知道！你別不信，真的是這樣。」

趙無啄了她的小嘴一下，又約法三章，說了一堆的不許。

次日許蘭因睡到日上三竿，盧氏和秦府派的葉嬤嬤已經來了，秦府還送了許多燕窩等適合孕婦吃的補品。

葉嬤嬤專門給許蘭因做了孕餐，味道非常不錯。

許蘭因賞了葉嬤嬤，又對盧氏笑道：「麻煩丁嬸了。等我生完孩子，妳就去京城跟丁叔和曉染團聚。」

盧氏趕緊屈膝笑道：「折煞奴婢了！大姑奶奶於我們一家有恩，又把曉染調教得那麼有出息，奴婢天天都想為大姑奶奶盡點力呢！」

丁曉染如今在京城棋界也有了些名聲，偶爾還會陪四皇子、周老太師、柴駙馬等貴人下棋。

下晌，許慶岩等人冒雨回來了。

聽說自己要當外祖、舅舅、小姨了，三人俱是喜笑顏開。

許蘭月悄悄跟許蘭因說：「大姊，爹爹同意我留下來跟姊姊、姊夫住。」

小妮子在回鄉下之前，悄悄跟許蘭因表達了想留下來的想法。她知道，爹爹公務忙，哪怕她去了京城，兩人相處的時間也很少。即使大娘對自己很和善，她還是願意跟大姊住一起。

許蘭因知道她的想法，覺得沒有她在秦氏跟前礙眼也好。

二十二上午，許慶岩帶著秦氏和許蘭亭啟程回京。

望著漸漸遠去的馬車，還有馬車右邊鑽出的許蘭亭的小腦袋，許蘭因流淚了。

此去京城，以後便沒有秦氏了，取而代之的是柴氏，閨名柴清妍。

送別的客人在趙家吃了晌飯，怕累著許蘭因，都告辭回家了。

家裡寂靜無聲，連花子和麻子都懨懨地趴在廊下，許蘭因非常不習慣。

她坐在窗前望著院子裡發呆，身邊一個小身子擠了過來。

「大姊，妳還有姊夫，有我，有小外甥，再加上李大哥，咱家有五口人呢！」

許蘭因摸摸肚子，笑道：「蘭月說得對。」

萬一懷了雙胎，就有六口人了。

許多穿越小說裡，女主最容易生雙胎了，甚至還有三胎、四胎的。

只是，這個時代不喜歡雙胎。

一個原因是有「偶數為陰」的說法，男為陽，女為陰，在男人看來「陰」不吉利；另一個原因是，許多人認為雙胎會剋父剋母。很少有人家生了雙胎都留下自己養的，有些會把體質弱的送人，更有極少數心狠的人會直接溺死一個。而且特別不喜歡龍鳳胎，怕男孩被女孩剋死，被送走的無一例外都是女嬰，要等到她嫁人成為別人家的人後，再相認。

一次生兩個孩子，特別是龍鳳胎，一下子兒女雙全，多好啊！

許蘭因很不理解這些不科學的想法。她摸著平坦的小腹，若她生下雙胎，高興還來不及呢，當然不會送出去。

趙無天快黑了才回來。

晚上，趙無和許蘭因依偎在床頭，許蘭因問了心中糾結半天的話。「卓安，若是我生了雙胎怎麼辦？」

趙無的大手擺弄著小手，不以為意道：「雙胎好啊，怎麼了？」

許蘭因又問：「你不會把其中一個孩子送人吧？」至於溺死，趙無肯定幹不出來。

趙無捏了捏許蘭因的臉說道：「想什麼呢？不管單胎還是雙胎，都是咱們的孩子，當然不能送人。妳不要聽別人胡說八道，我辦案的時候也看到過生雙胎的人家，他們沒把孩子送出去，不僅大人沒事，孩子們也活得好好的……」

竟然還對許蘭因做起洗腦工作，生怕她生下雙胎後送走一個。許蘭因對他的表態滿意極了。

趙無怕許蘭因寂寞，推掉了所有外出公幹的差事，天天回家陪媳婦。又請秦紅雨邀約胡依、閔楠隔三差五來陪許蘭因解悶，胡氏和李氏、徐氏偶爾也會領著孩子們來。

家裡幾乎天天有客人，許蘭因倒不覺得寂寞。

三月底，休完婚假的閔戶回了寧州府，跟他一起回來的還有新媳婦李氏和閨女閔嘉。為了子嗣，她們會在寧州府住一個月。

本來三十那天閔戶想請趙無一家去閔府玩，聽說許蘭因剛懷孕不好出門，就決定他們一家去趙家玩。同時，趙家又請了秦家、閔燦家、胡萬夫婦和胡依。

閔嘉高了瘦了，穿著華麗，包包頭上戴著一支玉簪四朵宮花，沒有如之前一樣看到許蘭因就跑來抱著她訴說離別之情，而是屈膝見禮，十足的名門小閨秀。在她身上，已經完全看不到三年前那個自閉小女孩的一點影子。

給所有長輩見了禮後，閔嘉才過來拉著許蘭因的袖子撒嬌，連眼圈都有些發紅。跟許蘭因親熱夠了，才跟許蘭月一起去廂房玩。

閔戶的妻子李氏，白淨端莊，比許蘭因還要大一歲，因為母親去世耽擱了親事。她的父親許蘭因也見過，就是特別喜歡西洋棋的李祭酒。

李氏雖然長相一般，家世比閔家低，但李家清貴，李氏賢慧知禮，溫柔多才，閔家十分滿意這個媳婦。

她跟許蘭因熟悉後，笑道：「大奶奶、二奶奶的，都叫生分了。以後妳叫我李姊姊，我叫妳許妹妹，可好？」

沒有一點架子。

許蘭因沒有不同意的，立即笑道：「李姊姊。」她一直希望閔戶能娶個好媳婦，閔嘉能有個好後娘，自己還能跟她搞好關係。

李氏又道：「我經常聽嘉兒說起許妹妹，謝謝妳讓她快樂起來。」

快樂起來，而不是病好起來。這個女人應該是個善良的女人，或者說，是心思通透的女人。

李氏在這些女人裡身分是最高的，但對在座的所有人態度都很好，包括商家出身的徐氏和胡依。

盲婚啞嫁，閔戶還能娶回這樣一個媳婦，算是中獎了。

許蘭因很喜歡李氏，以後，可以敞開心扉跟她搞好關係。

次日，李氏又領著閔嘉來了趙家。

她的說辭是，嘉兒想多跟許姨和月小姨親近。還帶了一本前朝著名書法家薛幼之的字帖，說感謝許蘭因對閔戶和閔嘉曾經的幫助。

薛幼之在這個時代非常出名，他的真跡有錢也沒地方買，這份禮可有些重。

許蘭因知道，她不光是感謝自己曾經的幫忙，還是來學催眠術的。

催眠術哪是那麼容易學？不過，人家送了這麼大的禮，她也不好不教

許蘭因笑道：「催眠技術好學，但很難學好。學得不好，也起不了大作用……」她講了一堆催眠術的理論及學催眠術必須具備的知識後，又笑道：「若想單純讓人入眠，我有一套按摩手法有助於睡眠，可以緩解失眠。」

李氏覺得催眠術實在不好學，按摩倒是容易多了。再想到丈夫在自己的按摩下漸漸入眠

的情景，李氏心裡湧起絲絲柔情，毫不猶豫地選擇了按摩。

一個教得認真，一個學得認真。許蘭因還會抽空講一些閔嘉的喜好，希望她們二人以後能相處得更融洽。

在趙家吃了晌飯後，未時末，李氏才帶著閔嘉回家。走前還說好，後天再來繼續學按摩。

李氏剛走，兩天前飛去京城的麻子又飛了回來，牠的腿上還繫了根小竹管。

許蘭因拿出小竹管裡的信，是許慶岩寫的。他說，柴清妍已經正式過繼給南陽長公主和柴駙馬，名字重新寫進柴家祠堂，為長房嫡女。北陽長公主府和王翼也沒有找事，目前家裡一切安好。

許蘭因一直提著的心總算放了下來。

趙無下衙回來，一臉的喜色。

許蘭因把信交給他看，趙無也放了心。

他見許蘭月正低頭看著連環畫，快速啄了許蘭因一口，笑道：「今天晌午跟洪大哥和幾位將軍喝了酒，蒲大人也來了。他非常看重我，一直在說服我進軍營跟著他幹……」

蒲元慶現在是參將，聽洪震說過跟救回許老妖的趙無關係好，就讓洪震說服趙無進軍營，將來定能高官加身。趙無沒同意，他又讓洪震把趙無帶去見他，一副愛才、惜才的伯樂模樣。

一晃到了四月底，李氏母女該回京城了，卻意外診出李氏懷了身孕，此時肯定不能舟馬勞頓。閔戶極是開心，馬上遣人回京城送信，說等李氏三個月後再回京，又跟李氏說：「等妳滿了三個月，若大夫說妳懷得不穩，建議生完孩子再回去，我會再寫信跟長輩說。我已經二十八了，難得妳懷了孕，長輩定能應允。」

這是明確告訴她，等生完孩子再回京了！李氏高興得眼圈都紅了，既感動夫君對她的體貼，又高興夫妻二人可以繼續相守。

李氏安心在家養胎。

閔嘉已經八歲了，要在這裡久住，閔戶就請了兩位先生教她。一位教文化課，一位教古箏。

許蘭月也去跟著一起學。兩個小姑娘放學後就妳家住幾天、我家住幾天，幾乎形影不離。

進入五月，天氣越來越炎熱。許蘭因的早孕反應已經完全沒有了，胃口特別好。營養均衡的同時，絕對控制飯量，堅決不貪嘴。還天天堅持鍛鍊，現在不宜大動，就繞著院子散步，指揮丫頭擺弄花草，興致來了則親自做菜、做點心招待客人，或是讓人送去閔府。

初八這天，趙無被派去出差，還會在外面住幾天。

他走之前說把秦紅雨接過來住，許蘭因沒同意，自己哪有那麼嬌氣。

上午，她帶著丫頭澆完花草，就在廊廡下慢慢散步。

經過她的打理，庭院裡花草繁茂，滿院子瀰漫著芬芳。曾經在現代高樓大廈裡生活過的人，深知生活在繁花似錦中有多麼愜意和不容易。

沒多久，秦紅雨來了。

許蘭因有些納悶。她和胡依、閔楠昨天才來過，按規律，起碼要四、五天後才會再來。

秦紅雨也看出了許蘭因的心思，嘟嘴道：「怎麼，我一個人就不能來玩？」

許蘭因笑道：「看妳多心的，誰說妳不能一個人來玩？」

秦紅雨才又笑道：「我大哥昨天回來了，他和我爺給妳帶了不少東西，下晌他會給妳帶過來，我爹娘都要來這裡吃晚飯。」

秦儒這次出去了三個半月。光送秦老太爺當然用不了這麼多時間，他還去江南幾個大書院遊歷和學習了一番，為今年的秋闈作準備。

許蘭因讓人去多買些食材，兩人坐在廊下聊天。

秦紅雨欲言又止，小臉酡紅，許蘭因直覺她有事。

秦紅雨做了半天心理建設後，才鼓足勇氣問：「表姊，妳知道李大哥為什麼二十幾歲了還沒訂親嗎？」

小妮子這是看上李洛了？

秦家只有秦澈和秦儒知道李洛的真實身分，其他人真的以為他和趙無是表兄弟，出身商家。

許蘭因說道：「聽我家二爺說，他十幾歲時訂了一門親，因為女方看上門第更高的人家，悔了親。後又因為雙親先後過世，他本人摔斷了腿，再加上眼光高，親事就耽擱下來了。」

這是李洛和趙無之前商量好的說辭。

秦紅雨抿了抿嘴，又道：「聽我爹說，李大哥的學問非常好，他為什麼不考科舉走仕途呢？讓姊夫勸勸他吧，給人家當師爺總沒有自己當官好。」

她覺得，只要李洛有了前程，父親就會同意自己嫁給他。

許蘭因解釋道：「李表哥之前考過兩次秀才，可惜都沒中，就絕了走仕途的想法。」

「他才二十幾歲，為何那樣悲觀？想當初我爹也是二十幾歲才考中秀才，三十幾歲才考中進士，現在還不是當了知府？」

許蘭因笑道：「不是有學問的人就一定能考中舉人、進士，還要有運氣，李表哥曾經說自己沒有考運。」

秦紅雨的眼神黯然下來，小臉滿是失望。

許蘭因知道，她失望不是因為李洛不能走仕途，而是知道他不走仕途，父親就不會同意他們的親事。

若李洛錯過了這位好姑娘，真是一輩子的遺憾。

晚上，不止秦澈下衙過來了，好些天沒歸家的李洛也回來了。

雖然秦紅雨極力掩飾，但她偶爾看向李洛的眼神總有些不同。

秦澈眼裡的厲色一閃而過，許蘭因注意到了秦澈的不快，笑著把小祥哥兒和秦紅雨拉去側屋玩。

晚飯後，秦家人告辭回家。

趙無不在家，李洛不好住在家裡，也跟著去了秦府。

他早就看出秦紅雨偶爾投向他的目光裡帶著傾慕，今天也看到了秦澈眼裡的厲色，傷心又無奈。他既怕錯過這麼好的姑娘，又怕一直拿不回屬於自己的東西，耽誤她……

送走客人後，許蘭因坐在床上嘆氣。

這一頓飯吃得五味雜陳，很可能回去後秦紅雨會挨罵被罰，李洛也有可能被連累而讓秦澈不喜和防範，甚至是疏遠……

突然，窗外響起幾聲熟悉的「咕咕」聲。

是麻子！

前兩天許蘭因寫了封報平安的信讓麻子帶去京城，今天牠又回來了。

掌棋抓著麻子進來，牠腿上還綁著一根小竹管。

許慶岩的回信說，家裡一切安好，讓女兒跟女婿放心。另外，四月底古望辰同蘇晴已經和離，對外的說辭是，蘇晴滑胎致使不能再孕，又覺得古望辰是獨子，不能讓他沒有嫡子，自請下堂。古望辰苦留未果，只得忍痛放手。

蘇晴離開古望辰，既在意料之外，又在意料之中。許蘭因還是吃了一驚。蘇晴付出的代價太大了，失去了孩子，不能再當母親。

書裡的瑪麗蘇重生女主以這樣一種形式黯然退出舞臺，讓許蘭因唏噓不已。

後半夜突然雷鳴電閃，接著下起了瓢潑大雨。

想到不知身在何處的趙無，許蘭因的心揪得更緊了。

大雨下了一天一夜，在十二那天上午才停歇。雨後晴空萬里，天空還出現了一彎彩虹。

在家憋了許久的許蘭因想出去玩玩，她終於懷滿三個月了。第一個想去的就是閔戶家，兩個孕婦最有共同語言。

盧氏勸道：「雨才停，路上積水多，二奶奶明兒再去吧？」

許蘭因看看滿庭院的落英繽紛，一個連一個的小水窪，護棋和抱棋正在清理著。

她點點頭，表示聽勸。

日頭非常足，風也大，下晌就把地面全部曬乾了。

許蘭因正坐在樹下「補鈣」，小柱子就進來稟報。

「二奶奶，外面來了兩個年輕婦人，還抱著一個奶娃娃。婦人自稱姓蘇，是二奶奶的故人。」

年輕婦人、奶娃娃、姓蘇，還自稱是她的故人？

想到某種可能，許蘭因驚得一下子站起來，嚇得一旁的掌棋趕緊扶住她。

「請她們進來。」

片刻後，蘇晴帶著一個年輕婦人走進來。

蘇晴非常瘦，臉色蠟黃，披著一件藍布斗篷，穿著半舊夾衣長裙，頭上包了一條帕子，露出來的頭髮被汗水浸濕，貼在前額和鬢角。

這就是一個典型的身體孱弱的小戶婦人，沒有了之前的一點風采。

另一個婦人許蘭因也認識，是蘇晴的丫頭曉荷，她手裡抱著用包被包裹著的孩子。

許蘭因愣愣地看著她，忘了打招呼。

蘇晴來到許蘭因面前，屈了屈膝，苦笑道：「趙二奶奶，妳一定想不到，我蘇晴有一天還能求到妳的門下。」

「求我？」這更讓許蘭因意外了。

蘇晴的眼裡湧上一層水霧，喃喃說道：「我祖母上年死了，最疼我的外祖父今年三月也死了。蘇大夫人恨我入骨，兩個舅舅不願意再為我而得罪她……我已經山窮水盡，走投無路了。想著，我和妳曾經同病相憐，我們曾經傻傻地愛上同一個男人，又被同一個男人所騙……只是，妳比我聰明，及早抽身，而我卻被逼上了絕路……」

若換一個女人，哪怕不認識，那樣的境遇都會讓許蘭因同情。但是蘇晴，小原主死前的許多痛苦都是拜她所賜，為了小原主，許蘭因也不願意幫她。哪怕蘇晴是重生人，知道小原主最終會死，也不是她當幫凶的理由。

許蘭因表情淡然，說道：「妳以為，憑這些我就會幫妳？」

蘇晴說道：「我知道，我過去害苦了妳，我不應該明知妳和他有婚約，明知妳是那麼心悅他，還跟他來往。對不起，我向妳道歉，我也得到了懲罰不是？趙二奶奶，妳不妨聽我說完，我有讓妳心動的理由。」一下子說了這麼多話，她的身子晃了晃，似乎馬上要倒下。

曉荷趕緊說道：「趙二奶奶，我家姑奶奶還在坐月子，一路勞累奔波，能不能讓她進屋坐下說話？小少爺只早上喝了一口奶。」又不好意思地說：「最好……再給我家姑奶奶喝一口熱湯。」

她懷裡的孩子適時地哭了起來，嚶嚶嚶地像貓叫，一聽就覺得身體不好。

許蘭因走過去把孩子臉上的布撥開，小嬰兒又小又瘦，頭髮稀疏，閉著眼睛哭，小臉通紅。這孩子一看就不足月，頂多四斤，從京城折騰到這裡居然還活著，這麼弱小，卻有這麼頑強的生命力。

不管他父母是誰，孩子無罪。憔悴的蘇晴沒有打動許蘭因，這個弱小的生命卻讓許蘭因動了惻隱之心。她還做不到不提供一把椅子讓蘇晴餵奶，不給她一碗熱湯喝。而且，許蘭因也挺好奇蘇晴有什麼理由能讓自己心動？「走吧，屋裡說話。」

蘇晴和抱著孩子的曉荷進屋坐下。

許蘭因對掌棋說道：「去熱碗雞湯來。」又趕緊補充道：「熱兩碗，多加些肉，再下兩碗雞蛋麵。」

許蘭因天天進補，廚房裡一直有雞湯備著。

蘇晴還待說，許蘭因已經看出她體力嚴重不支，說道：「吃完飯再說吧。」

掌棋很快端著一個托盤過來。

兩大碗雞肉，兩大碗雞湯麵條，每碗麵上還臥了兩個荷包蛋。

蘇晴笑道：「謝謝趙二奶奶，我們就不客氣了。」說著，拿起筷子吃起來。

許蘭因從曉荷懷裡接過孩子。孩子已經沒哭了，靜靜地看著許蘭因，時而擼擼小嘴，再伸伸小粉舌頭。

這孩子有些像古望辰，也有些像蘇晴，很清秀的小模樣。

許蘭因的心柔柔的，若他不是古望辰的孩子，她都想親親他。

蘇晴又抬起頭笑道：「他叫古謙，希望他長大後能謙遜仁義，成為真正的謙謙君子。」說到後面，她的聲音又有些哽咽，忙低頭繼續吃麵。

居然讓孩子姓古，而不是跟著她姓蘇？看來，蘇晴對古望辰是真愛，即使這樣也沒有因愛生恨。希望這孩子能如他母親期許的那樣……

蘇晴和曉荷吃完了麵，碗裡喝得連口湯都沒剩。

蘇晴不好意思地笑道：「外面的東西總沒有自己做的合口味。」她接過古謙，側過身餵孩子喝奶。

蘇晴餵完奶，把孩子立起來拍拍後背讓他打了個嗝，看著小傢伙擼了擼小嘴，滿足地睡去。她溫柔地笑了笑，把孩子遞給曉荷。

蘇晴此時的落魄和她在蘇家莊時的落魄完全兩樣。在蘇家莊時，儘管她極力掩飾內心活動，還是透露出倔強、不服輸、迫切想改變前世命運的決心；而此時，她溫柔、慈祥，還有為孩子撐起一片天的堅毅，滿心滿眼都是孩子。

許蘭因被她看孩子的目光打動了。為母則強，無論境遇怎樣艱難，孩子都得好好的。

許蘭因讓掌棋帶著抱孩子的曉荷去東側屋歇息，又讓抱棋去廚房熬碗參湯來。蘇晴的身體要補補，否則說不定下一刻就會暈倒。

而後許蘭因領著蘇晴去了西側屋的羅漢床坐下，讓蘇晴斜倚在靠枕上。她的說辭是，這裡風小、舒適，這的確是原因之一，而另一個更重要的原因，是為了聽蘇晴的心聲。

蘇晴這才把身上的斗篷取下放在旁邊，而斜揹著的小包裹依舊沒取下來。

她看著許蘭因，又想到自己。

『可笑自己重活了一世，許多事情沒看開不說，還有眼無珠把古望辰看成了君子，使盡手段嫁給他……若是自己不那麼眼高手低，遠離前世的是非，找個踏實過日子的男人，也會有這種平靜安逸的生活吧？

『只是，前世許蘭因是死了的，還有閔戶及其女兒、秦澈、劉兆印、溫卓麟，都死了。這一世，他們卻都沒死。

『更不可思議的是，許慶岩居然帶著情報回來了，許蘭因的母親還是柴家女，劉兆印鬥倒三皇子和二皇子，又重新當回太子……而溫卓豐，前世這個時候他還沒死，今生卻死了，他一定是被溫言夫婦害死的。現在想來，那也是個可憐人。自己執著地恨了兩輩子、作夢都想讓他死的人其實不該恨，最該死的是製造出這齣悲劇的蘇大夫人和溫言夫婦。

『這一世和上一世出現的偏差，關鍵最有可能在劉兆印身上。他大概跟自己一樣是重生而來吧？他派許慶岩去敵國拿情報，派趙無去營救，讓人私下照顧許慶岩的家眷，想辦法保下能查出真相的閔戶和秦澈……所以這個世界才來了個大逆轉，他也重新當上了太子。』

蘇晴深深嘆了一口氣，眼裡又湧上濕意。

許蘭因沒有打擾蘇晴的沈默，靜靜地等著。更確切地說，是靜靜地「聽」著。

許久後，蘇晴才自嘲道：「我愚鈍，哪怕上天垂憐讓我多活一世，我依然會是個傻的。」又趕緊補充道：「何況我這樣的人，怎麼可能得上天垂憐？」

許蘭因依然沒有說話，靜靜看著她。

蘇晴娓娓道來，說古望辰一開始對她還好，後來看到蘇家不僅不能成為他的助力，反倒因為站錯隊而被皇上不喜，古望辰對她就越來越冷淡和敷衍了。

特別是她懷孕後，一直比較吝嗇的古望辰突然大方起來，給她買各種補藥，讓廚房換著花樣做易增肥的菜品，還時常從外面買滷肉、燒鵝回來給她吃，她吃少了還不高興。偏話說得好聽，母壯兒胖好生養……

蘇晴終於看清楚了古望辰，他跟他母親其實就是同類人，都自私、貪婪，為了錢財和前程不擇手段、六親不認。只不過，他母親是直接表現出來，而他善於偽裝。

古望辰如此作為是想讓她難產，一屍兩命，空出妻位。她又是傷心，又是絕望。

看透古望辰的蘇晴想早些離開他，但也知道古望辰喜歡沽名釣譽，極欲給人留下癡情的名聲，肯定不會讓身懷有孕的妻子離開古家的。而且，她若活著離開，古望辰就得不到她留下的豐厚身家……

於是，她便開始為以後離開古家作準備。先是求外祖，讓人勾著古婆子私下收了五百畝田地和一些銀子，連戶都偷偷過了；然後處理她名下的固定產業，除了她住的宅子和京郊的二百畝地及一個小莊子外，全都賣了。最後只要再借梅家的幫助下把命保住，生下孩子後憑著手裡的東西，就能逼迫古望辰和離。

不料，三月初她外祖父突然去世。兩個舅舅對她一直不怎麼親近，還不高興因為她而得罪了蘇家，所以她外祖死了沒幾天，梅家便把之前給她安排的人都撤了回去。

而且，據蘇晴所知，古望辰利用去寺裡上香的機會，已經跟周太師府的三姑娘周梓眉見過兩次面，每次兩人都獨處兩刻多鐘。

蘇晴便不敢繼續待在那個家裡。她對古望辰說，由於外祖父去世太過悲傷，想去郊外莊子散散心。古望辰巴不得她在路上出個什麼意外，假意挽留一番後就答應了。

那個莊子是蘇晴留下的唯一一個莊子，她早已經打聽清楚，離莊子不遠的村子裡有一個手藝非常好的穩婆，她的人也拿銀子把那郝穩婆請好了。

蘇晴自認為一切安排得妥妥當當，莊子裡都是她的人，身邊也都是她的心腹。卻沒想到，一個心腹婆子已經被古望辰收買了。

幾天後的一個傍晚，她在曉荷的攙扶下散步，跟在後面的那個婆子「不注意」被腳下的石頭絆了一下摔倒，順勢猛地推了一把蘇晴。儘管有曉荷的拉扯，蘇晴沒有趴到地上，但還是一下子跪了下去，下身開始流血。

莊子裡的人把那個婆子捆去柴房，又趕緊把郝穩婆請來。

郝穩婆給蘇晴喝下一碗藥，沒多久蘇晴就生下一個三斤多的男嬰。

孩子雖然小，卻還活著。蘇晴也意外地沒有大出血，沒有死，只不過以後不能再生孩子了。

蘇晴覺得自己以後連人都不會再嫁，所以能不能生孩子無所謂。有了這個兒子，已經是上天對她的眷顧。

蘇晴給了郝穩婆一百兩銀子，讓她對外說孩子已死，由她抱去山裡埋了。

一下子掙了這麼多錢，之前還得了十兩銀子，郝穩婆極開心。她抱著一個包著小枕頭的包袱說：「奶奶請放心，老婆子做這一行二十幾年，從來不會亂說話。昨天我才埋了一個死胎，若有人問，就說埋在了那裡。」

除了古望辰收買的那個婆子和曉荷，她身邊和莊子裡的人共有六個，她給了這六個人每人一百兩銀子，讓他們保守孩子還活著的秘密，又放了他們的奴契。說等自己離開後，他們就自去生活。

處理完這些，蘇晴餵飽孩子後，就讓莊子裡的一個婆子抱著孩子去婆子的親戚家躲避一段時間，又讓人去京城把古望辰請來。

古望辰正等莊子裡的消息等得心焦之際，消息終於傳來，孩子是死了，可大人還活著，心裡不禁有些遺憾。

他急急趕來莊子，拉著蘇晴的手說道：「莫難過，我們還年輕，還會再有孩子。」眼眸深情，滿含關切。

有這樣眸子的人，心怎麼就那麼陰損和毒辣？這就是自己愛了兩輩子的男人。

蘇晴的眼裡湧上淚水，喃喃說道：「穩婆說，我不會再有孩子了。」

古望辰深情地說道：「沒有就沒有吧，只要有妳，足矣。」他的眼光滑向她的肚子，微皺了一下眉。

蘇晴輕聲說道：「爺，你是想用力按壓我的肚子，讓我來個大出血吧？」

古望辰猛地抬起頭，驚道：「妳說什麼？」他剛才的確是這麼想的！

蘇晴把手抽出來，冷冷說道：「古大人，你無須再裝了。那位周三姑娘一定等著急了吧？為了榮華富貴，你害我就夠了，為什麼連親生孩子都要害？好，我成全你，願意和離。再提前預祝古大人當上周府的乘龍快婿，從此前程似錦、高官加身。」

古望辰的臉沈下來，又笑道：「妳我夫妻恩愛、琴瑟和鳴，不能開這種玩笑。我不認識什麼周姑娘，更不會同意和離……」他嘴裡說著話，手指在蘇晴的臉上游移著。見屋裡沒有其他人，手指慢慢滑下來，抓住被子的一角，往她肚子上移去。

蘇晴緩緩說道：「古大人，若我死了，我的人就會去京兆府擊鼓鳴冤，不僅狀告你殺了我，還會狀告你母親以你的名義收受超過三千兩銀子的產業，書契都辦好了，是你娘的名字。」

古望辰的手頓住，腦羞成怒道：「我沒有收過！既然是我娘做的，她就自己承受惡果吧！再說，我一個七品小官，這條命都不值那麼多錢，他們憑什麼送這麼多銀子給我？」

蘇晴冷笑道：「你古大人官小，卻能力巨大。人家求你辦的事，我已經以你的名義請我外祖幫著辦了……」

古望辰氣憤不已，也不再裝了，用力捏著蘇晴的下巴，咬牙罵道：「該死的女人！」

蘇晴側了側頭，掙開他的手，說道：「對你來說，用過了又再也用不上的女人，都該死。當初你用完了許蘭因，覺得她該死；現在用完了我，我又該死；以後周家若出了變故，周梓眉同樣該死。古望辰，天理昭昭，報應不爽，你就不怕遭報應？」

古望辰被戳了痛腳，卻又不敢再痛下殺手，冷然說道：「任妳說破嘴皮，我也不會同意和離的！讓下人收拾好東西，跟我回府！」

蘇晴搖頭說道：「你是想緩衝時間擺平那件事後，再來殺我嗎？我可不傻。現在只有兩條路，一條是和離，我給你送上最好的藉口，我滑胎了，不能再孕，自請下堂；一條是兩敗俱傷，哪怕我死，也會拉著你陪葬。古大人選吧！」

古望辰只得選擇跟蘇晴和離，但有個附加條件，和離後這個莊子及這一片田地要留給他。從此各自安好，各不打擾。

蘇晴譏諷道：「古大人，你真像你娘。我們相處這麼久，我自認為還算了解你，不給你留些念想，我也不好輕易脫身。這個莊子本就會留給你，再加上京城的宅子、南平縣的茶樓，以及一些銀錢，算一算，你在我身上賺了不下七千兩銀子呢，真是賺大了！」

古望辰紅了臉，但還是沒有拒絕。

第三十五章

和離後，蘇晴帶著曉荷在一個事先租好的小院裡生活了十天，害怕蘇大夫人的報復，就租了輛騾車來寧州府打聽許蘭因。她不知道許蘭因的住處，所以先去了心韻茶舍。

聽了蘇晴的講述，許蘭因唏噓不已。她比自己當初離開古望辰更不容易，失去的也更多。許蘭因又給她倒了一杯溫水，問道：「妳希望我怎麼幫妳？妳說的讓我心動的理由是什麼？」

蘇晴把身上的包裹取下打開，裡面裝著一套小孩子穿的棉襖、棉褲，棉襖、棉褲用繩子緊緊綁著，她把繩子解開，裡面裹著兩個小木匣，然後又從棉襖的一隻袖子裡摳出一個油紙卷。她把油紙卷和小木匣都打開，裡面裝著一卷銀票、十根金條、一支金光閃閃的赤金嵌寶燕上釵。

許蘭因的瞳孔倏地一縮，因為那支釵太熟悉了。

她穩定住情緒，似是無意地拿起那支釵說道：「這支釵真漂亮。」她轉著釵仔細觀察，從表面上看，這支釵做得跟趙無送自己的那支釵幾乎一模一樣，但仔細看還是有差別的，沒有那支釵精緻，也沒有那個「穎」字。許蘭因把釵放下，又笑道：「這支金釵很特別。」

蘇晴笑笑，說道：「這是我的全部身家。我相求的事是，給我和我兒子一個戶籍，護著我們不受欺凌，不要讓別人知道我們的真實身分。只這三樣。若趙二奶奶能辦到，喜歡多少拿多少，都喜歡就都拿去。」

許蘭因故意道：「妳把妳的身家都亮出來，就不怕我心生貪念，都要了？」

蘇晴篤定地說：「若我連這一點都信不過趙二奶奶，就不會求到妳門前了。」

許蘭因點點頭，如她所願地拿起那支金釵，表現出一副感興趣的模樣。

蘇晴見許蘭因真的拿起了那支釵，心下暗喜。「這支釵是贗品，是我讓人去外地一家銀樓做出來的，真品現在在哪裡我也不知道。」

許蘭因心中更混亂了，問：「還有贗品、真品之說？那妳給我這贗品有何用意？」

蘇晴蠟黃的臉上出現兩團紅暈，說道：「趙二奶奶應該聽說過溫國公府的溫四公子溫卓安吧？傳言說他為了我跳崖殉情。的確如傳言那樣，他死前跟我有些淵源。」心裡想著：『抱歉了，溫四公子，我要說出那件事，就必須借助你。』

蘇晴嘴裡的那幾句謊言讓許蘭因發懵，心裡的話更讓她憋笑憋得內傷。溫小四同學居然被這麼利用。

許蘭因非常辛苦地壓下笑意，一本正經地說道：「我也聽說了那些傳言。」

蘇晴的臉更紅了，說道：「傳言有些過了。我和他同病相憐，都被家人整得有家不能回，又同在南平縣，多說了幾次話而已。但溫家和蘇大夫人放出那樣的謊言，卻是故意的，他們就是想讓溫大公子和我這輩子都不得安生。這種情況下，我當然不敢嫁給溫大公子，只得使出手段逃過那段婚姻，嫁給古望辰。」又自嘲地笑了笑，說道：「結果這段婚姻更是荊棘滿佈，刺得我千瘡百孔，不得不趕緊逃離。」

許蘭因點點頭，表示贊同和理解她的說法。

蘇晴又道：「溫四公子死前給我看過一支燕上釵，他說是他母親留下的，溫言夫婦一直在找。」

許蘭因故意說道：「我聽說溫家大老爺和大夫人在孩子很小時就去世了，一個小孩子的東西能瞞過當家人溫言夫婦？若要找，早該找到了。」

蘇晴愣了愣，暗道：『我總不能跟妳說，我也不知道溫言是不是一直在找這支釵，而是前世在溫卓安摔死後，溫言的人在他的殘肢上找到的吧？』

蘇晴目光迷離，思續飄回了上一世，想著已經很久遠以前的事……

『有一天，溫二夫人拿著這支釵來問溫卓豐，溫卓豐都快氣瘋了，說這是他母親留下的釵，並撲上去搶，結果沒搶到釵，人還摔在地上……

『溫言夫婦以為自己撿了個大便宜，卻作夢都沒想到竟是撿了個禍害，把自己的大兒子搭了進去。只不過，這一世溫卓麟還沒有死，很可能溫言夫婦沒撿到這支釵。而且，溫家人並不知道這支釵的秘密，否則也不會讓蒲家發現這支釵在他們手裡……』

窗外突然傳進幾聲鳥鳴聲，打斷了蘇晴的沈思。

蘇晴不好意思地笑了笑，說道：「自從生了孩子，我的反應就慢多了，趙二奶奶莫笑話。」又道：「溫四公子母親死的時候他才三歲，可他父親死的時候他已經七歲了。在那種環境下長大的孩子，他肯定知道該如何保護母親留下來的東西。」

許蘭因點點頭，沒有打斷她的話。

蘇晴繼續說道：「溫四公子曾經跟我說，他母親幼時出家跟這支釵有關，蒲太夫人也一直讓溫老夫人找尋這支釵，可他藏得很深，只有出門才會戴在胸口。他猜測，他母親的長輩可能跟蒲太夫人有過節，而他父母的死或許跟這支釵有關。溫言夫婦為了巴結蒲太夫人，想辦法害死了他的父母，害得他大哥殘疾，還想害死他……」

許蘭因耳裡聽著蘇晴說話，心裡聽著她的心聲，手裡擺弄著那支釵。斜陽的光暈射進屋裡，正好照在這支釵上，顯得更加金光閃閃，璀璨奪目。

她故作納悶道：「我不明白妳為什麼要跟我說這些？我跟溫家和蒲家都沒有關係，這是他們兩家的私密，若讓他們知道我曉得了這些事，說不定還會招來殺身之禍呢！這支釵說白了就是一個罪證，拿著它會死得更快。這東西我避之不及，怎麼會令我心動？」

蘇晴笑道：「我當然不想趙二奶奶陷入危險。我當姑娘時有幸見過一次太后，她老人家的頭上正好戴了這支釵，太后的娘家又是蒲家，所以我猜測溫卓安的母親肯定跟皇家有關。妳父親是御林軍裡的將軍；小趙大人雖然現在官職低，卻破過大案；閔大人跟你們的關係親厚，最善破奇案。這件事若你們不想管，當我什麼也沒說，直接把金釵剪了即可。可若想管一管，或許是立大功的好機會……」

心裡暗道：『我一個庶女，怎麼可能見到太后？還是前世做為溫國公的長孫媳婦，參加過一次千秋節，看見過太后戴著這支釵。而溫二夫人沒有資格去，也就沒見過這支釵，才會有溫兆麟的禍事。若你們真的破了這個奇案，趙無和許慶岩、閔戶的功勞可就大了。他們能加官進爵，也能為自己的前世，以及溫卓豐的前世今生報仇，讓溫言夫婦萬劫不復。溫二夫人是蘇大夫人的表妹，溫二夫人若牽扯進天家的事裡，蘇大夫人的日子也不會好過……』

原來如此！許蘭因使出吃奶的勁才不讓自己表現出詫異。上一世沒寫過一筆燕上釵的事，蘇晴卻知道這麼多，不僅牽扯到溫家兄弟，居然還牽扯進了蒲家和太后。

蘇晴拋出這個誘餌想利用許蘭因一家為她報仇，但她絕對沒想到溫卓豐兄弟實際上就是趙無兄弟！他們作夢都想弄清楚母親是怎樣死的，出現這個變故正好讓他們少走冤枉路。

許蘭因拿著那支燕上釵說道：「好奇心害死人。這個秘密我聽了，雖然我不會讓我丈夫和我父親陷入別人家的紛爭，卻也只得收下。我們用不上，晚上就把它拆了、剪了，免遭殺身之禍。這件事當妳沒說，當我沒聽，就爛在心裡。」又拿了兩張一千兩的銀票和五根金條過來，說道：「辦事要用錢，這些錢我就收下了。」說完，把剩下的銀票和金條推回蘇晴。

燕上釵的秘密讓許蘭因心動，肯定會給蘇晴和古謙一個戶籍，讓他們不被欺負，為他們的身世保密，卻不能明明白白地告訴蘇晴那個秘密對自己有用。

二千兩銀票是辦事的酬勞，至於五根金條……既然蘇晴心裡另有所求，她也應該再加些籌碼不是？她也不會多拿，不能欺負孤兒寡母。

見許蘭因拿了那支釵，又只拿了二千兩銀子和五根金條，蘇晴長舒一口氣。她不確定許蘭因會不會真的不為所動地把那支釵剪了，但自己已經盡力了。「以後，我的閨名就叫梅蘭，男人姓古，已經死了，帶著下人何嫂子前來寧州府投親，可親人不知搬去了哪裡，我們只能偏安一隅，過平靜日子。」

真是腦抽，都下決心離開古望辰隱姓埋名了，夫家還要冠以古姓。

許蘭因不知道蘇晴是古人從一而終的思想，還是對古望辰是真愛。

她沈思了一下，說道：「妳不想暴露身分，最好不要住在寧州府，住去附近的某個縣會更隱密。我家二爺不在家，我會跟我舅舅商議一下，看把妳放在哪裡更好看顧。這幾天你們就住去……」她頓了頓，又說道：「先住去朋來客棧吧。那家客棧就在街口，你們有事也方便找我們。」

蘇晴有些失望，她以為許蘭因會暫時留他們在家住幾天，讓她坐完月子再走。自己這個身體已經虧大了，再不好好坐剩下的月子，會虧得更厲害。住客棧，怎麼好燉湯、燉補品，怎麼好曬尿片子……

許蘭因知道她的心思，但自己再聖母，也不敢留她住下來。蘇晴前世跟溫卓豐生活過五年，對溫卓豐再熟悉不過了，自己怎麼敢讓他們碰面？哪怕溫卓豐有所變化，也不能讓蘇晴有一點點的懷疑。

但蘇晴目前的確情況特殊。

許蘭因又道：「朋來客棧有小跨院，我讓賈叔帶你們去，跟客棧掌櫃打好招呼。就說你們是我的遠房親戚，讓他們關照一些。」

又把盧氏叫進來，讓她去庫房拿些阿膠、當歸、黃耆、紅棗、蓮子等補品，再拿一隻母雞、一些自家準備的尿片子，然後跟賈叔一起帶著蘇晴……不，現在應該是古梅氏了，帶著古梅氏去朋來客棧。

蘇晴又奶了孩子一次，許蘭因抱過孩子逗弄了一陣，才送他們出去。

她有些倦了，斜倚在美人榻上消化蘇晴帶來的訊息。

怪不得趙無的娘不讓那支釵見光，原來其中藏著天大的秘密。或許連她都不知道是什麼秘密，否則肯定不敢嫁去溫家礙蒲家的眼，哪怕嫁了也會把實情告訴丈夫，夫妻想辦法避過禍事，保全孩子。

許蘭因又起身去妝匣裡拿出真的燕上釵，跟蘇晴送的贗品比較著。遠看兩支釵相差無幾，近看無論材質還是做工，都要差得多。

從蘇晴的話裡分析，溫言夫婦之前並不知道趙無的娘有這支釵，也不知道這支釵的秘密。而蘇晴的前世，溫卓安是真的掉下懸崖摔死了，溫言夫婦拿到了這支釵，只知道它值錢，並不知道它的秘密。不知溫卓麟拿這支釵做了什麼，才被蒲家人發現，殺人滅口？

太后娘娘也有一支同樣的釵，蒲家人又害怕這支釵，這其中有什麼原由呢？難道說，趙無娘親的長輩跟太后有關？可蒲家是太后的娘家，他們的利益不該是一體的嗎？

蒲家肯定是敵，而太后還不知道是友是敵……

書裡，蘇晴重生後並沒有利用這支釵做過什麼。或許正因為她知道這支釵的麻煩，才不敢利用它，而是利用平郡王爺幫她報仇。這一世她再也翻不起大浪，才想碰運氣借助趙無和許慶岩、閔戶幫她報仇。

之前趙無以調查溫言和道觀為主是繞了大圈子，應該以調查蒲家人為主，特別是要調查他母親當道姑前的蒲家。

次日，許蘭因給許慶岩寫了封信，讓麻子帶去京城。只是讓他注意古望辰和周梓眉的動向，並沒有提釵的事。

之前許慶岩父子在周家說了不少古望辰的壞話，不知周老太師和周侍郎會不會同意古望辰和周梓眉的親事？

她又讓人準備了一些禮物，去外面叫了一頂軟轎過來，坐轎去了秦府。

秦大奶奶和小祥哥兒正陪著秦夫人聊天，秦紅雨卻不在。

許蘭因笑問：「表妹呢？」

秦夫人嘆道：「被她爹禁足了。」

許蘭因張了張嘴，沒好回話。一定是因為秦澈看出秦紅雨對李洛有意思，才生氣禁她的足吧？

幾人說笑一陣，許蘭因就提出去看望秦紅雨。

秦夫人道：「去吧，好好勸勸她，妳的話她或許聽得進去。唉，都十六歲的大姑娘了，不要想那些有的沒的。我們正在給她說親，今年定下，明年就能嫁人了。」

自己是李洛的弟媳婦，讓自己去勸秦紅雨，也是在明確地跟自己說李洛和秦紅雨不合適，先讓李洛斷了念想吧？許蘭因很為難，還是硬著頭皮去了。

秦紅雨正在抄《女戒》。

她抱住許蘭因的胳膊撒嬌道：「我都悶了幾天了，表姊怎麼才來看我？表姊，妳幫我去我爹面前說說好話吧！妳都能嫁給表姊夫，我怎麼就不能嫁給李公子？」後一句話在嗓子眼裡咕嚕，臉羞得通紅。

許蘭因把秦紅雨拉去美人榻上坐下，說道：「我們跟你們不同。之前，趙無是小捕吏，我是小農女，我們門當戶對。他又是我家房客，我娘和弟弟們都喜歡他，後來他又救了我爹，所以我們走到一起是水到渠成。可你們不同，妳是高高在上的官家女，李洛現在只是妳爹的幕僚。」

秦紅雨嘟嘴道：「我爹之前沒少誇過李公子，說他聰慧有前瞻、不迂腐，學問也特別好，若是有機會，定能成為人中龍鳳的！」

若是有機會，他肯定是人中龍鳳了。溫卓豐是溫家長房長孫，若他們兄弟能重返溫家，他肯定會承爵。只是這一天不知道能不能實現，要等多少年才能實現？

許蘭因道：「妳爹我舅舅也說了，要『有機會』啊！他的真實身分……我舅舅應該跟妳透露過一些吧？」

秦紅雨點點頭。「我爹跟我說過，李公子和表姊夫的身世不是表面上那麼簡單。」

許蘭因說道：「他們的身分的確有些麻煩。但李洛跟趙無還不一樣，趙無會武，以捕吏出身當了官。而李洛學文，目前唯一能出人頭地的機會是考科舉，但考科舉要身家清白，他又不具備這個條件。舅舅是心疼妳，怕他前路莫名，妳將來要受委屈……」

秦紅雨扯著帕子道：「妳都不怕受委屈，我也不怕！有些官家還不如百姓人家呢，妳娘、閔家姊兒、小星星，不都是出身官家嗎？從前的遭遇多可怕啊！只要人好，家裡人口簡單，不當官也沒什麼……」

許蘭因便不好再往下說了，她總不能昧著良心說李洛的不好吧？不過，讓這一對有情人錯失彼此，真是可惜了。

等趙無回來後把李洛叫回來，看李洛是什麼意思吧。若李洛也癡心不改，自己就厚著臉皮求求秦澈，給他一點時間。

秦澈不是嫌貧愛富的人，他最擔心的應該是怕李洛將來有危險。

秦澈從前衙回後院吃晌飯，聽說許蘭因來了，遣人讓她和秦紅雨去正院吃飯，順便解了秦紅雨的禁。

飯後，許蘭因跟秦澈講了蘇晴所託之事。

她沒敢講那支釵的事，這件事太重大、太隱密，要先跟趙無兄弟商量過，有了一些進展後再說。

只說她跟蘇晴同病相憐，古望辰又太壞、太可惡，她想幫這個忙。

秦澈也極其鄙視古望辰的貪財和不要臉，罵了句。「有辱斯文！丟讀書人的臉！」沈思片刻又說：「就讓他們去上林縣吧。那裡的韓縣令跟我關係親厚，我讓他幫著照拂一下。上林縣離寧州府二十里，又歸我管轄，人口流量不大，不易碰到京城來的熟人……」

下晌許蘭因拿到戶籍，謝絕了秦府留晚飯，直接坐轎去朋來客棧。

梅氏住的跨院很小，只有三間房，小小的院子裡曬滿了衣裳和尿片子。

何嫂子笑著把許蘭因和掌棋請進屋，梅氏正躺在床上歇息。

見許蘭因來了，她咬牙坐起身笑道：「趙二奶奶。」

或許昨天因為有事強撐著，狀態比今天好多了，還說了一下午的話。此時的蘇晴，動一下都氣喘吁吁、虛汗不止。

見她還想下床，許蘭因按住她說道：「快躺好。明天我讓人去請個善婦科的大夫來瞧瞧，妳這身子不能再折騰了。再讓葉嬤嬤每天來給妳做頓飯，她的手藝好，又知道如何搭配食材養人、下奶。」

梅氏重新躺下，苦笑道：「謝謝妳。我之前作夢都想不到，走投無路時只有妳會幫我。」

許蘭因坐在床頭說道：「這就是我們的緣分吧。妳的事都辦好了，等妳滿了月子，我就讓人送你們過去安置好。在那裡好好養病、好好生活，把小謙兒養大。」

她把戶籍交給梅氏，又順手把古謙抱起來逗弄。古謙咧著無牙的小嘴衝她笑著，可愛極了。

梅氏拿著戶籍，笑得眉目舒展。有了身分，身邊又有不少銀子，再買些田產收租，就能把孩子供大了。她笑道：「我讓何嫂子去買些熟菜回來，趙二奶奶在這裡吃飯吧？」

許蘭因搖搖頭，又逗弄了一會兒古謙，才起身告辭。

次日早上，許蘭因吩咐賈叔去幫梅氏請大夫，又讓葉嬤嬤去給她煮頓飯，才同許蘭月和閔嘉一起去了閔府。小姑娘去前院上課，許蘭因直接去了正院。

李氏害喜害得厲害，人都瘦了一圈。見許蘭因又拿來兩小罈醬胡瓜，笑得眉眼彎彎。

「我現在只有吃這種小胡瓜才能下飯。」

許蘭因笑道：「這是今年的新胡瓜，更好吃。」

李氏聽了，趕緊讓丫頭拿碗來，挾出一根吃了後，笑道：「果真更香脆！」

許蘭因在這裡吃了晚飯，又跟閔戶講了古望辰和蘇晴的事，才領著兩個小姑娘回家。

趙無走之前說好幾天就回來的，可如今已經過去快半個月了依然未歸，讓許蘭因非常牽掛。

二十六的下晌，日頭亮得很刺眼，樹上的蟬鳴聲吵得人心煩，花子無精打采地趴在廊下。

許蘭因剛吃完在水井裡鎮過的糖豆沙，就聽見小柱子的大嗓門。「二奶奶，二爺回來了！他先去了衙門，讓何東大哥回來送信。何大哥送完信，又去請大爺了，讓二奶奶多備些酒菜！」

他的這記大嗓門，讓院子裡立即喧囂起來，連花子的汪汪聲都大了幾分。

葉嬤嬤請示了做些什麼菜，就帶著丫頭去市場採買。

許蘭因坐在窗邊盼著，看著太陽漸漸西斜，天地間的彩色越來越濃郁，才看到那個熟悉的身影匆匆向上房走來。

許蘭因迎出門，嗔道：「你說過幾天就回來的，怎麼今天才回來？知不知道我很擔心的。」

趙無快步走到她跟前，先看了看她的肚子，才笑道：「妳的肚子長大些了。」

許蘭因用手比劃了一下，又用只有他能聽到的聲音說道：「胎兒現在這麼大，大概有三到四兩重，已經開始長小屁屁了。」

趙無哭笑不得，覺得媳婦自從懷孕後越來越愛跟自己撒嬌了。他喜歡媳婦這個變化，捏了捏許蘭因的臉說道：「不害臊，這話萬莫被別人聽到。」

許蘭因看看趙無燦爛的笑容和大大的酒窩。明明自己說的是真話，他總以為在開玩笑。

兩人進了屋，趙無低聲道：「這次去的地方離昌州的五香山近，我去那裡轉了轉。」

「發現問題了嗎？」許蘭因問。

趙無遺憾地搖搖頭，拿著換洗衣物去淨房洗漱。

不多時，趙無披著濕漉漉的頭髮從淨房出來，許蘭因拿著帕子給他擦頭髮。剛擦兩下，就被趙無拉在腿上坐下，在她耳畔輕聲說話。

「想我了嗎？」

聲音低沈了一些，渾厚中帶著一點少年人的清朗，非常好聽。許蘭因轉過臉看向他，脖子上的喉結上下滑動著，唇邊毛茸茸的黑鬍渣也更明顯了一些。

她很想說「你又長大了」，但知道他不喜歡聽這種話，因此雙手環住他的脖子說道：「想，我盼你都快盼成望夫石了！」

趙無心花怒放，嘴唇在她的臉頰上游移起來。

兩人正親熱著，院子裡傳來匆匆的腳步聲。

趙無輕聲道：「我大哥來了。」

話音剛落，抱棋的聲音響起——

「大爺來了！」

兩人趕緊從臥房去了廳屋。

酒菜擺好，許蘭因沒先講那件事，否則他們連飯都要吃不好了。

趙無說了些在五香山無功而返的事。終了仙姑的蹤跡似乎被抹得太乾淨，乾淨得不正常。

終了仙姑是趙無母親的道號。

許蘭因又講了秦紅雨被秦澈禁足及她的心思。「……要不，我去跟舅舅談談，讓他給大哥一些時間？」

李洛又是感動、又是心疼。之前他不敢起那種癡念，是怕自己的身分一直不能公開，會耽誤秦紅雨的一生。現在，他不想錯過這麼好的姑娘，想親手給她幸福和快樂，怕別的男人娶了她又不珍惜她。

他微紅著臉說道：「謝謝弟妹，這事由我親自去跟秦大人談吧。為了秦姑娘，我也會想辦法把屬於我們的東西拿回來。但謀事在人，成事在天，若實在達不成這個願望，我願意甘於平靜，絕不讓秦姑娘涉險。」

他的意思是，若實在鬥不過溫家，也就不提報仇雪恨、公開身分的事了，甘於以李洛的身分同秦紅雨過平靜的小日子。

趙無贊同地點點頭。大哥不會武功，有些事他的確不好做。但自己不會放棄，哪怕搞暗殺也會讓溫言付出慘痛的代價。

飯後，許蘭因讓下人退下，掌棋在門外守著。

她從妝臺裡拿出兩支燕上釵。

李洛也知道燕上釵是母親的遺物，兩兄弟異口同聲問：「怎麼多出一支？」

許蘭因便把蘇晴來找她的事都說了。

這個驚人的消息讓趙無和李洛半天都沒回過神來，兩人表情凝重，拿著兩支釵看了好一陣子。

趙無先開口。「這事必須徹查。但我在這裡不方便查，過兩天我會親自去一趟京城，跟岳父說明情況，再讓何西協助岳父一起查。暫時不管溫家，主要暗查蒲家。我娘是五歲時出家的，就從四十一年前查起吧。」

李洛說道：「把太后扯進來，看似我們更危險，實際上也給我們提了個醒，我們可以避禍趨福，不走冤枉路。許叔畢竟有公職在身，身不由己，遇事也沒人商量，乾脆我去京城長住吧？就住在你買的那個宅子裡不出門。我雖然不能親自去查，但可以出主意，也方便我們兄弟聯繫。」

趙無點頭同意。大哥雖然不會武，但腦筋靈敏，又知道一些溫老夫人和蒲老夫人的舊事，他跟岳父有商有量，事情好辦得多。

幾人商量至戌時末，許蘭因去歇息，趙無和李洛又去外書房商議至夜深。

許蘭因睡得正香，覺得臉上癢癢酥酥的，知道是趙無回來了，睜開眼笑道：「回來了？」又推了推他。「別惹我，小心孩子。」

趙無便不敢造次，說了下他和李洛商量的結果。

兩日後，許蘭因讓人去租了輛牛車，由賈嬸和秦府的一個管事把梅氏帶出客棧，送去上林縣。許蘭因又送了梅氏一些補品，以及兩疋適合給奶娃娃做衣裳和被褥的軟棉布。還答應，讓人在上林縣不遠處代梅氏買五百畝地，梅氏不願意讓人知道他們有太多錢。

趙無跟上林縣的飽捕頭關係很好，又讓賈嬸給他帶了禮物和信，說梅氏是自己媳婦的親戚，請他幫著照顧一下。

梅氏朝許蘭因屈膝行禮道謝。

許蘭因笑道：「上林縣離我們近，有事就讓何嫂子來說一聲，能幫的定會相幫。」

梅氏又是一福，何嫂子則跪下磕了頭。

初二，許蘭因又把趙無和李洛送走。

李洛已經跟秦澈談妥，給他兩年的時間謀劃。若調查的結果實在危機重重，就先確保本身的平安，永遠以李洛的身分生活。

秦澈喜歡李洛的為人和學識，也非常看好趙無，最主要是心愛的閨女就是喜歡他，便也同意了。若李洛兩年後依然前路渺茫，就帶著閨女去江南生活，自家給豐厚的嫁妝便是。相較於高高在上的身分，秦澈更願意女婿平安活著。

六月十一下晌，趙無風塵僕僕趕了回來。許蘭因知道他今天肯定會回來，因為明天是她十八歲的生辰。

趙無說，古望辰和周梓眉已經訂親，並定於下個月成親。好像周梓眉已經懷孕，周老太師和周侍郎不願意也無法。

古望辰剛和離了不能懷孕的妻子就跟太師的孫女訂親，肯定會招致非議。正好膠東府的通判病死，為了避風頭，周家幫忙讓古望辰去頂了那個缺。

還說，古婆子走路不慎摔倒，摔成了癱瘓，再也起不了床，被古望辰帶去了膠東。

許蘭因冷哼道：「活該，那個婆子壞透了！不過，她摔癱瘓肯定是古望辰下的手。那個人，誰擋了他的道都不行。這回可高興了，找了個好岳家，德行有虧還能升官。」

「德行不好，到哪裡都會出事。閔大人之前當了幾年膠東知府，對那裡的人很熟悉，再讓人注意著些。」

次日，閔嘉和許蘭月請了假在家，秦夫人領著秦紅雨和小祥哥兒先來了，說是秦大奶奶又有了身孕，不能來。接著胡家、閔楠家、洪震家的女眷跟孩子都來了，李氏滿了三個月也來了。

男人們會在下衙、下學後來吃晚飯。

午時初，許大石帶著許老頭夫婦、許慶明和顧氏來了。

許老頭看著足足老了十幾歲，很瘦，頭髮花白稀疏，走路都有些打晃。老爺子在鄉下住了一段時間，不知怎麼會病成這樣。

許蘭因走過去攙著他說：「爺是身體不好嗎？我馬上讓人請大夫來看診。」

許老頭說道：「爺還死不了。」

許蘭因還是讓人去請了一個告老還鄉的老御醫來給許老頭看診。

許老頭聽說是曾經給皇上看過病的御醫，激動得身子都有些發抖，跟老御醫說：「我二兒媳婦是南陽長公主的閨女。」

老御醫當然知道許蘭因有那一層關係，否則也請不來他，遂笑道：「老太爺有福，能跟長公主當親家。這福氣，是別人羨慕不來的。」

許老頭得意道：「是極、是極！我二兒和二兒媳婦送我的禮物中，就有貢品呢！」

許蘭因哭笑不得。江山易改，本性難易，許老頭還是那麼愛吹牛。

七月初的一個下午，麻子送信過來，許慶岩他們查到蒲府四十一前的一件舊事，這事不算秘密，年長些的人都知道。那一年，蒲老夫人的一雙龍鳳胎兒女先後病死。那是蒲老夫人的長子、長女，剛滿五歲，長得聰明伶俐、玉雪可愛。據說蒲老夫人差點哭死，還是在幾年後又生下兒子，才走出悲傷。

還說，蒲老夫人之所以生了龍鳳胎卻沒把女孩送走，是因為先蒲太夫人，就是現在蒲老夫人的婆婆，特別喜歡那個女孩，又不信坊間傳言，所以硬是把孩子留下，還養在自己身邊。後來兩個孩子都死了，老太太後悔不迭，身體也大不如前，兩年後就病死了。

這件事事關重大，是用暗語寫的，只有趙無和許蘭因能看懂。

龍鳳胎死的那一年，正好是終了仙姑去道觀的時間。

總不會終了仙姑就是龍鳳胎中的那個女孩吧？

若終了仙姑真是蒲老夫人的閨女，那也就是太后娘娘的姪女，有同款首飾也有可能。可她若是蒲老夫人的親閨女，蒲老夫人再如何生氣也不會要她的命，還要她丈夫和兒子的命。

許蘭因想不明白，等到趙無下衙，兩人又分析了一番，覺得也有可能是巧合，終了仙姑和龍鳳胎沒有任何關係。

七月底，麻子又送信過來。那支「遺失」的假燕上釵已經被溫言的大兒子，溫府的二公子溫卓麟無意中撿到了。

梅氏送的那支假燕上釵被李洛帶去了京城，目的就是要想辦法讓溫家人得到，引蛇出洞。

現在誘餌已經丟出去，就等到魚兒搶食了。

許蘭因很遺憾自己不在京城，否則憑藉南陽長公主的關係，總能跟溫老夫人和蒲老夫人見面，聽聽她們的心聲。

她也作了決定，等生完孩子後就去京城娘家多住一段時間，儘量找機會跟那兩個老太太見見面，可以少走許多冤枉路。

七月二十九，寧州府蒲府下帖子，請趙無和許蘭因一家明天去吃飯。蒲元慶的夫人在京城，這裡的府邸由他的小妾袁姨娘當家。

姨娘請客，肯定不會請李氏那種高官夫人，也就請些高官的姨娘，或是低官的正妻，比如胡氏、許蘭因等人。

趙無的官再小，可許蘭因是南陽長公主的便宜嫡外孫女，身分也高高在上。許蘭因雖然不喜歡小婦，但為了達到某種目的，也願意跟她們來往，可趙無堅決不許她參加姨娘的聚會。上次袁姨娘邀請，趙無就以許蘭因剛懷孕不久為由婉拒了，這一次趙無依然不讓許蘭因去。

許蘭因說：「萬一能發現一點蛛絲馬跡呢？」

趙無道：「一個姨娘能知道什麼？我跟蒲元慶喝過幾次酒，還一起打了兩次獵，也沒發現什麼端倪。讓蘭月跟我一起去吧，蒲元慶的小閨女七歲，她們能玩在一起。」

趙無雖然很聽許蘭因的話，但某些原則性問題卻十分堅持。他覺得，讓許蘭因參加那種聚會是委屈了她。

次日，許蘭因把許蘭月好好打扮了一番。小姑娘臉上的疤痕依舊那麼粗，但顏色淡多了，髮型又遮掩了一半。忽略那道疤痕，還是很漂亮的小妮子。小妮子的性格又好，隨時都笑咪咪的，跟她接觸的人都很喜歡她。

許蘭因不瞭解袁姨娘及其圈子裡的人，還是怕小姑娘被那些人欺負排斥，因此讓她給蒲十一姑娘送兩個非常漂亮可愛的花貓玩偶，又讓趙無和她先去洪震家，由胡氏領著她跟女眷孩子一起玩。

晚上，趙無和許蘭月回來。一看小妮子高興的樣子，就知道她玩得很開心。

許蘭月說：「蒲十一姑娘極喜歡那兩個花貓玩偶吶，還讓我引見她跟嘉嘉認識。見我喜歡吃她家的豌豆黃，特地送了我兩包！大姊嚐嚐。」

許蘭因吃了一塊豌豆黃，的確好吃，比鋪子裡賣的還好吃，有些像她之前在南陽長公主府吃的由御膳房做的。

許蘭月見許蘭因喜歡吃，樂得眉目彎彎，說道：「蒲十一姑娘說，做豌豆黃的廚娘是蒲府做點心做得最好的。因為她爹喜歡吃那個廚娘做的點心，特地帶來了這裡。」她還大方地把兩包豌豆黃都遞給掌棋，又說道：「都給大姊吃，讓小姪子長胖些。」

許蘭因領了許蘭月的情，又吃了兩塊，跟趙無對視一眼。

趙無也吃了一塊，覺得味道獨特好吃，比許家點心鋪做的豌豆黃還好。他暗忖，有這個手藝的人，歲數一般不會太小，而且，那人不是宮中出來的就是跟宮中的人學過。雖然他派去監視的人沒看見蒲府有超過五十歲的下人，但任何細節都不能放過。

他對許蘭月說道：「雖然蒲十一姑娘是袁姨娘生的，但也是蒲家姑娘。嘉嘉平時的朋友也不多，妳就幫著引見引見吧。八月初十妳留在閔府，再讓嘉嘉給蒲十一姑娘下張帖子，請她去閔府玩。」

自家家勢低，只請姑娘不請姨娘，袁姨娘會不高興。而閔府是高門大戶，又是正妻李氏當家，不請姨娘，她也打不出噴嚏。

這天夜裡又下起了秋雨，天氣漸漸轉涼。

一晃到了初九，許蘭因親自領著丫頭做了幾樣點心。

次日，許蘭因和趙無帶著點心去了閔府。

趙無去了外院，許蘭因直接去了正院。

蒲曼芳已經來了，正被閔嘉和許蘭月帶著參觀動物布偶們漂亮別致的房子，閔嘉還跟她講著動物們的故事，許蘭月在一旁做補充。

許蘭因去了後，蒲曼芳來給許蘭因行了禮。但許蘭因看得出，這個小姑娘有些勢利，對李氏笑得十分真誠，對自己則是五分而已。

她當然不會跟孩子一般見識，跟李氏坐在羅漢床上看熱鬧。

廳屋裡擺了五間「房子」，房子裡還有住家，再加上閔嘉聲情並茂的講述，非常有趣。

參觀了房子，她們就邊看連環畫邊聊天，幾個小女孩嘰嘰喳喳，歡聲笑語。蒲曼芳一直捧著閔嘉，對許蘭月說話也愛搭不理。這是攀上高枝，用完了，就甩了？孩子們的世界也不是簡單的。

許蘭月對這種境遇已經習慣，蒲曼芳不怎麼理她，她得空就跟閔嘉說兩句，閔嘉又極是捧場地跟她說話。

掌棋就把自家的點心拿出來招待她們，許蘭月也想起了大姊交代的任務，得意道：「我一吃就知道這是我大姊親自做的，比點心鋪裡賣的還好吃呢！」

閔嘉聽了，趕緊拿起一塊吃，點頭附和道：「是吶、是吶，我也吃出來了，是許姨親手做的！」

許蘭月就開始吹捧她大姊如何能幹，做的點心如何受歡迎。

蒲府今天送閔府的禮物裡就有點心，蒲曼芳讓人拿過來，也說著自家的廚娘如何能幹。通過幾個小姑娘的聊天，還有掌棋及幾個下人似是無意的交談，許蘭因知道做豌豆黃的那個廚娘姓于，已經六十多歲，早年曾經在宮裡待過，因為又老又瘸，平時不怎麼出門。

蒲元慶從小就喜歡吃她做的點心，于嬤嬤又老、身體又不好，現在只為蒲元慶一個人服務。

因為蒲曼芳對許蘭月的不友善太過明顯，閔嘉也看出來了，心中不喜，對蒲曼芳的熱情也就淡了幾分。

許蘭月心裡也極不喜歡蒲曼芳了。但她知道大姊和姊夫讓她跟蒲曼芳搞好關係，所以跟閔嘉說笑的同時，也不會過於冷落蒲曼芳。

下晌申時末，終於把蒲曼芳和幾個下人送走。不僅閔府送了回禮，許蘭因也送了兩盒自家做的點心。

她們一走，閔嘉就嘟嘴道：「母親、許姨，我不喜歡蒲姑娘，她對月小姨不好！」

李氏笑道：「既然不喜歡，以後就少跟她來往。那孩子，有些方面的確欠妥。」

閔嘉是閔府的嫡長女，完全不需要壓抑自己的情緒去跟一個庶女結交。

許蘭月知道閔嘉是為自己打抱不平，十分感動，笑道：「嘉嘉、二哥哥跟我，我們是桃園三結義！」

閔嘉在控制情緒上比不上許蘭月，但書本上的知識知道得多，立即笑道：「妳、我、亭小叔叔再加上小星星，咱們當梅園四君子！」

許蘭月馬上附和道：「好啊、好啊！趕緊寫信給我二哥哥和小星星，讓他們高興高興！」

兩個小姑娘就手牽手去側屋商量著寫信了。

回家後，許蘭因悄悄跟趙無說了于嬤嬤的事。

趙無點點頭。「我會讓人想辦法查查她。」

第二天起，趙無經常帶人去外面巡守監視，有時候連續幾天都回不了家。河北省出了幾件連續強姦殺人案，鬧得人心惶惶，刑部和布政使都催促著趕緊破案。

許蘭因在家安心養胎，轉眼到了十月初，她的肚子已經非常大了。預產期是冬月上中旬，還有一個多月。家裡已經找好接生婆，柴氏月底就會從京城趕過來。

這天晚上，盧氏對許蘭因笑道：「前些日子老太太悄聲跟我說，大房太太托人給許二爺說了門親，姑娘的家離大房只隔一條街，但老太太不喜歡。」

「喔？」許蘭因很感興趣。

盧氏繼續說道：「老奴思來想去，覺得老太太跟我說這事，就是想讓我跟二奶奶透個話。」

老太太讓盧氏透這話，或許是想看許蘭因的態度。

她又對趙無笑道：「你覺得許二石和胡依怎麼樣？」胡依的歲數不小了，找了幾個男人都不合適，有些犯病了。

趙無一愣，反問道：「妳是說把他們湊成一對？這、這……不太好吧？」

許蘭因笑道：「怎麼不好？許二石從小就好吃懶做，想過好日子，又不肯吃苦，但為人還不壞，脾氣溫和，膽子小，自尊心不是特別強。這樣的人不會有什麼出息，但也不容易生出太多負面情緒。而且，他長相好，又識文斷字，會拽幾句酸文，是胡依喜歡的類型。胡依就不說了，是個好女孩，只可惜得了那種病。她長得漂亮，家裡有錢，又單純可愛，可以給許二石夢寐以求的生活。若許二石一直把她呵護得好，不讓她受大刺激，她也不會犯病。他們這是各取所需。」

趙無問道：「就妳爺那張嘴，當初妳娘都被氣得跳腳，胡依能受得了？」

「若胡依真的嫁給許二石，讓他們自己單過，我爺和大伯他們還是跟著大石哥過。因為中間隔了一個我，胡家不敢欺負許二石吃軟飯，許二石也不敢欺負胡依有病。」

趙無搖頭道：「我還是覺得胡依最好不嫁人。胡萬是個好大哥，將來肯定會善待她。」

許蘭因見下人都出去了，才小聲說道：「若胡依能心甘情願在娘家過好日子，我也希望她不要嫁人，胡萬定會對她好。可她生病的誘因是男人，到了年紀不嫁人，就會覺得沒有男人要她，病也會更嚴重。」又笑道：「這只是我個人的想法，還不知道我大伯和二石他們願不願意。明天我去探一探，若他們願意，等胡依的病控制住了，再說親事。」

兩人正說著，外面又傳來熟悉的「咕咕」聲。

趙無喜道：「麻子回來了！」

趙無拿出信看了，笑道：「岳父說，岳母已經準備好了，過兩天就啟程來寧州府。算日子，二十七、八就會到。」

聽說柴氏要來了，許蘭因喜不自禁。

等掌棋退出去了，趙無又悄聲道：「岳父還說，前幾天溫卓麟看上了紅香院裡的一個紅牌，為了討她歡心，居然把那支燕上釵送給她。哼，溫卓麟應該是活到頭了。」

說完，他把那封信燒了，又親自捧著麻子去耳房餵牠，讓牠歇息兩天後再去京城。

許蘭因也是一挑眉。假燕上釵派上用場，又會有事了。

次日，許蘭因帶了些禮物去城東許家。

許老太拉著她的手嗔怪道：「肚子都這麼大了，還到處亂跑！」

許二石也迎出門笑道：「蘭因姊。」

他穿著青色綢子棉長袍，頭上戴著玉簪，白皙清秀，有點玉樹臨風的樣子。

許蘭因笑道：「二石來了？越加俊俏了！」

誇得許二石呵呵傻笑。

幾人進屋落坐，許蘭因逗了逗許多，聽他們說了許二石那門親。許老頭跟許老太都不太喜歡，說那家特別摳門，姑娘長得也不好看。可顧氏和許慶明喜歡，說那家有錢。

許蘭因笑道：「那家再有錢，摳門，嫁妝也不會給多少。二石這麼俊俏，以後再在府衙謀個差事，找個又醜又摳的媳婦可惜了。」

許老頭、許老太、許慶明、顧氏、許二石全都驚喜地互相望了望。

許老太這才問道：「因丫頭的意思是，要把二石弄來寧州府衙當差？」

許蘭因笑道：「以前我沒有那個能耐，現在我舅是知府大人，求他幫忙，應該能成。」幾人一陣暢快的大笑。

許二石激動地起身給許蘭因作了個長揖，說道：「謝謝蘭因姊！」

許蘭因留在這裡吃了晌飯，又似是無意地說了胡依和胡家為胡依準備了多少嫁妝。她沒有露出幫著說合的意思，但老太太是人精，品得過味來。若他們願意，知道自己上門求說合；若不願意，就當她沒說。

飯後，許蘭因告辭離開。她沒有回家，而是去了秦府。

秦澈下衙，許蘭因跟他說了許二石的事。

秦澈笑說：「正好吏房空出一個缺，讓他明天去找李師爺，莫讓人把這個缺頂了。」所謂空出的缺，就是有正式編制的小吏，由朝廷發月銀，而不是臨時工。

許蘭因笑道：「我那個堂弟能力一般，讓他有進步空間更好，知道上進。」

許蘭因可不願意幫忙幫得一步到位，就顧氏的心思，若覺得這件事這麼容易辦到，說不定以後又會滋生什麼別的念頭。即使想讓許二石將來吃「皇糧」，也要一步一步來。或者，這件事交給胡萬來辦還好些。

秦澈多聰明啊，聞音知雅，又笑道：「那就讓他去兵房吧。年輕人，要多歷練歷練才好。」

第三十六章

第二天午時初，許二石興沖沖去找許蘭因。

他作了個長揖，笑道：「謝謝蘭因姊，李師爺把我安排在兵房。他讓我明天趕緊回南平縣衙辦手續，下個月初來應卯。」

給許蘭因報完喜，又趕緊雇驢車回了家。

聽說了這個好消息，許家人都高興壞了。

顧氏笑道：「因丫頭的情我們都記著。」又道：「二石長得俊，現在又來省城的府衙當了小吏，二叔是御林軍裡的大官，日後再找個好姑娘，日子比大石還好過！」

許老太卻搖頭道：「二石沒大出息，又吃不了苦，跟大石沒法比，這個小吏是當到頭了。」一見顧氏沈了臉，又道：「妳別不高興，老娘說的是實話。因丫頭當初給了大石一個機會，大石能幹，不僅把點心鋪子越做越好，還自己弄出了兩個糧鋪，媳婦也弄出一個嫁妝鋪子。而二石呢？因丫頭把他弄去南平縣衙當小吏，他進去時是什麼樣，現在還是什麼樣。日子是自己過的，人家總不能幫他一輩子吧？」

這話氣得顧氏肝痛卻也反駁不了，許老頭和許慶明則是罵著許二石。

許老太又道：「我倒覺得胡依那個姑娘不錯，若是……」

顧氏和許慶明的眼睛一下子亮了起來，他們倆昨天說這件事說了大半夜，想著等二兒子在衙門裡的差事落定再說，沒想到老太太先提出來了。

顧氏立即哈哈笑道：「二石若能娶到胡姑娘，那是再好不過！」

許二石忙問道：「胡姑娘真的不傻？」這些人裡，只有他沒見過胡依。

許老頭也覺得若能攀上胡家這門親家，不說許二石將來日子好過，自家和大孫子都能借上光！他順著鬍子笑道：「傻小子，我和你爹娘都見過胡姑娘，哪裡傻了！」

這天下晌，許蘭因剛午歇完起床，許老頭、許老太、許慶明、顧氏四個人就來了。

許老太笑道：「我們幾人合計了一下，都覺得胡姑娘不錯，漂亮、單純、善良，沒有那些有錢人家才有的心眼子。我家二石俊俏，識文斷字、脾氣好、心軟，二叔又當著大官。我們都覺得，呵呵，胡姑娘和二石是最最般配的一對！因丫頭覺得呢？」

許蘭因認真地思索了片刻後，笑道：「哎喲，真是呢！」又遺憾地說：「胡依和她娘去了城郊的莊子休養，我現在的身子也不方便。再等等吧，你們也多考慮考慮，若還是願意，等我生下孩子再說這件事。」

那幾人見許蘭因同意幫著說合，都高興地笑瞇了眼。

許蘭因又鄭重地說道：「我還是要先提個醒，胡依不傻，卻不是沒病，只是病情控制住了。若要娶她，必須要對她有耐心，不能欺負她，要真心待她。胡依雖然老實單純，她家人可不好惹，特別是胡萬，認識許多高官顯貴。」

幾人都表著決心，若娶了人家姑娘，一定會好好待她。

十月二十八下晌，柴氏終於從京城趕來寧州府。同她一起來的，還有許蘭亭。

許蘭亭能來，真是意外的驚喜。他長高了一截，也更加舉止有度了。

不說許蘭因捧著他的臉直樂，就是閔嘉和許蘭月都一人拉一隻手，跟他訴著別情。

被三個美女包圍，讓許蘭亭極是開懷。「我想嘉嘉和妹妹，更想大姊和姪兒。我答應了爹爹，每天要寫五張大字、背書一個時辰，他才讓我來的！」

柴氏看看許蘭因的肚子，笑道：「不算很大，應該好生。」

許蘭因摟著她的胳膊撒嬌道：「我一直記著娘的話，天天鍛鍊，還克制飲食。」

她上下看看柴氏，長胖了一些，眼神平和，在京城的日子應該過得不錯。

柴氏嗔了她一眼，把三個孩子打發到廳屋後，講了一下京城的生活。

許慶岩雖然在京城，卻不經常在家。她除了管家和管兒子，隔三差五便會去南陽長公主府陪老太太解悶，柴家三房的親戚偶爾也會來家裡串門子，北陽長公主府和王翼沒有再找事。家裡是她當家作主，日子過得閒適，也不寂寞。

又說，他們離京的前一天，溫卓麟跟人爭紅牌，被人誤傷打死，那個紅牌也死了。

這件事麻子已經送信過來，李洛講得更詳細。爭紅牌的人是蒲家安排的，紅牌手裡的燕上釵也被蒲家人悄悄拿走了。不知他們看到是冒牌貨做何感想？很可能會覺得真貨依然在溫家人手裡，中間可有樂子看了。李洛還覺得，蒲家人這麼緊張那支釵，很可能那支釵的秘密關係到蒲家的生死存亡，也就是跟皇宮有關係。

這也更加印證了之前蘇晴說的，太后曾經戴過這支釵的事。趙無和許蘭因也如此認為，對在宮中待過的于嬤嬤也更加留意了。趙無的人雖然沒有見到于嬤嬤，但已經查到了于嬤嬤的家人。于嬤嬤曾經是蒲家的家生子，跟著太后娘娘嫁進宮裡，後又因犯錯出了宮。她沒有嫁過人，父母兄弟都死了，只有一個姪子在田莊裡。

屋子收拾好，趙無也回來了。

趙無笑得燦爛。他擔心許蘭因，自己又不能時時守著，如今岳母來了，接生婆的家只隔了一條街，每天都會來家裡看看，他也就放了心。

這天半夜，許蘭因正睡得香，突然被肚子的劇痛痛醒。

聽到她的「哎喲」一聲，趙無一下子坐了起來，緊張地問道：「是要生了嗎？」

許蘭因說道：「應該是，我肚子好痛……」

趙無一迭聲地把盧氏叫進屋，又讓丫頭去前院告訴何東，讓他去請接生婆。

盧氏看趙無急得臉通紅，安慰道：「二爺莫著急，二奶奶才開始陣痛，還要些時候才會生。」

柴氏也聽到動靜了，趕緊穿上衣裳來到屋裡，把許蘭因扶去西廂。

一刻多鐘後接生婆就來了。她摸了許蘭因的肚子，又看了她的下身，說還早，不著急，又讓人給她煮碗雞蛋麵吃。

柴氏沒有進產房，守在西廂廳屋。

趙無連廳屋都不許進，他就站在產房的窗下，從許蘭因進去後就沒離開過，連吃早飯都是站在這裡吃。

許蘭亭、許蘭月、閔嘉不想走，癟著嘴要在這裡等大姊（許姨）生孩子。柴氏怕他們在這裡添亂，硬讓人把他們送去了閔府。

許蘭因的這具身子比較耐痛，不太痛的時候都忍著，實在忍不住了才叫兩聲。

趙無還以為許蘭因在強忍，極是心疼，在窗外勸道：「姊，妳痛就叫出來，不要忍著，忍著難受！」他一著急，又把老稱呼叫了出來。

許蘭因本來覺得不算太疼，一聽這話，就覺得有些疼了，又哼哼了幾聲。

這胎雖然是頭胎，但生得非常順利，上午巳時初就生下來了。從陣痛到生下孩子，只用了三個多時辰。

嬰兒哭聲嘹亮，柴氏喜道：「聽聽這大嗓門，孩子肯定健壯！」

又聽接生婆大聲喊道：「恭喜趙奶奶，是個哥兒！」

院子裡的下人又是一片恭賀聲。

趙無想衝進屋，被柴氏攔住了。「等屋裡收拾好你才能進來。」又讓人去城東許家和秦家報喜，再去閔府把幾個孩子接回來。

許蘭因被打理好移去了北屋。她的身體底子非常佳，生這個孩子也沒覺得太辛苦。她從柴氏手裡接過孩子，孩子不大，顯得紅兮兮、皺巴巴的。不過，還是看得出來非常漂亮，雙眼皮，眼線很長，鼻梁不塌，紅嘟嘟的小嘴稜角分明。這孩子長得不像「整容」前的趙無，也不太像自己。

孩子睜一隻眼、閉一隻眼，靜靜地望著許蘭因。許蘭因愛死了，俯下身在他嫩嫩的小臉上親了兩口，抱著孩子笑道：「娘的小明希。」

之前趙無就說了，無論男孩女孩都叫趙明希，「希」是希望的「希」。希望，是他從小到大一直想著的。

趙無進屋，先被廳屋裡的抱棋拉著在炭盆前把身上烤熱。進了北屋，一雙長臂將許蘭因和孩子都摟進懷裡，看著孩子笑道：「孩子像我娘。」

許蘭因也看過趙無母親的畫像，是他父親畫的，一直保存在李洛那裡。畫得很寫意、很漂亮。許蘭因再低頭看看孩子，笑道：「別說，真的很像婆婆呢！」

盧氏接過賈嬸端進來的雞湯，笑說：「大奶奶把湯喝了，就該給哥兒餵奶了。」

趙無接過孩子，抱得像模像樣，對充滿擔憂的柴氏笑道：「岳母放心，丁嬸子教過我怎樣抱奶娃。」

許蘭因吃了幾塊雞肉，把半碗湯喝完後，接過小明希開始餵奶。

不多時，秦家所有人和閔戶夫婦、三個孩子都來了。

眾人來到廳屋，三個孩子還想進臥房看許蘭因，被趙無攔了。「因因剛睡著，不要去打擾她。」

柴氏抱著已經睡著的趙明希出去給他們看了一圈，又抱進臥房。

不多時，許家所有人也來了。

柴氏又抱著孩子給他們看了一眼。

直到吃完晚飯、送走客人，家裡才終於清靜下來。

餓醒的小明希咧開小嘴大哭起來，許蘭因把他抱起，小傢伙一進母親的懷裡，就知道尋著特殊的味道找，也不哭了，急得小嘴呼呼地喘著粗氣，終於找到奶嘴兒，一口含進去，死命地吸起來。

晚上，許蘭因和趙無睡大床，孩子睡旁邊的小床。為了方便照顧孩子，沒有放羅帳。

一大一小都睡著了，趙無興奮得還睡不著。他拉著許蘭因的小手，眼睛看著兒子樂。之前，他作夢都沒想到，自己十八歲就有了媳婦、有了兒子，還把大哥弄出了那個吃人的地方，父母的事情也查得有些眉目了。

他握許蘭因的手又緊了一分，都是因為自己娶了個好媳婦。

許蘭因被他捏醒了，模糊的光線裡，趙無的眼睛更加明亮。

她笑問：「這麼晚了還不睡，想什麼呢？」

趙無湊過去親了她的臉一下，笑道：「謝謝妳，有了妳，我才有了這個家，有了一切。」

許蘭因玩笑道：「我早跟你說了我是狐狸精，玉指一點，你就什麼都有了！」

趙無認真地說：「妳不是狐狸精，妳是仙女。」

許蘭因很想說「我其實連狐狸精都不如，是異世的一縷幽魂借屍還魂罷了」，但她張了張嘴，終究還是沒說。

冬月二十，柴氏和許蘭亭回京城了，不止帶走了許蘭亭，也把許蘭月和閔嘉帶走了。許蘭因十分不捨，卻也不得不放行。快過年了，家裡有許多事及人情往來要靠柴氏回去打理；閔嘉是閔府的長房嫡長女，又長大了，年前許多活動得讓她參加；許蘭月則是許慶岩讓帶回去的，說他想她了。

本來許蘭因想等到孩子滿月就帶去京城住一段時間，但看到弱小的孩子，又捨不得了。天氣這麼冷，孩子在路上容易生病，只得等到明年天氣暖和些再說。

盧氏跟著柴氏一起回京了；葉嬤嬤如今已經成了許蘭因的管事嬤嬤；錢嬤嬤是專門服侍趙明希的嬤嬤，是柴氏從京城帶過來的，二十多歲，長得白皙清秀，很索利的婦人。

轉眼到了臘月初十，這天孩子滿月。

許蘭因痛痛快快地洗了個花瓣浴。她的變化並不大，皮膚光滑緊致，明眸皓齒，只是稍微豐腴了一點。一打扮出來，依舊跟當姑娘時一樣美麗，還多出了幾分女人的曼妙。

這就是早生孩子的好處吧。

錢嬤嬤領著丫頭給趙明希過了秤，笑道：「二爺、二奶奶，哥兒九斤八兩，一個月就長了三斤三兩！」

趙無把兒子抱在懷裡，再看看漂亮媳婦，樂得見牙不見眼。

今天趙家辦滿月酒，請了許多客人。等到秦家人來了，趙無才同秦澈父子去前院招待男客。

小祥哥兒看到趙明希很是驚訝，糯糯地說道：「呀，希弟弟怎一下子長這麼胖呢？上次他的腦袋只跟小碗一樣大，這次就跟大碗一樣大了！」

說得眾人大樂不已。

今天，秦家、閔戶夫婦、閔燦一家、洪震一家、許家老倆口和大房一家、胡萬夫婦，還有趙無幾個玩得好的同僚及家眷都來了。

前兩天胡萬和徐氏夫妻來看望許蘭因，還拿來了百貨商場今年的分紅，四千三百兩銀子。胡萬非常能幹，如今在大名朝已經開了四座百貨商場，生意都非常好。由於交通不便，他也不想多開了，打算全心打理這幾個商場的生意。

許蘭因跟他們講了許二石的事。把許二石及家裡的優缺點都說了，讓他們分析利弊，看許二石合不合適給胡依當丈夫。

胡萬和徐氏都非常喜歡。能跟許蘭因當姻親他們都願意，也絕對相信許蘭因是真心為胡依打算。她對堂弟知根知底，許二石肯定不會有那些陰暗心理。胡萬也認識許大石，對他的印象非常好。至於本人不勤快、不願意吃苦，又有些眼高手低，這是吃軟飯男人的特質，而不是缺點。

兩人商量著，今天再好好觀察一下許二石和他的父母。

許二石和許慶明、顧氏在家時也得了許大石的囑咐，讓他們熱情、有禮，也不能太過卑恭。

許大石之前作夢都沒想到，富貴的胡大老闆有可能跟自家當親家。他希望這門親能成，以後自己的生意會更好做。當然也希望弟弟能得到幸福，真心對待人家姑娘。

徐氏豪爽，許老太會處世、會說話，兩人一見面就說笑在一起。顧氏精明，知道言多必失，只負責在一旁笑。

外院，胡萬跟許二石、許慶明交談了幾句，覺得的確如許蘭因所說，後生雖然不盡人意，卻是妹妹最好的選擇。

滿月宴圓滿落幕，許、胡兩家的相親也皆大歡喜。

次日，趙無又要外出公幹。表面是公幹，其實是去辦私事。他們又發現了一個新線索，于嬤嬤的姪子一家在昌州的一個莊子裡，而那個莊子離五香山不遠。于嬤嬤一家都是蒲家的家生子，他們在那裡，表示那個莊子應該跟蒲家有關，可表面上卻似乎跟蒲家沒有任何關係，趙無和許蘭因直覺這裡有問題。

這就是趙無在閔戶手下的好處。只要趙無想辦私事，閔戶便會給他找個公幹的事做。

夜裡就下起了鵝毛大雪，看著趙無消失在大雪紛飛的垂花門口，許蘭因極是心疼。

她嘆了一口氣，打開房門，掌棋把棉簾掀開，一股熱氣撲面而來。屋裡燒了炕，還燒了炭盆，非常暖和。

小明希穿著連身衣裳躺在炕上，小屁屁夾著尿布，兩條小胖腿在空中亂蹬著，兩隻捏在一起的小拳頭揮舞著。衣裳是許蘭因依照前世嬰兒服做的，連小腳丫都穿進去。平時，她不願意把孩子用包被包得像根小辣椒，覺得對孩子的生長發育不好。

她坐去炕上，「啊喔呃」地逗著孩子。

小明希咧著無牙的小嘴笑起來，眼睛彎彎的像月牙，嘴裡還發出了幾聲「啊」。

這孩子好帶，只要吃飽喝足睡好，即便拉了尿尿、臭臭，也很少哭鬧。

臘月二十剛吃完早飯，閔府來人說，李氏夜裡寅時開始陣痛。

許蘭因聽了，趕緊帶著孩子去閔府。之前她同李氏說好，李氏生孩子的時候她來相陪。

李氏的親娘、婆婆都死了，其他長輩也不在這裡，第一次生孩子會害怕，也願意跟她交好又生過孩子的許蘭因來陪她。

李氏是在正院後面的一棟廂房裡生產，剛走進正院，就能聽到李氏的吼叫聲。

錢嬤嬤帶著還在睡覺的趙明希在正院西廂裡，許蘭因會按時過來奶孩子。許蘭因穿過偏廈來到後一進院子，看到幾個丫頭、婆子站在窗外著急地等著。

閔戶從對面的廂房走出來，也是一臉焦急，頭髮有些亂，衣裳也皺巴巴的。他對許蘭因說道：「青桐生了三個多時辰，痛得緊。接生婆說孩子有些大，難產。」

許蘭因安慰他。「閔大人莫憂，有些人生孩子要生一、兩天，還早呢。」她說完，就趕緊去了廂房的廳屋。

閔戶心裡急得要命，就是不好意思站去媳婦的窗外安慰她，跟她說說話，哪怕多站站都不好意思。他見許蘭因走了，望望那扇小窗，想著小窗裡面的媳婦痛得撕心裂肺，也只得嘆了幾口氣，又回屋裡等消息。

李氏生了一天一夜，終於在二十一早上卯時生下一個男孩。孩子七斤半，這在古代算少有的胖小子了。

許蘭因從接生婆手中接過孩子，孩子比趙明希生下來時胖多了，頭髮油亮亮的，閉著眼睛哭。

許蘭因笑道：「真是漂亮的小哥兒！」

李氏收拾好，被抬進對面的屋裡。她生孩子生得辛苦，已經睡著了。許蘭因隱約聽接生婆對李嬤嬤說，閔大奶奶這次生產傷了身體，以後不太好懷孩子。

李嬤嬤剛還大喜，聽了這話又紅了眼圈。

閔戶進屋先去看李氏，見李氏閉著眼睛，問李嬤嬤道：「青桐沒事吧？」

李嬤嬤笑道：「無事，她是太累，睡著了。」

閔戶抬手想去摸摸李氏濕漉漉的頭髮，見屋裡有其他人，還是把手縮了回來。他轉過身從許蘭因手裡接過孩子，笑道：「爹爹已經給你取好名了，就叫閔哲。」

天亮後，閔燦的夫人接到信來了閔府，許蘭因就帶著趙明希回家了。她走的時候，李氏還在睡。

這天下晌，趙無回來了。風塵僕僕，頭髮上還掛著白霜。

他低頭親了許蘭因一下，就拉著她進屋看趙明希。

趙無的手冷得像冰棒，許蘭因還是捨不得抽出來。

趙無不敢靠孩子太近，離小床一公尺多遠就站下，看著孩子笑。

等他看了幾眼孩子，許蘭因才幫他把斗篷取下來，說道：「鍋裡一直備著熱水，去洗個澡。」

趙無笑道：「妳來幫我洗頭。」

許蘭因答應，去衣櫃裡拿出幾件換洗衣裳。

大木盆裡，丫頭已經把熱水倒好。趙無脫了衣裳坐進木盆，腦袋枕在盆沿上，許蘭因幫他把頭髮打散、打濕，再打上豬苓，慢慢揉搓著。

霧氣氤氳，趙無極享受地閉著眼睛。許久，他才說道：「因因，親親我。」

許蘭因笑著低頭親了他的嘴角一下。

趙無伸出長臂把她的頭按住，唇齒纏繞了一會兒才鬆開手，遺憾道：「不知還要等多久？」

許蘭因笑出聲，說道：「聽嬷嬷說，要等到惡露徹底排乾淨。再等半個月就差不多了吧。」又問：「那件事辦得怎麼樣了？」

趙無先是嘆了一口氣，許蘭因以為他無功而返，勸道：「慢慢來，不著急。」

「查到了一些眉目，那個莊子和附近的一千畝良田居然是已經去世的蒲太夫人的嫁妝莊子，她死前給了兒子蒲老國舅蒲宏，現在是他的私產。可佃戶都不知道真正的主人是誰，還是我找熟人在縣衙查到的。他們搞得這樣神秘，我娘肯定跟蒲太夫人有關係，弄不好，我娘真的是那對龍鳳胎中的女孩。蒲太夫人讓她去觀裡出家，不知是為了保她的命，還是想軟禁她。只是，虎毒不食子，閨女再是剋死了兒子，都躲去觀裡了，蒲老夫人為什麼還要趕盡殺絕，甚至連她的兒子都不放過？」

許蘭因停下手中的活，說道：「還有一種可能，婆婆不是蒲老夫人的女兒，而是太后的女兒。蒲老夫人生的不是龍鳳胎，而是雙生子。蒲老夫人把其中一個孩子送入宮中，又把太后的親閨女抱了出來。這也就解釋得通太后為什麼會有跟婆婆一樣的燕上釵，而蒲家又那麼怕那支釵。」

趙無一下子坐了起來，轉過身吃驚地看著許蘭因，豬苓的泡沫流進眼裡，刺激得他睜不開眼睛，許蘭因趕緊用帕子幫他擦淨。

「妳的意思是，我娘是太后的女兒，而皇上有可能不是真正的龍種？」這個猜測太大膽、太驚人，讓趙無有些反應不過來。他想了想，又道：「蒲太后生當今的時候，先皇已經有了好幾個皇子。那時蒲太后的位分也不算太高，不敢冒那個險調換龍種吧？而且，都說皇上早年對那個位置沒有一點想法，所以才娶了周家姑娘。」

許蘭因說道：「娶周家姑娘，看似跟皇位無緣，卻也把最有權勢的周家拉攏進來。蒲太后是個聰明人，否則也不會是她和當今皇上笑到最後。除了太后生女胎換男胎的可能，還有另一種可能，就是太后懷的是雙胎，被人私下把脈把出來了，但太后買通了御醫，把這個消息瞞下來，因為皇家不喜雙胎，不管是雙子、雙女、龍鳳，都會送出去一個。正好蒲老夫人跟太后的預產期相近，就先傳出蒲老夫人懷雙胎，若太后生的是雙女，要把蒲家的男孩換進去，兩個女孩都會送出來，蒲老夫人的孩子就不會是龍鳳胎，而是雙生女了；若太后生的是雙子，送出一個兒子，那蒲老夫人的孩子又會是雙子。所以說，太后生的肯定是龍鳳胎，把閨女送了出去。而為了配合宮中的太后，蒲老夫人的孩子還有可能被提前催生……」

趙無的表情嚴峻下來。「照這樣分析，最有可能是蒲老夫人生的是雙子，把其中一個男孩跟太后的閨女掉換，這才解釋得通她為什麼那麼恨我娘，因為她認為她的一個兒子被太后奪去，另一個兒子又被我娘剋死。也解釋了為什麼我娘長大後嫁給我爹，進了京城，太后和皇上還是沒把我娘認回去。那時六皇子已經繼位當了皇上，蒲德妃也成了太后，他們是天下最有權勢的人，可他們不僅不認我娘，還由著溫家人和蒲家人把她害死，再害死我爹和我娘的後人。他們是心虛害怕，所以不管我娘！」說完，他用拳頭砸了一下水面，立即水花四濺，也濺了一些在許蘭因的臉上和身上。

許蘭因抹了一把臉，又安撫性地拍了拍他的肩膀。「有這種可能，但這種可能又解釋不通為什麼蒲家人那麼害怕燕上釵，實際上就是害怕太后知道你娘還活著。我覺得，最大的可能是後一種，太后生的是雙胎，還是龍鳳胎，把女嬰送去了蒲家。女嬰當作蒲老夫人龍鳳胎中的女胎，由蒲太夫人養著。後來因為蒲老夫人的兒子死了，蒲老夫人便把所有的恨都發洩在那個小姑娘身上，有可能做下什麼不可挽回的事情，蒲家害怕受連累，只得製造小姑娘病死的假象，讓太后真的以為她閨女病死了，且太后不僅不會怪罪蒲家，還會因為自己閨女剋死蒲家的兒子而感到愧疚，給蒲家更多的好處。而小姑娘畢竟是蒲太夫人的親外孫女，所以蒲太夫人救下她，並把她悄悄送去五香山出家，這樣，既保全了蒲家，也保住了小姑娘。五歲，再被人有意地灌輸一些事情，她很快就會忘記之前在蒲家的事。只是，不知為什麼蒲家沒趁婆婆年幼把那支燕上釵拿走。這只是我們的主觀猜測，還要有證據支撐。當然，或許也會有其他我們想不到的可能。」

若是前一種可能，要棘手得多。可若是後一種可能，又要容易得多。

趙無握著許蘭因的手說道：「姊，我會找出證據來。害死我娘和我爹的人，還有想害我們的人，一個都不放過。」

許蘭因點點頭，為了他們的兒子，也必須把潛在的危險徹底除掉。

日子過得飛快，轉眼又是陽春三月時。

在許蘭因的撮合下，許二石和胡依已經訂了親。

胡依聽說許二石是許蘭因的堂弟，又偷偷看了許二石幾眼，非常滿意。

胡家表示，若是許二石願意，現在就把鋪子交由他打理。

許蘭因和許大石、許老太都不願意許二石接手鋪子，怕他越管生意越糟，把家敗了。不如他就只管吃閒飯，鋪子和田地交由能幹的管事管，胡萬和許大石定期派人查巡。當然，也不能讓他太閒，那樣容易學壞。還是讓他去衙門裡混，上衙有人管身，下衙有人管飯，還有漂亮媳婦和一群下人，神仙過的日子也不過如此。

許二石也是喜瘋了，他還沒有像他大哥那樣奮鬥，日子就好得比他大哥強了十倍不止。

顧氏更是歡喜。最心愛的小兒子終於能過一輩子好日子，比能幹的老大還好過。

三月十二辰時，許蘭因一家和李氏母子坐車去了城外碼頭。

坐船快得多，十三下晌就到了通縣碼頭。在通縣驛站住了一宿，第二日一早坐馬車趕往京城，下晌申時就進了京城東門。

同李氏告別後，趙無和許蘭因直接回了趙無在京城的家。他們到家時，已是華燈初上。

李洛知道他們這幾天會回來，正等得心焦。他第一件事就是從錢嬤嬤手裡接過趙明希，竟是激動得落了淚。「真像，真的像我娘！下次弟妹再生個女娃，也長這個樣子，就更像娘了。」

趙無笑道：「承你吉言。」又玩笑道：「說不定還沒等我們生閨女，我未來的嫂子就先給大哥生出個閨女來了。」

說得李洛紅了臉。

許蘭因又把秦紅雨的禮物交給李洛。

李洛紅著臉抱拳謝過，笑道：「你們回房洗漱，酒菜都準備好了。」

趙無和許蘭因一家依然住三進院。幾人洗漱完，去二進院吃飯。李洛住這裡，廳堂、書房、客房也都在這一進。

飯後，許蘭因抱著孩子回房歇息，趙無和李洛秘密商談，在一旁服侍的是一直幫他們辦事的何東、何西。

不久，趙無小時候跟著學武的俞伯也來了。李洛已經跟他說明自己和趙無的真實身分，俞伯幫著他們私下辦事。

俞伯看到趙無，又跪下哭了一場。「大老爺、大夫人在天有靈，保佑大爺、四爺都活了下來，還這麼有出息……」

趙無起身把他扶起來，說道：「謝謝俞伯，在我們兄弟最困難的時候，多虧有你幫襯……」

次日早飯後，許蘭因一家去了許家。

許家重新買了個大宅子。

許慶岩一家昨天晚上就得了許蘭因已經回京的消息，一直盼著。今天早上許蘭亭還不想上學，被許慶岩一瞪，只得癟著嘴去了。

許府大管家丁固在門房處等，一看見趙無三口，就上前躬身笑道：「終於把大姑奶奶、姑爺、小少爺盼來了！夫人一直等著呢，二姑娘也在二門處轉了好久！」

許蘭因笑道：「丁叔辛苦了。」又讓抱棋去跟她父母團聚兩天，兩天後再回趙家。

許蘭月帶著小丫頭杜鵑正站在二門處，看見大姊了，風一樣地跑過來抱著許蘭因的腰，笑道：「我天天都在想大姊，作夢都想！」

許蘭因捏捏她的小臉，笑道：「大姊也想妳。」比了比她的個子，笑道：「又長高了。」

許蘭月帶著他們向正院走去。

一路亭臺樓閣，綠樹紅花，景致十分漂亮。許蘭月逐一介紹，哪裡是正院，哪裡是她的院子，哪裡是許蘭因的院子，哪裡是花園和池塘等等。末了，又小聲道：「我還是喜歡咱們在寧州府的家，沒有這麼大，一出門就能看到姊姊的門，隨時可以去胡同口買零食。不只我，嘉嘉和小星星也都這麼說……」

到了正院，柴氏迎出門，從錢嬤嬤手裡接過趙明希笑道：「小明希，想外祖母沒有？」

趙明希落進一個陌生的懷抱也沒哭，只是癟了癟嘴，伸手讓娘親抱。

柴氏低頭親了他一下，笑道：「你今天要陪外祖母，外祖母盼了你幾個月了。」

眾人進屋說笑一陣，趙無起身告辭。

柴氏知道他要忙他的事，笑道：「去吧，晚上回來吃飯，你岳父、蘭舟、蘭亭都想見你。」

柴氏親自陪著許蘭因母子去了給她準備的院子，院子起了個好聽又意喻好的名稱，叫蘭果軒。

小院雖然不大，但花團錦簇，綠樹翠竹，漂亮極了。

許蘭因笑道：「太奢侈、太好了些，我又不經常在這裡住，可惜了。」

柴氏搖頭道：「娘對不起妳，小時候讓妳受了許多苦，能讓妳享福了，妳又嫁了人。不管妳住幾天，娘都會給妳最好的。」

柴氏走了，許蘭月還不走，要跟大姊一起睡。許蘭因也想她了，趙無又不在，就讓她跟自己睡一張床。

歇晌起來，趙明希還在睡，許蘭月就領著許蘭因去花園玩了一圈。

此時正值三月天，花園裡百花齊放，鳥語花香，美麗極了。花園旁有一個碧池，彎彎曲曲延伸至正院的後門，池水碧波翻滾，還養了蓮花和錦鯉。

許蘭因心裡又生出了一句老生常談：有錢真好。

傍晚，許蘭亭、許蘭舟、許慶岩陸續回來。

許久未見的許蘭舟變化最大，已經比許蘭因高出小半個頭了。

幾人敘著別情，等到趙無回來，才去花廳吃飯。

飯後，許慶岩和趙無去前書房密談，戌時初趙無才讓人來請許蘭因回家。

許蘭亭和許蘭月吵著要跟許蘭因去趙家住一晚，明天早上許蘭亭直接去私塾，許蘭月同許蘭因、柴氏一起去南陽長公主府。

柴氏也沒辦法，這兩個孩子基本上是許蘭因帶大的，只得由著他們去。

夜裡，趙無又出去了，他要去夜探溫府。他在京城只能待五天，要趁這幾天去做必須做的事。

許蘭因會在京城多住一些日子。趙無走後，她就會搬去娘家住。

月光下，街道行人稀少，趙無同何西騎馬一路小跑，在離溫府兩條街的距離，兩人停下下馬。趙無把手中的馬轠繩交給何西，快步向溫府走去。

快靠近溫府時，他覺得有異，便彎了彎向右拐去，似是去另一個宅子。

趙無回家時，許蘭因才剛上床歇息。

「怎麼這樣早？」

「溫府周圍有暗衛，雖然我能繞過那幾個人，但怕有我看不見的眼線，所以沒有去溫府。」趙無說道。

「蒲家派的？」

「嗯。」

溫府已經沒落，沒有銀子和能力培養功夫高強的暗衛。而像周府、蒲府這樣的人家，趙無這樣的高手一般也不會去夜探，除非萬不得已。

第二日上午巳時初，柴氏坐的馬車就到了胡同口。許蘭因和趙無帶著許蘭月、趙明希，攜著禮物，一起坐車去了南陽長公主府。

南陽長公主昨天就得了帖子，長公主、大夫人、馬氏、小星星都在等著。特別是小星星，知道表姑姑和小表弟今天要來，天沒亮就醒了。

柴氏和許蘭因幾人來給長公主見了禮，趙無便去前院見柴駙馬，其他人留在這裡陪長公主解悶。

許蘭因一落坐，柴子瀟就倚進了許蘭因懷裡，撒嬌道：「表姑姑，妳怎麼才來看我？我想妳想得緊呢！」

許蘭因高興地把他抱起來放在自己腿上，跟他說著話。

長公主則是把抱趙明希的錢嬤嬤叫到跟前，看著趙明希笑道：「多漂亮的小哥兒！」又驚訝道：「喲，這孩子跟瀟哥兒小時候很有些像呢！」

馬氏見了也笑道：「可不是，真的有些像。」

柴大夫人笑道：「這就是傳承。都是柴家的後人，隔了幾房，還是能看出來。」

不多時，平郡王妃柴菁菁來了。她已經懷孕五個月，挺著大肚子，長胖了不少。她聽說許蘭因回京城，特地跟婆婆告假，回娘家看望表姊和外甥。

長公主笑道：「快抱抱小希哥兒，比著生個這樣漂亮的大胖小子！」

平郡王府子嗣單薄，柴菁菁作夢都想生兒子。

這兩天經常被不同的人抱，趙明希也習慣了，不吵不鬧，還會格格笑幾聲，更讓柴菁菁喜歡，抱著趙明希不撒手。

幾人又說起了承恩侯府蒲家這個月二十舉辦桃花宴的事。

許蘭因一聽，極想參加。可憑她一個外地八品小官的家眷，人家連想都想不到她。別說她，就是柴氏也不可能拿到請帖。

許蘭因不加掩飾地眨著亮晶晶的大眼睛，讓人一眼便可看穿她想去，一副土包子想看熱鬧的模樣。

她這副小家子氣的模樣讓柴氏紅了臉，柴氏即使知道許蘭因想參加桃花宴別有目的，也不好意思地低下了頭。

柴大夫人笑道：「因兒想去？」

許蘭因點點頭，笑說：「是呢，我想去見見世面，我還沒看過有錢人家辦的賞花宴。」

柴菁菁又道：「之前的京城四美都成親了，聽說這次桃花宴會產生新的四美，蒲四夫人特地邀請了李祭酒、黎三夫人、姚大名士去當評委。」

許蘭因更感興趣了。

南陽長公主笑道：「因兒十九那日就來住我府上吧，次日妳代替俊兒媳婦服侍本宮去。」

許蘭因不好意思地笑著。「我去了，表嫂豈不是就去不成了？」

馬氏笑道：「咱們京城一年要舉辦好多次賞花宴，這次表妹服侍祖母她老人家，是讓我躲懶了！」

真是會說話的婦人。

幾人玩到晚上，男人們下衙，柴駙馬和趙無也來了這裡。

吃完晚飯，兩家人才告辭回家。

次日上午，許蘭因去了心韻茶舍。

王三妮看見許蘭因，高興地迎上來笑道：「蘭因姊！我聽曉染說妳來京了，一直盼著妳呢！」

王三妮已經徹底長開，也更加美麗、幹練，渾身散發著自信。

許蘭因喜歡這樣的姑娘。看到她，就像看到前世那些幹練自信的女OL。

兩人去了後院廂房，王三妮作了詳細的彙報。

許蘭因非常滿意，又對王三妮提出了口頭表揚。

許蘭因上下看了她兩眼，笑問：「妳今年十七了，還沒想過嫁人的事？」見王三妮紅了臉，許蘭因又笑道：「不過，打妳主意的人應該不少，妳的終身大事也該考慮考慮了。」

「謝謝蘭因姊。至於我的事，我還真看中了一個人，蘭因姊也認識。」

許蘭因納悶道：「我認識？」想了一下，驚道：「難不成是曉染？」

王三妮笑著反問道：「是他很奇怪嗎？」

許蘭因笑道：「真的是他？」又解釋道：「不是奇怪，而是他在我眼裡還是個孩子。也是，他今年已經十五歲，也該說媳婦了。」

王三妮又問：「我和他不合適嗎？」

許蘭因笑說：「不，你們非常合適，也非常匹配。祝賀你們。」又問：「你們什麼時候成親？需要我幫什麼忙？」

王三妮笑得極為甜蜜，說道：「我們商量著這幾天就跟丁叔和丁嬸說，若他們同意，我們先把親事定下來。曉染還小，當以學業為重，目前我也想把更多的精力放在茶舍上，等到後年再成親。」

後年丁曉染滿十七歲，王三妮十九歲，這個年紀成親挺好的。而且，許蘭因也想王三妮這兩年把心思多放在生意上。

許蘭因笑道：「我希望妳成親以後還能繼續當這裡的掌櫃。放心，妳生孩子我會給產假，妳成親我再送你們一座京城裡的宅子。若以後曉染有了更大的出息，我也不會耽誤他。」

王三妮道了謝，說道：「我也捨不得這裡，若蘭因姊不嫌棄，肯定會一直做下去。」

兩人正說著，丁曉染來了。少年個子往上衝了一大截，清瘦白皙，俊秀雅致。

他猜到兩人正在說自己，紅著臉給許蘭因躬了躬身，笑道：「大姑奶奶。」

許蘭因笑道：「以後叫我許姊姊即可。恭喜你們二位了。」

丁曉染的臉更紅了，如打了胭脂一般，又躬身道：「謝謝許姊姊。」

許蘭因下晌才回家，趙明希正爬在二進院廊下的大蓆子上玩，許蘭月拿著波浪鼓在逗他。

小傢伙見娘親回來了，伸出小手要抱抱，嘴裡哇啦哇啦地叫著。許蘭因抱起他親了一口，進屋裡餵奶。

趙無和李洛兩人在外面吃了晚飯才回來，他們是在一個僻靜的酒樓請周梓峻喝酒。周梓峻曾經幫過李洛，也一直跟趙無要好。

兩人回家，又去書房密談。

亥時末趙無才回屋，見許蘭因還沒睡，笑嗔道：「真是個操心婆，這麼晚了還不睡。」

許蘭因起身笑道：「把這件事操心完了，我就只管享福，其他萬事不管。」

她親自服侍趙無洗漱，兩人上床親熱後，相擁著說話。

「聽周梓峻說，周梓眉上個月生了個閨女，還大張旗鼓派人送信過去報喜，周老太師和周侍郎氣得要命，成親才八個月就生了孩子，說是早產，誰信？」趙無譏諷地笑了笑，又道：「古望辰還不知道，他是兒女雙全了。」

許蘭因冷哼道：「那兩個人，一個自認為找了個好升官的梯子，一個自認為找了個才貌雙全的好夫婿，當然想讓所有人都知道，都羨慕他們了……算了，不說他們了，沒來由的掃興！」又笑道：「你絕對想不到，王三妮和曉染成了一對！」

這的確令趙無意外，說道：「他們兩人脾氣稟性都不搭，曉染小了幾歲，三妮又強勢。曉染娶了她，不一定有好日子過。」

許蘭因哼道：「你也比我小啊！」又伸手揪了一下好久沒揪過的耳朵，說道：「我也強勢，咱們過得還不是這樣好？」

趙無搖頭道：「他們怎能跟我們比？我們郎才女貌，樣樣般配，年紀只差了一點點。妳揪我耳朵，不是強勢，是知道我喜歡被妳揪。」

許蘭因被逗笑了，說道：「三妮長得好，曉染下棋好，也算得上郎才女貌，樣樣般配。子非魚，焉知魚之樂？說不定曉染就是喜歡三妮的強勢，就像你喜歡被我揪耳朵一樣。」

趙無聽了也樂起來。「泰華銀樓裡那三件燕上釵都賣出去了，一個買家是淮南侯府，一個是兵部侍郎府，一個是商人。端看桃花宴那天會不會有人戴去了。」

「但願有人戴去。」許蘭因道。

其實她更想自己戴去，方便聽蒲老夫人的心聲，也保證蒲家人能看到。但趙無幾人都不同意，怕她把蒲家的目光引來這裡，更怕她有危險，所以就只能寄望別人戴了。

趙無母親留下的燕上釵，用料上乘，造型別致，且做工極精細，許多銀樓的師傅沒有這種手藝。大名朝，手藝最好的就是內務府的工匠，但那支釵並沒有內務府的標記。

許蘭因請朱壯讓麒麟閣最好的師傅秘密仿製了幾支，比蘇晴仿的那支更好、更像，要非常仔細看才能看出其中的差別。當然，特殊的位置肯定沒有那個「穎」字，這是不能示人的秘密。

次日，許蘭因帶著趙明希和許蘭月去閔府，在李氏的陪同下拜見了閔老太君。

閔老太君對救過孫子和重孫女的許蘭因非常熱情，留了飯，還送了趙明希一個稀世白玉蓮花擺件。

三月十九，天剛矇矇亮，趙無就帶著何東騎馬回寧州府。他們會趕在開城門時出城，繞道去溫家墳場祭拜溫行和夫人趙氏。去得早，不太會被人發現。哪怕發現，他們不進京城，也不易被追蹤。

這是溫卓安「死」後，第一次去墳頭祭拜父母。

第三十七章

趙無離開後，許蘭因帶著趙明希、許蘭月回了許家。

柴氏一直盼著閨女和外孫。她把外孫抱過來，邊逗弄著孩子、邊跟許蘭因講著如何跟那些貴婦和貴女打交道。還囑咐她離北陽長公主府的人遠著些。雖然北陽長公主同意不找許家的茬，但小娘子之間發生齟齬的話任誰也不好多管。

許蘭因笑道：「娘放心，我知道的。」

下晌未時，許蘭因就帶著趙明希和許蘭月去了南陽長公主府。今天他們會在這裡住一宿，明天許蘭因陪長公主去參加桃花宴。

他們住的小院離馬氏住的院子很近，剛整理好，柴子瀟和馬氏就來串門子了。幾人說笑一陣後，一起去了長公主住的正堂。

溫國公府，溫老夫人沈臉聽著二兒媳婦劉氏的唸叨。

都這時候了，蒲府還沒給溫府下帖子，蒲府這是連點面子情都不給了。

「我們什麼都照著他們說的做——」

「住嘴！」溫老夫人猛然喝住了溫二夫人。「他們讓咱們做什麼了？證據呢？嘴巴再沒把門，有妳好瞧的！」

溫二夫人啞然，是啊，人家只是暗示，可以什麼都不認。事情傳出去了，也是自己男人為了爵位謀害兄嫂跟姪子。

溫老太太瞪了二兒媳婦一眼。她不得不承認，再加上自己的二兒子，這就是一對蠢人！不，還要加上二兒子的兩個兒子，是四個蠢人，其中一個還把自己作死了！

現在，她的骨血只剩下二兒和三孫子，那幾個丫頭片子不算。若爵位落不到二兒和三孫子頭上，自己謀劃了一輩子，豈不是要便宜那個小婦？

若大兒還活著該多好，再不，大孫子不被他們整殘，四孫子不被他們整死，該多好……

想到這些，老太太又難過起來。她眨巴眨巴著眼睛，老眼酸澀，可就是流不出淚水。

那個死老太婆，說趙氏是逆王同黨的後人，她父母曾經跟皇上和太后、蒲家都有仇，若被朝廷發現自家娶了這個兒媳婦，會禍及全家。還說因為跟自己是親戚，才沒說出來。

她當時就嚇壞了，可大兒鬼迷心竅，說什麼任憑她父母有再大的罪，都不及出嫁女，何況趙氏的父母早死了。還說蒲老夫人的話不可全信，蒲老夫人恨趙氏很可能是上一輩的私人恩怨，不必去理會。

二兒又來勸她，讓她不能因為一個趙氏害了全家。哪怕趙氏跟蒲老夫人只是私人恩怨，也不能因為趙氏而得罪蒲家。溫家已經敗落，蒲家是太后的娘家、皇上的外家，他們惹不起。而且，聽了蒲老夫人的話，溫家能得多多的好處。

可老頭子偏心大兒和趙氏，也不許她動趙氏。她無法，只得表面答應，以趙氏身體不好為由，不許她出門及見客。那時老頭子雖然已經開始把心思放在煉丹上，但還在管著家事。趙氏才得以在府裡生活了十三年，生了兩個兒子，好不容易「病」死。

她以為，趙氏死了家裡就沒事了。但二兒又說，卓豐和卓安也是叛黨的餘孽，是蒲家的眼中釘，不能讓他們有出息，更不能讓他們繼承爵位和出仕。她也就睜一隻眼、閉一隻眼，由著二兒把聰明的大孫子整殘。

想著，等大兒再娶一房媳婦，多生幾個好兒子，大兒一家照樣過得好。可幾年後大兒又死於意外。後來才知道，是二兒為了爵位把大兒害死了。她氣得要命，由著老頭子把二兒打得一個月下不來床。但自己只剩下這一個兒子，再生氣也得為他和他的兒子謀劃。後來，四孫子和大孫子又死於「意外」。

那時她覺得，大孫子死是真的意外，四孫子肯定是二兒子害的，他怕老頭子直接把爵位傳給四孫子。可是，她的二孫子，二兒的長子溫卓麟又死於意外。二兒再混帳，也不可能把自己的親生兒子，跟叛黨餘孽沒有一點關係的溫卓麟整死吧？

一樁樁、一件件串在一起，她終於相信老頭子的話了，真正想讓大兒一家死絕的是蒲家人，傻老二就是他們手裡的一把刀。那個惡婦想整死趙氏、大兒及後人，是出於洩私憤，或是害怕他們知道什麼，根本不是因為皇上和太后。那麼，大孫子的死也不是意外了，可卓麟礙著他們什麼了？

現在，自家死了這麼多人，他們卻連點面子情都不給了。找他們講理，證據呢？事情弄出來，他們什麼都沒做，而老二兩口子就是殺兄、殺嫂、殺姪子的殺人犯，自己是幫凶，老頭子則是知情不報……

溫二夫人見老太太臉色陰晴不定，硬著頭皮說道：「嬌嬌今年已經十四歲了，還沒有訂親。都說這次桃花宴會選出新的京城四美，去的人一定多了。嬌嬌漂亮多才，不巴望她能被選為四美，但在這個人多的宴會上露露臉總是好的……」

溫老太太氣得腦門子疼，罵道：「妳這個無知的賤婦，兄長死了不到半年，妹子怎麼能去參加賞花宴？妳就不怕她被別人說三道四，更找不到婆家？」

溫二夫人氣得咬牙，現在這個老虔婆罵自己越來越不留口德了。但想到漂亮懂事的閨女，該爭取的還是要爭取。

她紅著眼圈說道：「我的兒子死了，我比誰都難過。可嬌嬌怎麼辦，您老人家總得為她想想啊！律法規定，為兄長守制百日即可，卓麟已經去世五個多月了。」

說起大兒子，溫二夫人又拿著帕子哭起來。

這時，溫二姑娘溫嬌走了進來。溫嬌是溫言和溫二夫人唯一的嫡女，今年十四歲，長身柳腰，白皙秀麗，很有幾分姿色。

她給溫老太太見禮，也勸了幾句溫二夫人，又道：「娘，聽說萍姊兒又有些發熱。」

溫萍是溫卓麟五歲的獨女。想到大兒子只留了這個骨血，溫二夫人趕緊起身去看。

溫老夫人瞥了眼溫嬌，冷哼道：「平時見妳是個懂事的，難不成妳也想去賞花宴？」

溫嬌點點頭，見老太太的臉沈得更厲害，走過去小聲道：「祖母，我去蒲府，並不是為了我娘說的事。」

老太太譏諷道：「那是為了什麼？總不會只是賞桃花吧？」

溫嬌知道這個老太太涼薄，連兒子、孫子的命都不放在眼裡，怎麼會把孫女看進眼裡？當然，自己的父母就更……

她當然也希望自己能在才藝表演時有好人家看上，早些嫁人，早些離開這個家。她爹娘只一味想用她攀高枝，完全不去想高門誰還看得起敗落的溫府和溫言的女兒，而低門他們又都看不上……

她壓下心事，走去窗邊和門邊望了望，才退回老太太身邊說道：「祖母，我偶爾聽我爹、娘、二哥說過一些事情，那時年紀小，雖然覺得他們的做法不對，卻不敢多言，也沒有想那麼多。可四哥死於意外沒兩年，大哥又死於意外，上年二哥也死於意外，蒲家也開始跟我們家和我爹疏遠了，我覺得不對。會不會，以後我們家裡的人一個一個都死於意外？或者，找個好藉口，把我們全家都滅了，更省事。」

溫老太太混濁的老眼驚恐起來。喝道：「妳想說什麼?!」

溫嬌一下子跪了下去，把著老太太的膝蓋說道：「孫女斗膽說說自己的想法，請祖母勿怪。」

溫老太太把溫嬌拉了起來，讓她坐在自己身邊，用力捏著她的手說道：「嬌嬌說說看，妳為了咱們這個家，祖母不會怪妳。」

溫嬌小聲說道：「我是想說，祖母去同祖父好好談一談，我們溫家該何去何從……最好把我三哥打發到外地軍營，越遠越好，別管他吃不吃苦，只是萬不能在蒲家的勢力範圍內……明天我想去蒲家，看能不能發現點什麼端倪……祖母跟以前一樣，該如何便如何……這些話可以跟我娘透兩句，萬不能跟我爹透……」

溫老太太明白了，孫女這是怕大廈將傾，想保住溫家一點血脈。讓自己該如何就如何，自己之前是極力巴結蒲老夫人，還要繼續巴結嘍？老二就是個傻子，不讓他知道，是怕他不小心表現出來，讓蒲家知道自家有了防備……

老太太罵道：「都是趙氏那個禍害！妳大伯為什麼要把她招惹進來？害了大房一家，還要害我們全家。」

溫嬌說道：「現在，祖母再罵大伯娘也沒用，大伯娘是逆黨後人，都是他們說的。」

老太太說道：「不光是蒲家這麼說，溫行也說她是趙志誠的後人。之前溫行沒敢跟我說，後來知道蒲家說了，才說了實話。」

溫嬌想了想說道：「即使是趙志誠的後人，趙志誠一家都死了幾十年，我大伯娘也死了，他們為什麼還要趕盡殺絕？現在，連我二哥也出了『意外』，孫女覺得事情就不那麼簡單了。不管怎樣，咱們先做好應對之策吧？」

老太太搖頭道：「在蒲家人面前，我們就是菜砧上的肉，怎麼應對？何況，他們拿捏著我們的把柄，怎麼樣都是我們死。」

溫嬌說道：「那我們也不能坐以待斃啊，至少得留一條根。把我三哥弄出去，最好再把我三叔的後人也弄出去一個……」

老太太冷哼道：「那個小婦的後人，就不要多管了。」

溫嬌看了老太太一眼，涼薄、自私，心眼只有針鼻大。當家人老公爺又是萬事不管，只想登仙，自己父母更是糊塗，這個家真的完了……

溫嬌渾身無力，剛才那點想拯救家族於危難的豪情也被澆滅，低頭不知該說什麼。

溫老太太又說道：「妳回去準備準備，明天跟我去參加桃花宴。即使我沒有帖子，他們也不可能把我拒之門外。我這就去找老公爺說說，看怎麼把卓華弄出去……」

三月二十早飯後，許蘭因打扮得中規中矩。

她不會去同那些小貴女們搶風頭，但身為陪南陽長公主去的外孫女也不能寒酸。即使是中規中矩，鏡子裡的美人也清麗脫俗、燦若春華。

許蘭月羨慕又自豪地說：「大姊真漂亮！」

許蘭因摸著她的包包頭笑道：「女大十八變，咱們是姊妹，妳將來也會這麼漂亮。」

南陽長公主也打扮好了，穿著宮裝，滿頭珠翠，化著偏濃豔的妝容。

長公主拉著許蘭因上下看看，滿意極了。老太太心裡也不得不承認，許蘭因的姿色跟嫡親孫女柴菁菁一樣好，但她又有一股別樣的風韻，整體似更勝一籌。不光勝孫女一籌，她所認識的姑娘和小媳婦中，還沒有這種風韻的。但到底別樣在哪裡，一時間她也說不清。

一旁的宮嬤嬤笑道：「表姑奶奶這個氣度，一看就是長公主殿下嫡嫡親的外孫女！」

長公主笑道：「該打嘴，因丫頭本就是本宮嫡嫡親的外孫女！去，把本宮那串紅珊瑚珠串拿來給因丫頭戴上。」

宮嬤嬤假意打了兩下嘴，逗樂了眾人，才去取來珊瑚珠串。

長珠串鮮豔奪目，在玉腕上繞三圈還滑下來一點，顯得玉腕和手背更加白皙細嫩。

等到柴大夫人來了，幾人坐轎子去外院坐馬車，柴俊騎馬，一行人浩浩蕩蕩前往蒲府。

南陽長公主的華蓋馬車不像其他女眷的馬車停在角門，而是停在正門。

站在門口迎客的蒲三爺蒲得易過來作揖行禮，把南陽長公主和扶著長公主的許蘭因請進正門，她們再坐轎子去桃花園旁的映桃軒。

轎子到了映桃軒垂花門停下，一名二十左右的漂亮少婦迎上前來，親自扶著長公主下轎，笑道：「見過長公主殿下，我祖母正等著您老人家呢！」

許蘭因從後一頂轎子中下來，蒲三奶奶有些詫異地看著她。

南陽長公主介紹道：「這是本宮的外孫女蘭因丫頭。」又對許蘭因道：「這是蒲三郎媳婦柳氏。」

許蘭因屈了屈膝，笑道：「蒲三奶奶。」見對方有些懵，又道：「我夫家姓趙。」

蒲三奶奶趕緊還了禮，也笑道：「是趙奶奶啊，真是個美人兒。哎喲喲，也只有長公主殿下才能把人調得這樣水靈。」

長公主十分受用她的馬屁，笑道：「猴兒，就妳嘴甜！」

許蘭因扶著長公主進入廳堂，屋裡已經坐了一些人。她認識的就有北陽長公主、西陽長公主、雍郡王妃，其他還有幾位老太太，及幾個姑娘和年輕小媳婦。主座上坐著一名六十多歲的老太太，老太太長得慈眉善目，頭髮花白，跟惡婆子的形象差了一萬八千里。

除了幾個身分貴重、年齡大的貴婦人及服侍她們的晚輩在映桃軒的正堂有一席座位，其他女眷給蒲老夫人和幾個貴婦人見了禮後，都會分散去廂房、飛花閣，或是桃花園。

蒲老夫人見南陽長公主來了，起身相迎幾步。

兩個老太太說了幾句外交辭令，又把許蘭因介紹給她。許蘭因給她和其他老太太見了禮，除了北陽長公主冷著臉，其他人都誇了幾句。

許蘭因把長公主扶去羅漢床坐下，自己坐去她身後的椅子上。廳堂裡，前排三面放的是羅漢床，專供上了年紀的老太太坐，後面是一圈椅子，給服侍她們的晚輩坐。

南陽長公主和北陽長公主坐同一張羅漢床，在左邊的首位，許蘭因的椅子也最靠左。

許蘭因跟那幾個小媳婦、大姑娘笑笑，除了旁邊北陽長公主府的二姑娘王合木著臉，其他人都禮貌性地跟她笑笑。許蘭因看得出來，她們多為敷衍。自己不過一個偽宗親、八品官的媳婦，這些貴婦貴女不放在眼裡也正常。

許蘭因裝作沒看見，坐了下去。這裡的隔扇窗開得特別大，坐著也能看見外面粉嫩嫩的桃花。遠處還有一座三層六角小樓，隱約能看到窗前的人影。據說那是飛花閣，今天才子佳人會在那裡展示才藝，最終評出才藝獎項及新的京城四美。

幾個老太太說笑著，猜測大概哪家的姑娘能選上「四美」。說最多的，就是蒲家的六姑娘蒲秀容，說她長得好、多才，又下得一手好棋……

正說著，就見一個婆子進來跟蒲老夫人耳語幾句。蒲老夫人臉色微沈地點點頭。

不多時，門口的丫頭高聲說道：「溫國公夫人溫老太君、溫二姑娘到。」

許蘭因一下子來了精神，往門口看去。

一個六十出頭歲的老太太帶著一個十四、五歲的漂亮姑娘走了進來。老太太精瘦，穿著醬黃色錦緞褙子，姑娘穿著一身雨過天晴繡小花的襖裙，對於參加宴會的人來說，就顯得過於素淨了。

在座的老太太都沒有過多表示，蒲老夫人坐著欠了欠身，對上前打招呼的溫老夫人笑道：「老妹妹也來了。我想著妳家卓麟才去了沒幾個月，就……唉，來熱鬧熱鬧也好，萬事想開些，沒有過不去的檻兒。」這話看似安慰，卻絕對不好聽。

溫老太太和溫嬌都羞紅了臉，還是保持笑意盈盈的表情。

溫老太太笑道：「多謝老姊姊的寬慰，我也是這樣想的，才硬拉著嬌嬌過來，讓她多跟小娘子們說說話，也能開解開解她……」

正說著，門口的丫頭又稟報道：「兵部侍郎府張夫人、張二姑娘到。」

溫嬌正準備扶溫老太太退出去，就看到堆滿笑容的蒲老夫人臉上一僵，瞳孔收縮了一下。溫嬌回頭看了一下張夫人，也是一怔，又轉過身看向蒲老夫人。

張夫人四十左右，身材偏高、豐腴，步子邁得比一般人大一些，一看就出身將門。張侍郎之前一直在西部的液城任總兵，年前才調任兵部侍郎。

她帶著張二姑娘給蒲老夫人曲膝行禮，笑道：「晚輩馬氏，見過蒲老夫人。」

蒲老夫人的目光從她頭上的燕上釵移開，欠身笑道：「是張夫人啊，我經常聽我家老太爺說起張大人，說他驍勇善戰，頗有韜略，才保得一方平安。」又向張姑娘招手笑道：「多可人的姑娘，過來讓老婆子仔細瞧瞧。」

張二姑娘上前，蒲老夫人取下一根玉簪給她當見面禮。

張夫人笑得眉目舒展，跟在座的老太太見了禮，才領著閨女出去。

蒲老夫人的目光，一直看著她們消失在門外。

許蘭因起身拿起茶壺給南陽長公主續了茶，又用牙籤插了一小牙蘋果給長公主。她的腿正好挨著蒲老夫人坐的羅漢床，聽到蒲老夫人的心聲——

『得想辦法弄到那支釵，看是不是劉穎的那支……』

張夫人戴的燕上釵，正是許蘭因讓人做的，蒲老夫人的心聲也印證了他們之前的猜測。劉穎，趙無的母親果真姓劉！

儘管許蘭因早已猜到，但真的聽到有人稱之為劉穎，還是心酸不已。她極力壓下情緒，面上無波，又坐去後面。

閔嘉同她的兩位姑姑是李氏帶著一起來的。她們跟老太太們見了禮後，都去了飛花閣。巳時，飛花閣裡開始才藝表演了，蒲老夫人對南陽長公主和西陽長公主笑道：「兩位長公主殿下最喜歡看才藝了，怎麼沒去？」

南陽長公主笑道：「老嘍，看那些小孩子的東西，還不如老姊妹聚在一起說說話。」

西陽長公主也笑道：「是極，歲數大了，就沒有那個興致了。」

蒲老夫人又對後面的年輕人笑道：「好孩子，老婆子知道妳們孝順，想去賞花看才藝的，就去吧。」一樣子慈善極了。

其他幾個老太太也對身後的人笑道：「去玩吧，莫拘著妳們。」

除了兩個年紀稍大的，其他人都歡歡喜喜地起身出去，許蘭因也跟著她們一起出去了。她們出了正堂，站在廊下候著的丫頭也都迎了過來。

許蘭因帶的是掌棋，兩人向桃園走去。那些人去了飛花閣，許蘭因覺得張夫人人到中年，不一定喜歡看才藝，更有可能去賞桃花。聽蒲老夫人的意思，會想辦法讓人把燕上釵弄到手看一看，不知他們今天會不會下手？

桃園有近十畝大，滿樹桃花盡數開放，隨著高低起伏的緩坡，一片片粉紅錯落有致，如層層疊疊的雲霞。走入深處，置身於這粉嫩和清香之中，許蘭因也禁不住被這一簇簇、一陣陣的美麗和芬芳襲擾，陶醉了進去。

桃林裡的人不多，還多為三十以上的婦人，後生和年輕女人少之又少，其他就是當值和灑掃的婆子。

到了桃林的西邊，就是一溝溪水，從桃林的南邊湖裡引來。溪邊有一排翠柳，其間有一座涼亭，亭子裡坐著幾個聊天的貴婦，幾個丫頭站在一邊服侍，其中一個正是戴著燕上釵的張夫人。

置身亭中，涼風習習，一邊是粉紅旖旎，一邊是碧綠清澈，愜意極了。

許蘭因走過去，對張夫人屈了屈膝笑道：「見過張夫人，我夫君是趙無，謝謝張大人當初對我家爺的幫助。」

當時趙無去西夏國救許慶岩，得到過時任液城總兵張大人的幫助。

張夫人一挑眉，笑道：「是趙無的小媳婦啊，真是俊俏。我聽我家老爺說起過小趙大人，說他武藝高強、智勇雙全呢！」招呼她過去坐在自己旁邊。

幾人又說笑一陣後，起身出了亭子，準備再去看看桃花就回去吃晌飯。

突然，從桃林裡跑出四個笑鬧著的小娘子。最高的是溫二姑娘溫嫿，是這幾位姑娘中歲數最大的，另三個蒲家姑娘只有十一、二歲。

溫嬌一直納悶，蒲家這幾個姑娘今天怎麼對她如此熱絡，纏著她賞花，一路打鬧玩笑。當她看到戴著那支釵的張夫人在這裡時，心裡突然生出不好的預感。但再有不好的預感，也身不由己地被人拉著往前跑去。

幾個小姑娘看見張夫人等貴婦，笑著對她們屈了屈膝，看似要越過她們去涼亭，突然溫嬌的身子一斜，撞了下旁邊的小姑娘，那個小姑娘的身子誇張地再一歪，一下子就把毫無防備的張夫人撞進了溪裡！

這個變故嚇壞了所有人，都「哎喲」一聲。小姑娘們都嚇傻了，愣愣地站在那裡，年紀大的婦人趕緊道：「快、快救人！」

好在溪水不深，只到人的膝蓋上頭，張夫人被撞趴在水裡，又趕緊爬了起來。衣裳濕透了、臉花了，石頭硌得生疼。她又疼又氣又羞，五官都扭曲了。

張夫人的丫頭搶先跳下溪裡，扶她上岸，許蘭因和另幾人把張夫人和她的丫頭拉上岸。有備著衣裳的人趕緊把衣裳拿出來，給張夫人披上。

那個撞了張夫人的小姑娘都嚇哭了，指著溫嬌說道：「妳這麼大的人，怎麼走路的？幹麼撞我啊？」

另兩個小姑娘也說道：「妳一路上瘋瘋癲癲的，這下可闖禍了！」又趕緊向張夫人賠禮。

溫嬌百口莫辯，也不敢辯，哭著跪下給張夫人請罪。

張夫人氣得沒有理她，低頭跟著當值的婆子去洗漱換衣裳。

許蘭因暗哼，那幾個小姑娘一出來她就留意了，清楚地看到是蒲家小姑娘推了溫嬌。這下好了，蒲家人有充分的理由可以鑒別那支釵的真假，還把禍推給了溫家。

哼哼，溫言的女兒，許蘭因巴不得她的禍再多揹些。

眾人也沒有賞花的興致了，都回了映桃軒。

許蘭因去了正堂，蒲老夫人已經得到張夫人被溫二姑娘撞進溪裡的消息，氣得要命。她讓蒲四夫人和蒲三奶奶趕緊去跟張夫人賠罪，又數落著溫家教不好孩子，溫嬌如何莽撞、沒有禮數……

有人說，還好張夫人是將門之後，多年在西部邊陲，心性堅韌。若是一直生活在京城的婦人，還不得氣暈過去？

又有人說，溫家日漸敗落，後人一代不如一代。家主溫國公只知閉門煉丹，溫言就是一個草包。前幾年出了個惦記哥哥未婚媳婦而跳崖殉情的溫卓安，上年又出了跟人爭紅牌被打死的溫卓麟。只有多年前的溫行有出息，卻早早死了。

趙無被人這麼冤枉這麼罵，許蘭因也只有面無表情地聽著。

不多時，蒲四夫人過來說，張夫人羞憤難當，已經回家了，蒲三奶奶攜著厚禮跟著去了張家。

溫老太太領著溫嬌去給張夫人道了歉，又過來給蒲老夫人請罪。

蒲老夫人沈著臉把溫嬌好一頓教訓，溫嬌被訓得痛哭著磕了幾個頭，溫老夫人承諾回家禁她的足，讓她抄一百遍《女戒》，兩人連晌飯都沒吃就回府了。

溫老夫人讓溫嬌上了自己的馬車，一上車，她就甩了溫嬌一巴掌，咬牙罵道：「蠢貨，跟妳娘一樣蠢！非要去現眼，卻闖下這麼大的禍。這下，不僅徹底得罪了蒲家，也得罪了張侍郎！」

溫嬌一隻手扶著臉，眼裡只有怒火，沒有流一滴眼淚。「是蒲七姑娘推了我！她們打定主意要把張夫人推進溪裡，讓我揹禍，我看出一點門道了。」

溫老太太混濁的目光一縮，問道：「什麼門道？」

溫嬌說道：「四個有燕上釵的人都出事了。第一個和第二個人是大伯娘和四哥，我記得前些年前的一個晚上，我無意中看到四哥拿著一支漂亮的燕上釵邊哭邊喊著娘親，那支釵好漂亮，在月色下閃閃發光，是我見過最漂亮的釵。四哥說，那是他娘留下的，讓我不要告訴別人，我就一直藏下這個秘密。第三個人是我二哥，上年，不知道他從哪裡得到一支燕上釵，跟四哥拿的那支一模一樣，我還跟他吵了架，問他是不是偷了四哥的，可他不承認。後來，二哥也出事死了，卻不知為何那支釵沒給嫂子和萍姊兒留下。今天，那支釵戴在了張夫人頭上，她又出了事……」

溫老太太沒注意到什麼燕上釵，只是喝道：「為什麼不早告訴我？」

「之前，我並不知道那支釵的邪門。」

溫老太太的手都抖了起來，說道：「回府跟我去見妳祖父！」回府後，祖孫二人直接去了溫國公用來煉丹的「外書房」。

聽了溫嬌的說詞，溫國公也害怕了。他再氣溫老太太和溫言，也得為這一大家子人著想。「看樣子，趙氏不只是趙士誠的後人這麼簡單。這件事不能再瞞溫言了，那個蠢貨，他自己造的孽，屁股沒擦乾淨，讓他自己去拾掇。當初他讓人在哪裡把卓安推下山的，再去那裡的山底搜搜燕上釵。不知卓豐的那支，是不是後來出現的那支。」

溫言正在小妾屋裡玩樂，聽幾個月沒見到過面的老父請他，只得去了。

他聽說了前因後果後，氣得暴跳如雷，打了溫嬌一巴掌，罵道：「死丫頭！這麼重要的事做甚不早說？」

溫國公過去打了他一個嘴巴，喝道：「老子怎麼養了你這麼個又蠢又貪又壞的狗東西！是你自己著了別人的道，起壞心思害死兄嫂跟姪子，你打嬌丫頭做甚？哼哼，若嬌丫頭早告訴你，就你和你媳婦，豈不是早就把那支釵搶過來了，你們還能活到現在？」

溫言想想也是，若早知道那小崽子手裡有那好東西，或許早就弄過來了，他這條命也興許沒了。「爹、娘，那我們該怎麼辦？」

溫國公道：「你私下帶人去卓安掉下崖的地方再好好找一找，看能不能找到那支釵。不要再跟著蒲家人混了，不能跟著他們幹壞事，更不能表現出我們對他們有所防備。」又補充道：「私底下也不能做，不能讓人抓住把柄把我們一家搭進去。」

之前溫言派人悄悄搜過山谷，找的是屍骨，搜得不算仔細。當時什麼也沒搜到，想著屍骨可能掉在崖上的大石或是大樹上，到時被老鷹吃掉更好……

溫言點頭允諾，暗道，他現在想跟蒲老四和蒲老八玩，人家都不帶他玩了，氣得又把蒲老太婆和蒲元傑、蒲元慶罵了個遍。

溫國公對還在哭的溫嬌說道：「嬌丫頭莫委屈了，我知道妳是好孩子。唉，是妳爹娘蠢壞害了妳，我會讓老三媳婦給妳尋門親事，不一定要大富貴，早些嫁出去，離開這個是非地吧……」

溫老太太阻止道：「我不同意！我的嫡孫女，怎麼能由著小婦的兒媳婦找親事？她能找到什麼好門戶——」

溫國公喝道：「住嘴！憑妳和老二媳婦，就能給嬌丫頭找到好親事？這次蒲家把撞張夫人下水的禍事推到嬌丫頭身上，又被扣上不貞靜賢淑的帽子，她更不容易找到好人家了！」

「再不好，也比老三媳婦找的好……」

溫嬌也不願意讓溫三夫人給自己找親事。溫三夫人自從嫁進溫府後，就被溫老太太這個嫡婆婆搓磨，被自己母親排擠，活得實在不易，她怎麼可能給自己找一樁好親事？算了，悄悄買包毒藥吧，若大廈將傾，一包藥毒死自己，總好過一輩子受苦。若家裡無事，過兩年就跟大伯娘當初一樣出家……

她對溫國公說道：「謝謝祖父。孫女不想嫁人，無須別人給我說親。」

另幾人都想著那件大事，也沒多想溫嬌話裡的意思。

張夫人的事件並沒有影響蒲家桃花宴的才藝表演。上午沒有表演完，下晌又繼續，選出了一、二、三名獲獎者，也選出了新的京城「四美」，其中包括蒲家六姑娘蒲秀容。

申時，客人們陸續離開蒲家。

蒲老國舅、蒲元傑和四夫人、蒲得易聚集在蒲老夫人的院子裡密談。

蒲四夫人已經看過，張夫人的那支釵不是趙穎的那支，只是神似。幾人放了一半的心，又百思不得其解，為什麼大同小異的釵近段時間連續出現兩次？是巧合，還是有別的什麼？

蒲老夫人嘆道：「都怪我，當時沒早一步把那支釵拿到手。」

蒲老國舅冷哼道：「何止是早拿那支釵？若妳早年不那麼莽撞，差點把穎兒掐死，娘就不會把她送去道觀出家，家裡也不會有這麼多的隱患！」

蒲老夫人沒吱聲，心裡卻暗誹：要怪也怪你老娘！若不是她婦人之仁，早些送那丫頭去見閻王，就不會有現在這些事了！

蒲元傑趕緊解圍道：「爹、娘，我覺得是不是咱們太過草木皆兵了？掉進湖裡的釵，那麼小一點，如滄海一粟，不可能有人撈得起來。現在，該死的人都死了，那件事不會有人再翻出來的。相同款式的首飾多了去，有跟那種款式相似的燕上釵也並非不可能。以後，咱們的動作不要太多，否則反倒會引起別人的懷疑。」

蒲老國舅搖頭道：「還是小心為妙，畢竟太后娘娘還活著，若那件事洩漏出來，我們這一大家子就完了。」

蒲元傑沈思片刻後說道：「溫家知道的事情太多，也是時候讓他們住嘴了。溫言之前有不少把柄捏在兒子手裡，過些日子就讓御史彈劾溫家父子。」

蒲老國舅點頭同意，義正辭嚴道：「溫家人該死，為了個爵位，連至親都害。之前想多拿些那個蠢東西的罪證，現在也不能再等了。」又道：「唉，只可惜悠悠了，嫁進了那麼不堪的人家，我對不起我那老妹子的託付。為了這個家，由著老太婆一步錯，步步錯，做了那麼多的惡。」

蒲老夫人的眼圈紅了，拿出帕子哭道：「老太爺如何把我說得這樣不堪？我也是有苦無處說啊！若當初不給我提前催產，不把劉穎弄進家裡，我大兒也不會早死！可憐的孩子，生下來還不足四斤，成天喝苦藥湯，又被那個討債鬼剋，剛滿五歲就死了⋯⋯」

蒲老國舅不愛聽她的這些念叨，再聽她又把那個名字輕易說出口，厲聲罵道：「妳不怕死，也要多為妳的兒孫考慮！我再說一遍，即使有人查到五香山的五香觀，出家的、嫁進溫家的、最後被溫家害死的，是我們秘密養著的趙家遺孤趙悠！我因為早年承過趙士誠的情，便收養了那個親人都死絕了的小姑娘。」聲量又放小了，咬牙說道：「若不是當今皇上登上大寶，若不是太后娘娘的看顧，我們府能有今天的滔天富貴？有得就會有失，何況還是同皇家謀事？白活了這麼大歲數，這個道理還沒參透！」說完，氣沖沖地起身去了外院。

蒲元傑給妻子和兒子使了個眼色，自己趕緊扶著老父走了。

蒲四夫人和蒲得易又勸著哭著的老太太，不要跟老太爺置氣。

許蘭因陪著長公主和柴大夫人回了公主府，今天晚上依然會歇在這裡。

晚飯前，全家聚在正堂陪南陽長公主和柴駙馬說話。長公主說了溫嬌把張夫人撞進溪裡的事，一家人又把上不了檯面的溫家人當笑料數落一遍，包括「已死了好幾年」的溫卓安。

許蘭因暗道，什麼時候得把趙無是溫卓安的事告訴長公主，若真相大白後再說，怕是她會不高興。

許蘭因聽他們講完蒲家人如何生氣後，又笑著把話題轉到雙胞胎上，說道：「我來京城之前，正好有個鄉下親戚生了雙胎，婆婆硬是送走了一個，我那個親戚哭得跟什麼似的。我家爺就不信那個邪，說若以後我生了雙胎，不管雙子、雙女、還是龍鳳胎，都要留下自己養，他可捨不得送人。」說完，還很得意地笑了笑。

她這個話題同上一個話題連接不上，有些突兀，卻讓柴大夫人想起了蒲家的舊事，不贊同地說道：「這可不能意氣用事。聽說當初蒲老夫人生下一對龍鳳胎，老太夫人捨不得送一個出去，女娃就把男娃剋死了，最後連女娃也病死了，多可惜。若當初狠狠心把女娃送給別人養，等她嫁人後成了別人家的人再認回來，兒子、閨女都還在呢！」

長公主想了一下，也說道：「本宮到現在還記得那個小姑娘，名字好像叫蒲英，都叫她英英，小模樣長得極是漂亮。太后娘娘最喜歡這個娘家姪女了，經常把她宣進宮。那時本宮還沒有出宮，遇到過好多次，無事也喜歡逗逗她。可惜了，那孩子五歲時把她的兄長剋死了，之後她也得病死了，連太后都哭成了淚人，別說蒲老夫人了。」又教訓許蘭因道：「趙無太過意氣用事，有時候是優點，但有時候就是缺點了，會害人害己。」

許蘭因好孩子似地點點頭，表示接受意見，心裡卻波濤洶湧。穎、英、太后極喜歡、經常招進宮、哭得像淚人……

晚上，兩個孩子都睡下了，許蘭因仍興奮得睡不著。

她起身來到窗邊，月光如水映滿庭院，帶著花香的夜風迎面拂來，讓她的心情更加雀躍。

事情的經過大致上弄清楚了。趙無兄弟的母親本名叫劉穎，到蒲家後取名蒲英，出家當道姑又成了趙悠。燕上釵是太后給她的信物，她五歲前還經常被太后接進宮玩耍。

劉穎是長公主，還是嫡長公主，比南陽長公主、北陽長公主的地位都高。苦命的是跟皇上同時孕育在一個肚皮裡，太后只得捨棄她保住兒子及他們母子在先皇面前的寵愛，被寄養去蒲家。不幸的是，蒲家兒子死了，蒲家恨她「剋」死了自家兒子。不知中間出了什麼狀況，最後沒有真的弄死她，而是送小小年紀的她去了道觀。又讓她身邊的人給她灌輸了不少事，讓她相信自己是趙悠。等到長大後，嫁給了自己喜歡、對方也喜歡自己的男人，又被害死了。

蒲英，蒲公英，像蒲公英的女子，命可不就是苦的？

想到那個苦命的女子，許蘭因的心情又沈重下來。

身為母親，太后是自私和薄情的。但古人重男輕女，特別是天家無情，她這麼做也是絕大多數宮中女人自保的選擇。太后經常接她進宮，蒲家人又那麼害怕燕上釵，說明太后保全了自己和皇上以後，還是惦記那個親生女兒的，只是被蒲家蒙蔽了。

若只為了富貴，趙無認不認那個外祖母真的無所謂。但是，蒲家人害了劉穎及其一家，還在趕盡殺絕，卻要享受太后給予的滔天富貴，這就沒天理了。那個外祖母，必須要認。

有了信物，又知道太后同劉穎的關係，還是不能只憑那支釵去認親。必須要把蒲家害趙穎、溫行及其後人的罪證找到，不能讓他們把罪責都推到溫言夫婦和溫老太太身上，或者乾脆混淆劉穎和趙悠的身分。

下一步就是找蒲家害劉穎的證據，最後直達太后那裡。

許慶岩在御林軍供職，還有跟太后關係篤深的南陽長公主，以及御林軍副統領柴榮，最後一步也非難事。只是，要找到關鍵證據太難了。

次日上午，許蘭因帶著趙明希和許蘭月告別長公主準備回家。

柴子瀟還想去表姑姑家裡玩，長公主笑道：「哪能天天想著去做客？你也六歲了，該收心好好學習了。你老子已經找好了先生，明天你就要跟著先生上課。」

柴家有族學，但長公主府的孩子都是找好先生自己學。

柴子瀟點點頭。他知道自己要好好學習，要變得聰明，才不會被壞人拐出去賣了。

他又說道：「改天我休沐了再去表姑姑家做客。」

許蘭因笑道：「好，到時我也把嘉嘉接去，讓你們梅園四君子重聚，表姑再親自下廚整治幾道你們愛吃的好菜。」

柴子瀟喜上眉梢，說道：「還要準備酸梅湯，我們以梅湯代梅酒！」

說得眾人大樂。

回到許家，他們直接去了正院，見柴氏正和盧氏說得歡。

柴氏接過趙明希親了一口，對許蘭因笑道：「真沒想到，三妮跟曉染成一對了。那兩個孩子是我看著長大的，都是好孩子。」

盧氏笑道：「我正跟夫人說呢，想請夫人幫著說合這樁親事，讓兩個孩子借借夫人的福。還要謝謝大姑奶奶，曉染那麼出息，都是大姑奶奶調教得好，還給他除了奴籍。」

許蘭因笑著恭喜了他們，說道：「曉染出息，也是他自己有天賦、夠努力。讓他不要懈怠，繼續努力，以後有了大前程，我自不會耽誤他。」

盧氏聽了，又跪下給許蘭因和柴氏磕了頭。

傍晚，許蘭亭、許蘭舟、許慶岩陸續回家。

李洛也坐著馬車來了，他知道今天許蘭因會回家，想聽一下蒲家的事。

飯後，許蘭因和許慶岩、李洛在書房密談，身為長子的許蘭舟也參加了。

許蘭因把張夫人戴了燕上釵和蒲家的異常，以及長公主說蒲英的事都說了，沒好說她聽到蒲老夫人的心聲。但為了讓這幾人更加確認趙無的母親本名叫劉穎，又說道：「蒲老夫人看到張夫人的燕上釵，吃驚得人都有些傻了，小聲說了兩個字，我雖然沒聽到她說的是什麼，但看唇型，應該是『劉穎』二字。」

這幾個人都認定，劉穎就是蒲英，太后對蒲英的喜歡，說明她們是同個人，也就是後來出家的趙悠——李洛和趙無的母親。

只不過，蒲老夫人的失態讓那幾人有些不可思議，是不是她老糊塗又被嚇壞了，才敢當眾默唸出那兩個字？但他們都無條件相信許蘭因，沒有一點懷疑許蘭因會騙他們。

許慶岩高興地說：「看來，咱們之前的猜測是對的，女婿和你的母親真是天家血脈，還是太后的親生女。這也解釋得通，蒲家為什麼那麼害怕燕上釵，他們是怕有人知道他們陷害天家血脈的內情。」

李洛點點頭，證實了這件事，讓他既難過又激動，咬牙罵道：「等到真相大白，定要讓蒲家人血債血償！還有溫家那幾人，被人教唆著做盡壞事。我娘太可憐了，我爹何其無辜？從今天蒲家的做法來看，溫家徹底是他們的棄子了，得防著他們滅溫家人的口。溫言他們該死，卻得等到說出真話後再死。」

許慶岩道：「是極。我們的人要暗中看顧他們，不能讓人私下滅口。我也會注意朝中動向，畢竟溫言之前在蒲家的示意下做過不少壞事。」

許蘭因又讓李洛趕緊給趙無送密信。

李洛道：「廝子正好在京城，我會寫信告訴他，母親的身分已經確定，讓他想辦法從那邊的蒲府弄些情報。蒲元慶是草包，府裡防得沒有這邊嚴密。」

該做的事做完了，許蘭因就準備在娘家過起舒心的小日子。之前跟趙無說好，他們母子在京多住一個月，現在看來，或許還要再多住些時候了。

兩日後，秦澈遣人送信報喜，秦大奶奶萬氏在三月中生了個閨女，母女均安，孩子取名秦彤，彤姊兒。

柴氏和許蘭因都很高興，趕緊準備禮物。正好許蘭舟次日要回寧州府考武秀才，讓他一起帶過去。本來柴氏要陪著許蘭舟去寧州府，但許蘭因母子來了京城，就讓盧氏帶人陪他回去。

第三十八章

晃眼到了四月初十，許蘭因把柴子瀟、閔嘉都接來許家玩。

晌飯後，又應幾個孩子的要求，許蘭因帶他們去心韻茶舍，也讓錢嬤嬤把趙明希抱著一起去。

今天休沐，茶舍裡坐無虛席，就領他們去後院玩。一直睡覺的趙明希也清醒過來，瞪著黑葡萄似的大眼睛四處看著，稀奇得不得了。

後院也有兩桌人在藤架下面下棋，是柴駙馬和柴俊祖孫，以及周老太師和四皇子劉兆厚。他們下的都是西洋棋，只不過老的對弈老的，年輕的對弈年輕的。

劉兆厚看見許蘭因，也不下棋了，起身笑道：「許姊姊，好久不見，我特別特別想妳呢！」

劉兆厚長高了一大截，五官也長開了，只是眼神未變，依舊澄澈乾淨，一笑彎彎的像月牙。

那些話別的男人說不妥，他說卻沒有人往心裡去，在場的人都自動當作沒聽見。

他還想拉許蘭因的袖子，跟過來的柴俊不動聲色地把一塊糕點塞進他手裡。

遇到這個老熟人，許蘭因也異常開心。

許蘭因朝他屈了屈膝笑道：「劉公子，巧啊！」

在外面，不好叫劉兆厚為四皇子。

劉兆厚憨憨地說：「不是巧，我是聽柴表哥說妳來了京城，特地來這裡看能不能遇到妳。我聽小星星說，妳做的炸牛奶非常好吃，也想吃。」又崇拜地說道：「許姊姊好能幹，牛奶是稀的，妳還能炸成糕！」

許蘭因現在特別想跟他搞好關係，遂笑道：「好啊，我讓人去看看廚房有沒有牛奶或羊奶，就在這裡給你做。」

她又過去朝柴駙馬和周老太師屈膝行了禮。

周老太師笑道：「我早聽蘭舟和小妞妞說妳做的菜好吃，今兒晚上老夫就厚著臉皮嚐一嚐！」

柴駙馬捋著鬍子笑道：「不是我自誇，我這個外孫女心靈手巧，上得廳堂，下得廚房，還下得一手好棋！」

許蘭因笑道：「只要周大人不嫌棄，我這就讓人去買些食材，晚上請劉公子、老太師、外祖父、表哥在這裡吃飯。」

幾人正說笑著，就聽到劉兆厚一驚一乍的聲音。「這是許姊姊的兒子嗎？怎麼跟我長得這樣像？比我皇兄的兩個兒子還像我呢！他會不會是我兒子？」

這話嚇了眾人一跳，想當沒聽到都不成。

柴俊趕緊說道：「劉公子慎言，我這小外甥怎會跟你長得像？」

劉兆厚不樂意了，屈著腿跟錢嬤嬤懷裡的趙明希齊高，學著趙明希瞪著眼睛、嘟著嘴巴，微張嘴說道：「表哥不信看看，我們像不像？」

柴俊一看也有些懵了。忽略兩人差異比較大的臉型和眉毛，的確有些像，特別是眼睛和嘴巴。

許蘭亭、許蘭月、閔嘉都不高興了，異口同聲說道：「希希才不是你兒子，我大姊（許姨）要生希希的時候，我們都在家！」

劉兆厚沒聽進那幾個孩子的話，又道：「他跟我長得像，我喜歡他，比喜歡許姊姊還喜歡，我要送他見面禮！」說著，從腰間取下一塊極品玉珮遞到趙明希的手裡。

趙明希似乎也非常喜歡劉兆厚，格格笑了幾聲，拿著玉珮就放嘴裡啃，一條銀線順著嘴角流下來。他一笑，圓圓的眼睛又彎起來。

劉兆厚見了，也笑彎了眼，讓這些人看。

兩雙彎彎的眼睛更像了。

周老太師看看趙明希，又想到劉兆厚小時候。那時他看著聰聰明明，哪想到長大會成這個樣子。老爺子心裡柔軟下來，哈哈大笑幾聲，說道：「小四，這世上人有千千萬，長得相像的人多了。不能說人家長得像你，就是你兒子。」

劉兆厚好孩子似的點點頭，「喔」了一聲。

柴駙馬也說道：「我這重外孫孫不止跟小四有些像，跟我的重孫孫也有些像。」

眾人再看看趙明希和柴子瀟，的確有點像，竟是比趙明希跟他親叔叔、親姑姑還像。

天色漸漸暗下來，茶舍裡的茶客陸續離開。點亮後院廊下所有的燈籠，把院子照得透亮。

劉兆厚、周老太師、柴駙馬、柴俊幾人一桌喝酒，許蘭因領著幾個孩子一桌，王三妮親自站在後面服侍。

劉兆厚側頭跟另一桌的許蘭因說道：「許姊姊，我父皇和皇祖母要給我說媳婦了，他們問我喜歡什麼樣的，回宮我就說喜歡許姊姊這樣的，讓他們比照許姊姊找。以後，再讓我媳婦生個像小希希這樣的兒子。」

哪能這麼調戲小媳婦？許蘭因不知道該怎麼跟這傻孩子講道理。

柴駙馬說道：「小四不要這麼說，別人聽了要誤會。」

劉兆厚嘟嘴說道：「你們都當我是傻子，我才不傻！我只是讓他們比著找，又不是要搶許姊姊當媳婦！」

柴俊笑道：「你哪裡傻了？我表妹是個好姑娘，當初可是一家有女百家求，比著她找，沒錯！」

劉兆厚又高興起來。

吃完飯，天已經黑透，柴俊送劉兆厚回宮，柴子瀟直接跟柴駙馬回府。

離開的時候，劉兆厚還說：「改天許姊姊和小希希進宮玩，讓我父皇和皇祖母看看你們！」

許蘭因笑笑，當皇宮是她家茶舍啊，想來就來。她不好說去，也不好說不去。

許蘭因繞道先把閔嘉送回閔府，才回了家。

她回屋後又抱著趙明希看，越看越像劉兆厚，尤其是眼睛和嘴，想著隔代遺傳太玄妙。

這天下晌申時，許蘭因抱著趙明希在小花園裡悠閒地散步。花園裡的花幾乎都開了，姹紫嫣紅，幽香四溢。

前院婆子來報李洛來了。

許蘭因趕緊將孩子遞給錢嬤嬤，急步去了前院書房。

趙明希不願意了，哭著要娘親，許蘭因硬著心腸沒帶他。她一直在等趙無的回信，李洛這時候來，應該是接到趙無的信了。

書房裡，李洛臉帶笑意，一看他這種表情就是有好事。

李洛笑道：「趙無讓痲子送信來，蘭舟不負眾望考上了武秀才，今天早上發的榜。蘭舟會陪他祖父祖母幾天，晚些時候再回來。」

許蘭因聽了高興不已。許蘭舟今年才十六歲，這個年紀考上秀才很不容易了。

李洛的表情又嚴肅下來，放小音量說道：「趙無利用于嬤嬤的姪子生病，成功地把于嬤嬤引去了莊子。不管她有沒有用，都會製造事故將她藏起來。若有用，當然是證人；若沒用，這件事結束以後才能放她出來。」

這倒是個好消息。

許蘭因有種直覺，于嬤嬤是跟著太后進宮的丫頭，又從宮中出來，或許會知道一些秘事。

前些日子溫言秘密讓次子，也就是溫家三爺溫卓華帶人去了燕麥山的野峰嶺，在趙無當初被害的崖上崖下尋找了數日，當然是一無所獲。他們分析，溫家人應該是在找趙無那支燕上釵。

假燕上釵的橫空出世，讓蒲家和溫家都著急了。

這是許蘭因之前沒想到的。想著回寧州府後，再讓人去看望蘇晴，送份重禮。蘇晴提供的那個線索，她們會雙贏。

李洛還說，又有消息傳來，溫言求了周世子周梓林想調溫卓華去西北軍隊。溫言之所以求到周家，一個是周家的二老爺在西北當總兵兼征西將軍，還有一個是覺得周家欠了溫家的命，溫卓豐就是因為周家強行接去莊子而造成驚馬淹死的，周家肯定會幫這個忙。

一般都是邊軍的人想調來京城衛軍，京城衛軍想調去邊軍的人少之又少，還都是為了升官。溫家沒有提出升官，願意從七品校尉平級調動。周家幾個當家人知道溫言如何害了兄長溫行一家，現在朝中又有傳言溫言貪沒軍晌、打死過士卒的事，所以不僅沒幫忙，還把這事傳給了李洛。

許蘭因冷哼道：「現在溫言看出他們是棄子了，想以防萬一留個後，哪裡那麼容易？」

李洛也是如此認為。「溫言同他的惡媳婦，還有他們的兩個兒子，一個都別想跑。他們的嫡女溫嬌，那倒是個好姑娘，不僅沒做過壞事，還曾經給我送過信。她和二房的另兩個庶女，以後不會動她們。」

許蘭因點點頭。被關那麼久的李洛還有這個胸襟，也是難得了。

聽說許蘭舟考上秀才，柴氏極喜，讓人去準備酒菜，留李洛在家喝酒。

昨兒夜裡，又淅淅瀝瀝下起雨來。雨水打著瓦片滴答滴答響，把許蘭因吵醒了。想著這些天發生的事，許蘭因滿心歡喜，這比之前預料的順利多了。

今日的雨依舊大，許蘭因抱著兒子去正院同柴氏說了一天的話，晌歇都是在那裡歇的。

雨一連下了兩天，十三那天終於放晴，柴氏就帶著許蘭因母子一起去了長公主府給南陽長公主請安。

長公主笑道：「本宮正準備派人去給妳們送個信呢！太后娘娘傳了口諭，說她聽四皇子誇獎小明希，也喜歡得緊，讓本宮帶著因丫頭和小明希進宮讓她瞧瞧。本宮想著，今天就遞帖子進宮，明天因丫頭母子隨本宮進宮。」

這也太出乎意料了！許蘭因自己倒是特別想見太后，但不願意帶趙明希去。趙明希與太后相見是一把雙刃劍，他長得太像他祖母，不出意外，太后肯定會喜歡。但若太后身邊有蒲家人的眼線，把這個消息傳到蒲家人耳裡，他們會不會多想？

許蘭因心裡再不願意，表面也必須裝作非常高興的樣子。「我倒是想去見太后，可我怕明希太小，去了一直哭，或是突然拉屎拉尿的，會不會讓太后不喜？」

柴氏也是這樣想，擔心地望著長公主。

長公主擺手笑道：「妳們有所不知，太后娘娘慈善、寬和，還特別喜歡小孩子。不說經常讓小皇孫、小皇姪孫去跟前湊趣兒，就是她認識的大臣家的女眷，有時也會讓她們帶著孩子去看看。至於奶娃娃哭鬧、尿尿，這是誰也避免不了的，太后娘娘從來沒怪罪過。」

許蘭因只得同意。

別說許蘭因，連柴氏都沒進過宮。長公主讓兩個從宮裡出來的嬤嬤去側屋給許蘭因及要抱孩子進宮的錢嬤嬤講了些女眷進宮時的禮儀，及太后娘娘的偏好。

幾人在這裡吃完晌飯，許蘭因說要回去準備明天進宮的事宜，幾人才回家。

到家後，就趕緊讓人去趙家請李洛來商議。

李洛和許慶岩前後腳回家，幾人在書房秘密商議。

幾人商量一番，最後還是決定去。這次稱病不去還有下次，躲不過總得去面對。讓太后先入為主，以後把事情查清後也好相認。

至於太后身邊有沒有蒲家眼線，還是那句話，世上人千千萬，長得像的人太多了。表面上劉穎及她的後人都死了，若真有眼線，眼線和蒲家也不一定會往劉穎的後人身上想。若他們還是害怕，肯定會狗急跳牆出什麼招，如此，也是一個證據。

等趙明希進宮出來後，許蘭因就帶著他住去秘密別院，柴氏再去跟南陽長公主說一下趙無與溫家的事。同時，也給趙無去個信，讓他注意安全。

現在情況特殊，不管有沒有情況，麻子每兩天就會來往寧州府和京城一次，方便兩方互通情報。

許慶岩還說，現在彈劾溫言的摺子越來越多，溫家快倒了。

李洛之前以為等到這一天他會很高興，可現在他卻笑不出來。是溫家快倒了，而不是溫言快倒了。

今天李洛不回趙家，跟許慶岩商量完事宜後住去外院客房。

許蘭因先回了蘭果院，整頓好明天進宮的東西，又準備了一些要帶去別院中的物品。心裡想著，若是能聽到那些人的心聲，找出間諜就好了。

次日，許蘭因穿上大紅織金錦緞褙子，化了個偏濃的妝容，戴上出嫁時柴氏買給她的那套十二件的頭面。趙明希穿著緙絲繡花衣裳和開襠褲，包上大紅包被。錢嬤嬤也穿著喜氣的醬紅色綢子衣裳，化了妝，戴上金簪。兩大一小坐上馬車，向南陽長公主府駛去。

他們沒下車，在角門處等著。兩刻多鐘後，長公主的轎子出來，眾人又坐馬車去了皇宮。

她們直接去了慈寧宮。太監通傳後，請她們進殿。

許蘭因扶著長公主走在前面，錢嬤嬤抱著趙明希跟在後面進入正殿。許蘭因不敢抬頭，長公主停下她也跟著停下。

長公主屈膝行禮，許蘭因和錢嬤嬤則跪下磕頭。

蒲太后跟南陽點點頭，又對許蘭因笑道：「這就是南陽的外孫女？好孩子，起來吧。」

許蘭因起身，扶著長公主在左側的第一把椅子上坐下，她在宮女的示意下坐在長公主下首，錢嬤嬤抱著趙明希站在她身後。

劉兆厚已經來了，他坐在右側椅子上，笑道：「皇祖母，許姊姊是不是很漂亮？」

這話把殿裡的人都逗笑了。

蒲太后看看許蘭因，笑道：「的確是個漂亮孩子，長得俊俏討喜。」

蒲太后六十幾歲，雖然比南陽長公主長了一輩，歲數卻只大三、四歲。穿著宮裝，慈眉善目，精神非常好，看得出年輕時的風采。

對於她的誇獎，許蘭因紅著臉沒說話，裝作很不好意思的樣子。在這裡，儘量少說，言多必失。而且，她離太后比較遠，別說聽太后的心聲，就連太后身後的章嬤嬤、郭公公的心聲都聽不到。

蒲太后又道：「把孩子抱過來哀家瞧瞧。」

錢嬤嬤走過去半蹲在太后面前，讓太后看清楚懷裡的孩子。

許蘭因則怕怕地小聲嘀咕了一句。「好孩子，千萬別哭。」眼睛追隨著趙明希，一副怕怕的樣子。其實，她是為了多看兩眼太后身後人的表情。

南陽皺了皺眉，心道，之前看著這丫頭行事落落大方，怎麼一來宮裡就小家子氣十足呢？

趙明希在馬車裡一直睡著，此時已經清醒過來。他本就不認人，太后頭上那顆綠瑩瑩、光閃閃的大珠子又極為耀眼，他瞪著大眼睛看著大珠子，雙手還在空中揮舞著，想去抓。

蒲太后看到的不是他想抓珠子，而是他想讓自己抱。

蒲太后的眼前出現另一張清秀的小臉，比這孩子瘦，尖尖的小瓜子臉，不笑的時候眼睛圓圓得像兩顆黑葡萄。

像，真的太像了！

蒲太后的眼神柔和下來，雙手不由自主地把孩子抱過來。

趙明希離那顆大珠子更近了，格格笑起來，眼睛彎彎的像月牙。

蒲太后的眼圈都紅了，喃喃說道：「穎兒、穎兒……」

章嬤嬤嚇得一個激靈，趕緊輕聲喚道：「太后娘娘！」

蒲太后似從往事中清醒過來，笑道：「這孩子長得真討喜，跟厚兒小時候多像啊，一看到他，我就想起厚兒小時候。」

南陽長公主先還納悶她的失態，原來是在叫「厚兒」。這位太后娘娘最是憐惜弱小，她最疼愛的不是聰明的皇子皇孫，而是懵懂的劉兆厚……突然，南陽長公主的腦海中浮現出另一張清秀的小臉，太后應該是在叫「英兒」吧？只不過，她為什麼要否認呢？

南陽長公主滿腹狐疑，但面上不顯，呵呵笑著。

許蘭因已經聽許慶岩說過，太后身邊只有兩個老人章嬤嬤和郭公公歲數較大，六十左右了，因為太后用得順手還沒有榮養。而且，他們都應該見過小時候的蒲英。章嬤嬤之前也是蒲家的丫頭，跟著蒲太后進宮的。若蒲家人有眼線，章嬤嬤的可能最大。

許蘭因注意到，章嬤嬤和郭公公看趙明希的眼神都先微縮了一下，瞬息即失，表面看似一切如常。只不過，章嬤嬤的頭比之前垂下的弧度稍稍大了一點，嘴唇抿得也稍稍緊了一些。別人注意不到，可身為多年心理醫生的許蘭因還是注意到了。

劉兆厚得意地笑起來，說道：「皇祖母，他是不是長得很像孫兒？」

蒲太后的眼睛沒有離開過趙明希，笑道：「是極、是極，太像了！」

劉兆厚又笑道：「以後，就讓我媳婦生個這樣的兒子！」

他的話又逗笑了眾人，蒲太后的思緒也從往事中抽離出來。她抬頭看看南陽長公主和許蘭因，對太監郭公公說道：「小郭子，去把哀家那座玉佛手拿來賞他。」

郭公公去內殿拿了一座紫檀架半尺高的和田玉佛手出來。另一個小太監拿了一柄玉如意，玉如意是太后賞許蘭因的。

這座佛手一看就價值不菲，跟那些賞大臣及家眷的佛手掛件或是玉如意完全不一樣。連南陽長公主都愣了愣，暗道太后這是把趙明希當作蒲英來喜歡了。也更加覺得蒲太后記情，對蒲家恩寵無邊，就是死了幾十年的小姑娘，她都記得這樣牢。

許蘭因趕緊起身磕頭謝賞，又代趙明希謝賞。

郭公公笑道：「趙小哥兒有福了，這座佛手是幾十年前無為大師贈太后娘娘的。」

許蘭因聽了，又磕了一個頭。

趙明希比較胖，蒲太后有些累了，也不想讓別人看出她的不同，把孩子還給了錢嬤嬤。人老了最喜歡回憶過去的事。兩個老太太說了些先帝在世時的事情，蒲太后又留他們在這裡吃了午膳。

許蘭因先去側殿餵孩子吃完奶，才去吃飯。

飯後，幾人告辭出宮。

蒲太后又對南陽長公主說：「以後來看哀家，就把因丫頭和希哥兒一起帶來。」

南陽長公主笑道：「是，若他們在京城，本宮就帶他們來。哎喲，小明希能得太后娘娘的喜歡，有大福呢！」

許蘭因來宮裡這麼久，就沒撈到聽心聲的機會。

一回到許家，許蘭因和錢嬤嬤、掌棋就帶著趙明希、許蘭月從後門上了馬車，說辭是去京郊的莊子裡玩幾天。許蘭因早就說過想去莊子裡看看，下人們也不覺得有異。

許蘭因和柴氏、許蘭月在京郊都有田地和莊子，不過沒去這三個莊子，而是去了趙無讓李洛秘密購置下的莊子。

而柴氏則直接去了南陽長公主府。

把下人遣下去，她跟南陽長公主和柴駙馬說出趙無在溫家的事。

南陽長公主罵道：「溫言太可惡了！為了爵位，居然要把兄長一家趕盡殺絕？」

柴駙馬也說道：「那溫國公糊塗透頂，天天只知煉丹當神仙，連兒子做下這等事都能忍，可不是氣數要盡了？哼，活該！」

南陽長公主精明，又在宮中待了那麼多年，想到太后的失態和不合常理，還有許蘭因在宮中的反常，以及溫家漠視大兒子一家被害，覺得其中或許還有緣故，又問道：「趙無的身世只這麼多？」

柴氏被問得愣了愣，雖然覺得即使自己說出趙無的真正身世，南陽長公主肯定是幫太后和趙無一家，不可能幫陷害皇家血脈的蒲家，但還是覺得現在最好不說。「娘，我知道我把真相告訴您，您老人家也會站在正義的一邊，不會把實情說出去。不過，我覺得這時候您先不知道更好……」

她的話還沒說完，南陽長公主忙擺手道：「好了，不要說了，有些事知道得晚比知道得早要好。本宮只問一句，趙無母親的冥壽是？」

柴氏答道：「四十七歲。」

南陽長公主的表情嚴肅下來，說道：「本宮知道了。因丫頭和趙無都是好孩子，若有事需要本宮幫忙，說就是了。」

柴氏答應，又起身給她行了禮，這才回家。

馬車剛走進許家前院，丁固就來到車旁悄聲稟報道：「大姑奶奶帶著哥兒、二姑娘已經去鄉下莊子玩耍。剛剛又聽說，溫家已經被軍隊包圍了，成年男丁被抓進刑部大牢。老爺讓季柱回來跟夫人說一聲，他有事要辦，今天晚些時候回來。」

「這麼快？」

柴氏和許蘭因一樣，都盼著溫家垮臺，但也怕溫家幾個知情人提前閉嘴。

暮靄沈沈，太陽已經全部落山，西邊天際的黑雲只鑲了一圈金邊。

鄉間的傍晚美麗極了。

許蘭因抱著趙明希在院子裡玩，孩子的格格笑聲像天籟般動聽。

這個莊子裡有三個下人，三個人都有殘疾。其中兩人是一對夫婦，四十幾歲，另一個人五十幾歲。

聽到那個動聽的聲音，坐在外院的幾人都笑了起來。

兩天後的一個下晌，李洛派何西來了莊子。

何西說，趙無來信了，于嬤嬤聽了趙無的身世，再看到真正的燕上釵後說了真話。她是陪著「公主」劉穎出宮的幾個宮人之一，趙悠就是蒲英，蒲英也就是劉穎。

趙無已經帶著她來京城了，兩天後會直接到這個莊子。實際的情況，她來了後細說。

又說，因為于嬤嬤開口了，李洛和許慶岩商量後，把真實情況告訴了周老太師、南陽長公主、柴統領。

周家利用溫家牽制蒲家的精力，再指使幾個黨羽幫溫家辯解；柴統領和許慶岩看住章嬤嬤，並注意蒲家跟太后來往的動向。

柴清妍和許蘭亭都住去了南陽長公主府。

溫言已經被關進大理寺，刑部和大理寺正在調查他的案子，還同時在調查溫國公。溫言被關，溫府被包圍，其實對保住他們的命更有利。

送走何西，許蘭因長出一口氣。這就是狗急跳牆，假燕上釵讓蒲家著急，想趕緊滅了溫家，卻沒想到適得其反。若讓溫家那幾人一個一個死於意外或疾病，他們再把殺害劉穎一家的所有罪過都推到溫言幾人身上，太后不一定能對娘家下狠手。

窗外又傳來趙明希、許蘭月的笑聲和錦雞的叫聲。

許蘭因走出上房門，枝繁葉茂的大榕樹下，錢嬤嬤抱著趙明希坐在小凳子上，許蘭月在逗著錦雞。錦雞不時咯咯叫著，撲展著漂亮的翅膀飛起來，逗得趙明希開懷不已。

她的眼前浮現出最初見到趙無時他那踟踟的模樣，再是被毀了容的臉，接著是被如玉生肌膏改變了一部分容顏的陽光少年，最後是高大挺拔的身姿和堅毅俊朗的青年。

將近四年的時間，少年成長起來，改變了自己的命運，還改變了更多人的命運。

趙明希看到娘親了，向她伸出手。

許蘭因笑著走過去把趙明希抱進懷裡，在他白胖的小臉上使勁親了兩下，又逗得小明希格格大笑，一串銀線流下來。

許蘭月過來問道：「大姊，咱們什麼時候回府？」

許蘭因笑道：「怎麼，不喜歡這裡？」

天天悶在這個小院子裡，許蘭月的確不太喜歡。「這裡不能出門，還想爹爹、二哥、大娘。」

許蘭因笑道：「家裡有事，就再住幾天吧。」又問：「今天想吃什麼？大姊去廚房做。」今天高興，她想親自下廚做菜。

許蘭月笑道：「我想吃酸菜魚、溜肉段。」

酸菜魚是許蘭因愛吃的，溜肉段才是她愛吃的。這孩子永遠這麼懂事。

許蘭因笑道：「好，我做這兩樣。」

她帶著葉嬤嬤和掌棋去了廚房。

蒲府書房裡，蒲老國舅氣得把手裡的茶碗砸在地上。

蒲元慶剛剛派人來送信，說前些日子于嬤嬤失蹤了，他找了好幾天都沒找到。失蹤一個下人無所謂，可蒲元慶再草包也知道于嬤嬤跟一般下人不一樣。

蒲老國舅又想到章嬤嬤說南陽長公主的重外孫子長得極像劉穎的事。之前他沒有往心裡去，畢竟這世上長得像的人多了，但現在他不得不多想想。那個小娃的母親是許慶岩的閨女，許慶岩從敵國回朝後，許家的事在朝中已經傳遍了，沒有什麼可疑之處。而小娃的父親是趙無。那趙無救過許慶岩，破過兩件奇案，周家和柴榮都想讓他去守軍和御林軍，包括自己的兒子，而趙無偏偏就是要在寧州府當個小巡檢。

趙家，他竟是一無所知……

蒲老國舅的眼前又浮現出趙無的模樣。突然，他的瞳孔一下子放大了，之前就覺得趙無有些面熟，現在想起來了，居然跟溫行和溫言有兩分相像！

蒲老國舅嚇得胖身子一下從椅子上跳起來，大聲喝道：「來人！快來人——」

一個隨從立即進來躬身道：「老太爺有何吩咐？」

蒲老國舅道：「讓人把元傑找來這裡，再讓人去查查趙無的媳婦和兒子的情況，還有……」他又坐下，提筆給蒲元慶寫了一封信，說道：「讓人把這封信交給元慶，想盡一切辦法將趙無殺了！必須把于婆子找到，活要見人，死要見屍！」

四月二十七晚上，落日完全隱去，天空似瞬間撒滿繁星，把小院照得透亮。

小院裡，許蘭月在逗著小明希，許蘭因看似平靜地散著步，心裡卻七上八下，急得不得了。

趙無怎麼還沒來？

突然，聽到有車軲轆聲靠近，再是敲門聲。

許蘭因趕緊往垂花門走去，站在那裡往外看。

葉嬤嬤小聲問：「是誰？」

何東的聲音。「是我，二爺回來了。」

葉嬤嬤欣喜地把門大開，許蘭因也來到外院。

穿著短打、戴著斗笠的趙無先走進大門，何東趕著一輛騾車跟進來。

趙無先衝許蘭因笑笑，然後就對車裡說道：「到了，下車吧。」

從車裡先跳下一個四十多歲的漢子，他又轉身把一個六十左右的老太太抱下來。老太太站定後，右手還拄著一根枴棍。

趙無先介紹道：「這是于嬤嬤，這是于大叔。」又說道：「我們還沒吃飯，不用繁雜了，快些。」

于嬤嬤和于大叔給許蘭因見了禮，掌棋過來把于嬤嬤帶去內院東廂耳房，何東和于大叔住在外院。

許蘭因讓葉嬤嬤做飯燒水，同趙無進了內院。

趙無對愣愣地望著自己的趙明希笑道：「兒子都長這麼大了？等爹洗了手再抱你。」

晚上，趙無悄悄跟許蘭因說了于嬤嬤的情況。

當初蒲太后派出來照顧劉穎的共八人，其他七人，六人都被蒲家收買，沒被收買的是劉穎的乳娘陳嬤嬤，這幾人都死去幾十年了。于嬤嬤之所以能一直活著，一是她親爹娘是蒲太夫人的陪嫁，「投靠」蒲老夫人投靠得早，又親手下毒「害死」了陳嬤嬤；二是她做得一手好點心，蒲太夫人和八爺蒲元慶都特別喜歡；三是蒲家不能讓那些出宮的人都完全消失，偶爾會帶她進宮讓太后看看。

陳嬤嬤早就看出蒲老夫人的厲害和對太后把劉穎弄給她當閨女的不滿，見她兒子死後更加瘋狂，就說劉穎不慎把燕上釵掉進了湖裡。或許知道自己不會長命，更怕劉穎會被害，陳嬤嬤把燕上釵交給于嬤嬤，讓她一定要保住釵和命。

若劉穎能夠順利長大，就把釵交給她，再告訴她身世；若劉穎長不大，就想辦法見到太后，告訴太后實情。于嬤嬤聽蒲老夫人的命令，給陳嬤嬤端去有毒的湯，陳嬤嬤知道也義無反顧地喝了。

劉穎被送去五香山後，蒲家弄了個死掉的小女孩下葬，說蒲英得病死了。服侍的下人都挨了罰，除了于嬤嬤，其他人也都死了。

之前于嬤嬤一直留在蒲府，蒲老夫人進宮時，偶爾會把她帶去，但根本沒有機會靠近太后，也不敢冒死說話。她不怕死，但她的娘老子都在蒲家人手裡，也怕遠在五香山的劉穎真的出事。

因為她家是蒲太夫人的陪嫁，弟弟一家去了蒲太夫人在五香山附近的莊子，而她一直被關在蒲府，直到前年被蒲元慶帶去寧州府。

那支燕上釵在劉穎十五歲時，于嬤嬤讓她弟弟轉交給劉穎。只告訴她這是她母親留下的遺物，她身邊的人都不保險，讓她把釵藏好。她的身世太過隱密，于嬤嬤連自己的弟弟都不敢說，想著以後自己有機會出府，再當面告訴她。哪裡知道，劉穎十九歲那年，居然嫁給了溫國公世子。于嬤嬤和劉穎同在京城，卻沒有任何機會相見。

許蘭因聽後唏噓不已。不管什麼時候，有肝腦塗地的忠臣，也有忠心護主的忠奴。

趙無說，明天他就進京見許慶岩和柴榮、周老太師，先把于嬤嬤安排進周家，再把太子引去周家，跟太子講明情況後，由太子把于嬤嬤帶進宮，面見皇上和太后。

許蘭因已經聽何西來說過，蒲家人找他們都找瘋了，不知趙無能不能順利把于嬤嬤帶去周家，再把太子請出來？這就是黎明前的黑暗吧？

兩人說到深夜，依偎著睡去。

次日早上，何東先去京城。下晌，化了妝的趙無和于嬤嬤、于大叔出了莊子，他們會與一個驃局會合，一起進京。

許蘭因帶著兩個孩子依然住在平靜的莊子裡，等待京城博奕的結果。

她坐在簷下，望著偏西的太陽一點點西斜，再一點一點完全落下。

晚上，許蘭因的嘴上就冒出幾個火泡。她吃不下東西，只喝了一碗菜粥。

夜裡，她躺在床上睡不著，又起身來到窗邊，看著滿天璀璨星辰，直到腦子開始嗡嗡叫起來，才回床上睡覺。

睡到日上三竿起床，又開始焦急的等待。

許蘭因覺得，只要趙無幾人能順利進入周府，就算平安了。

周家一直自喻世代忠臣，只效忠皇上。遇到這種事，肯定會想辦法把迫害皇家血脈的蒲家繩之以法。而且，蒲、周兩家都是后族，蒲家仗著蒲太后的勢一直不怎麼買周家的帳，還是劉兆印當了太子後，才對周家客氣起來。

京城周府，周世子周梓林沒有上衙，而是直接前往東宮。今天沒有早朝，太子劉兆印正在書房跟太子太師學習治國之策。

周梓林給太子見完禮後，說道：「我祖父有一件重要的事情要向太子殿下稟報，但因為身體抱恙，想請殿下移步去一趟府裡。」

周老太師不只是太子的外祖父，還是重新扶持他入主東宮的倚仗，別說周老太師有事，就是沒事，他生病了太子也會去探望。而且，周梓林言辭閃爍，又要到周府才能明說，此事一定非同尋常。

太子起身，微服同周梓林去了周府。

周府書房裡，不僅周老太師紅光滿面，沒有任何生病的跡象，趙無和一個陌生男人、一個婆子也在裡面。

太子吃驚地問：「老大人，你們這是？」

趙無和李洛、于嬤嬤趕緊跪下。

趙無說道：「求太子殿下為臣及家人作主！」

太子對趙無的印象一直非常好，說道：「什麼事？起來回話。」

當太子聽完經過，又看了燕上釵後，極其震驚，因為連他都不知道他還有個只比父皇晚出生半刻鐘的皇姑。但是，他的確看過太后有一支同樣的燕上釵，小時候還曾經看到太后拿著釵流淚。

還有，每次讓他去寺裡為皇上抄經祈福，抄的都是雙份經。之前他不明白，現在有些懂了，另一份應該是為皇姑抄的。

哪怕還沒得到皇上和太后的確認，他也確信這件事是真的。

太子的身體不好，一激動就面色赤紅，一陣猛咳。歇息了一陣，他才說道：「若真是這樣，蒲家委實可惡！父皇和皇祖母對蒲家是何等恩寵，他們卻敢殺皇祖母托儲給他們的閨女，還要趕盡殺絕！」他看看趙無，笑道：「你居然會是本宮的表弟，這真是緣分。不錯，小小年紀就武功高強，胸有韜略。」

趙無又抱了抱拳，躬身說道：「太子殿下過譽了。自從父母去世後，臣和兄長無時無刻不在想著該怎樣活下來、怎樣查清真相，為父母報仇。」

太子點點頭。「若這件事屬實，做孽的人，必須嚴懲。」

此時已經晌午，太子在周府簡單吃了點飯菜，就拿著燕上釵急急回宮。

他先去了皇極殿，沒進正殿，聽守門的太監說皇上正在跟幾位大臣討論朝事，居然連蒲老國舅也在其中。

蒲老國舅是太傅，又這麼老了，一般不需要進宮商議朝事。他突然來了，或許是因為心虛，來探聽消息吧？

太子讓小太監把大太監伍練請出來，悄悄跟他說，自己有重要的事請皇上去慈寧宮稟奏，又讓伍練把這幾位大臣都留下，皇上晚些時候還有重要的大事與他們商議。

伍練知道，太子敢在這時候來請皇上移駕慈寧宮，肯定是大破天的事。

他悄悄進正殿跟皇上耳語幾句，皇上便讓那幾人繼續商議，起身出來。

太子跟他耳語道：「有人自稱是劉穎的後人，狀告蒲家聯手溫家殺害劉穎及其一家。」

皇上一愣，回頭看看大殿，說道：「擺駕，去慈寧宮。」

慈寧宮裡，蒲太后剛剛晌歇起床。她挺納悶，皇上和太子怎麼這時候同時來了？

太子對宮裡的下人說：「你們下去吧。」

郭公公和幾個宮人都躬身退下。

章嬤嬤心裡「咯噔」一下，直覺出了什麼事，還是不敢不退下。

她一出正殿大門，就被柴榮帶來的幾個侍衛捂住嘴綑綁起來。

太子從懷裡拿出一支燕上釵呈上，說道：「父皇、皇祖母，你們認得這支釵嗎？」

「燕上釵?!」皇上和太后異口同聲叫道。

太后抖著手接過，看到那個特殊又隱密的位置刻了一個「穎」字，她的眼淚一下子湧了上來，問道：「兆印，這支釵你是如何得來的？它不是幾十年前就掉入湖裡了嗎？」

太子道：「稟皇祖母，這是趙無交給孫兒的。他說，他是釵主人的兒子，他母親的閨名叫趙悠，也叫蒲英，還有可能叫劉穎。五歲時被送去五香山的五香觀出家，十九歲還俗嫁給溫國公世子溫行，於十六年前被人害死。」

太后和皇上都無法冷靜，異口同聲道：「快說！怎麼回事？」

太子把一切和盤托出。

太后是哭著聽完的，撫摸著燕上釵哭道：「穎兒，我可憐的穎兒……母后對不起妳，把妳所托非人，受了那麼多罪，還是被人害死了。當初母后把妳和這支釵送出去，期盼著燕子識故巢，期盼人和燕子能一起回宮相認，誰知道，燕子回來了，我兒卻死在了外面，永遠回不來了……」她哭了一陣後，又咬牙罵道：「那個惡婦！本宮對她那麼好，她居然敢弄死穎兒！穎兒多可愛啊，小小的一團，怎麼能讓她出家當姑子，最後還置她於死地……」

皇上的眼睛也濕潤了，罵道：「枉朕對蒲家信任有加，他們卻那麼對待朕的皇妹，不僅讓溫家人害死了她，連她的丈夫、兒子都不放過！」

太后又問：「他們說哀家身邊有蒲家的眼線，是誰？哀家定讓她不得好死！」

太子道：「應該是章嬤嬤。」

皇上怒說：「查清楚，害朕皇妹的人，朕一個都不輕饒！」

中時末，蒲太后的大太監郭公公親自來周府接趙無和李洛。他極是恭敬有禮，說皇上和太后娘娘要面見「溫大公子」和「溫四公子」。

趙無走之前，讓何西去莊子裡告訴許蘭因。

日薄西山，許蘭因才把何西盼來。

聽說趙無和李洛被接進宮，許蘭因又是高興、又是擔心。按理說這件大事落定，蒲太后會認下這兩個外孫。可皇家人的思緒和情感跟普通人不一樣，不到最後關頭，她不敢斷定是好事還是壞事。

天已經晚了，何西進不了城，就讓他歇在莊子裡。

次日，許慶岩的親兵季柱又來報，已經把蒲家人控制起來了，但趙無和李洛都沒出宮。為了安全，許蘭因母子還是暫時住在莊子。不過，把許蘭月接回家了。

第二天，也就是五月初二下晌，何東和何西一起來了。

何東躬身笑道：「蒲家男人和蒲老夫人、溫國公和溫老夫人、溫二夫人，還有一些相關的人都被抓進大牢。四爺和大爺還在宮裡陪太后，派人送信出來，讓我們來接四奶奶和小少爺回京。」

叫趙無為「四爺」，溫卓豐為「大爺」，說明趙無和李洛已經恢復了溫家人的身分。

許蘭因高興不已，帶著孩子坐上馬車。

馬車趕在天黑前進京，再趕到趙家已經戌時，趙無和李洛還沒有回來。

亥時末，溫卓安一個人回來了。

許蘭因正倚在床頭想心事，聽見腳步聲，下地穿上拖鞋迎出來。

溫卓安一進側屋，就把迎上前的許蘭因抱進懷裡，臉輕輕蹭著她的臉頰，喃喃說道：「因因，我做到了，我們做到了。給我爹和我娘報了仇，也給我們報了仇。之前我以為，十年、二十年，甚至窮盡一生都不一定能做成的事，沒想到我們三年半就做到了。因因，謝謝妳，都是因為有了妳……」

說著，他滾燙的嘴唇在她的耳邊、臉頰游移起來，再移到她的鼻子、眼睛、嘴、下巴……

許蘭因迎合著他，嘴裡也喃喃說道：「好啊，太好了，婆婆和公爹能夠瞑目了，日後再不怕有人暗殺我們的明希了……」

溫卓安抱起許蘭因向床邊走去。

兩人本就分開許久，前兩天見面也沒有心思做別的。現在一切問題都解決了，兩人便把所有的興奮都釋放出來，直至筋疲力盡……

讓人準備洗澡水，兩人沐浴後，依偎在床頭說話。

「皇外……太后她老人家很自責和傷心，這兩天都生病了，一直捨不得放我和大哥出宮，陪在她身側。明天，妳帶著明希再去陪陪她吧。很可能你們會在宮裡住兩天，多準備些東西帶去。」溫卓安還是不習慣叫太后為「外祖母」。

許蘭因「嗯」了一聲。

「祖父只是知情不報，管束家眷不力，並沒有直接參與此事，頂多就是摘了他的爵位。而溫老太太，岳父的意思是，雖然她參與了殺害我爹和我娘的事，但她不是主犯，又是我們的親祖母，我和大哥應該幫她求情。唉……」溫卓安極不情願，卻又不得不為之的樣子。

溫卓豐被溫老太太害得更深。

許蘭因問道：「大哥同意嗎？」

溫卓安頗為無奈。「不同意又有什麼辦法？我們若不求情，別人會說我們不孝；求吧，皇上和太后允不允還是一回事。蒲老太太肯定是死，而蒲老國舅、蒲元傑、蒲元慶，他們到底是太后的至親，太后不一定捨得下死手。」

許蘭因勸道：「哪怕有人僥倖活著，也不會有好日子過，就像柴正關。」

聽說有人把柴正關打得半死，兩個兒子也被打殘，他們一家，現在可以說是生不如死。

「三叔放出來了，大哥和他一起住去了溫家。」

溫家三老爺溫賀是庶子，對溫老太太和溫言迫害溫行一家毫不知情，而且曾經善待過溫卓豐、溫卓安，三房不會受任何影響。

「于嬤嬤呢？」

「現在住在溫府。以後，我們會負責她的養老，她姪子一家也會去我們的莊子做事。」

第三十九章

次日，溫卓安一吃完早飯就出去忙碌。

許蘭因把一套自己的換洗衣物、溫明希的幾套衣褲和許多尿布包起來。巳時初，慈寧宮內侍李公公奉太后之命來請許蘭因母子進宮。

許蘭因帶著趙明希和錢嬤嬤、掌棋坐馬車去了皇宮。

太后抱著趙明希又是一陣哭。「怪不得那麼像穎兒，原來是穎兒嫡嫡親的孫子，是哀家的重外孫子啊……」

溫明希似乎看得出太后難過，沒有笑，而是癟著嘴要哭不哭的。

許蘭因勸道：「太后娘娘請保重鳳體。大仇得報，婆婆在天有靈也安息了。」

太后說道：「妳是安兒的媳婦，以後就叫哀家皇外祖母吧。叫太后，生分了。」

許蘭因便改口叫道：「皇外祖母。」

太后晌歇時，還讓錢嬤嬤和宮女帶著溫明希住在她的暖閣內，許蘭因則住去偏殿。

太后晌歇起來，溫明希還在睡覺，她才把注意力放在許蘭因身上，拉著許蘭因的手問卓安兄弟的情況。

當聽說溫卓安摔下懸崖的慘狀，老太太又是心疼得眼淚直流。「那孩子從那麼高的地方摔下來都沒摔死，掛在樹上也沒被老鷹吃了，竟被妳救下來，偏妳還有老神醫給的如玉生肌膏，一定是穎兒在天有靈，護佑著他！」

古人都迷信。

許蘭因說道：「正是呢！我採藥一般不敢進深處，偏偏那天就去了。那時我待的地方離我家爺掉下來的地方還有些遠，聽到一聲『救命』時還覺得聽錯了。可是，看到天上有數不清的鳥兒盤旋在遠方，覺得太奇怪了，就跑過去看。沒想到，樹上真的掛了一個人……現在想來，的確有一股神奇的力量指引著我去救他，再把我們引到寧州府、京城，把真相一點一點找出來。」

太后深以為然。「一定是穎兒死得太冤，又看到她的後人危險，怨氣太重，不肯去投胎。」又看向窗外說道：「好孩子，母后對不起妳，母后一定會照顧好妳的後人，讓那些壞人血債血償。」

等到溫明希醒來，太后又開始逗孩子玩。

沒多久，劉兆厚也來了。

他剛招呼一句。「許姊姊。」

太后就抬起頭笑道：「猴兒，她是你表嫂，莫亂叫了。」

劉兆厚嘟嘴道：「皇祖母，我喜歡叫她姊姊，也喜歡聽她說話。」

因為劉兆厚長得有些像劉穎，所以太后疼他，從小疼到大，笑道：「好、好，你想叫姊姊就叫，橫豎都是一個輩分。」

許蘭因想到南陽長公主和柴駙馬，笑說：「南陽長公主和柴駙馬是我娘家那邊的外祖母和外祖父，柴俊是我表哥。可從這邊算，他們就是皇姨和姨丈，柴俊還是我外甥，我豈不是跟我娘一個輩分了？」

太后大樂，說道：「大家族輩分都是亂的，特別是皇家，輩分就更說不清楚了，有些這邊的祖母輩還嫁了那邊的孫子輩。除了妳爹娘，其他人就按這裡的輩分叫吧。」她可不願意南陽被叫得跟她一個輩分。

說笑間，外面的日頭已經西墜，太子妃張氏帶著皇太孫劉元明、女兒劉瑠來了。太子子嗣不豐，年近三十只有一兒一女，劉瑠五歲，是太子良媛生的。

許蘭因起身給太子妃行了禮，又感謝太子的幫忙。

太子妃用帕子抹著眼睛說道：「那天我聽太子殿下講了皇姑和表弟的遭遇，哎喲，我哭得跟什麼似的，心疼得不行。蒲家人太狠了，怎麼忍心把小小的皇姑逼去出家，最後還害死了她……」

太后氣道：「送穎兒出家還是我娘發了善心的，否則，那時候穎兒就被害死了！」又難過地說：「哀家剛剛好些，妳又來哭。」

太子妃趕緊擦乾眼淚笑道：「孫媳該死，又讓皇祖母難過了。」

劉元明對許蘭因笑道：「之前你是我表姊，現在是我表嬸了。」

十二歲的劉元明舉止老成，難得這樣說笑一句，讓太后笑瞇了眼。

太后笑道：「你皇祖父只有一個胞妹，卓豐、卓安兩兄弟跟你父親的血緣最近，以後要多多親近。」

劉元明應道：「自然是這樣。」

不多時，皇上和太子直接從皇極殿過來，要在慈寧宮用晚膳。

許蘭因給皇上磕了頭。

皇上年近五十，看著精神矍鑠，紅光滿面，比瘦得像一根藤又少了一隻左臂的太子精氣神好多了。

他的態度非常和藹，笑道：「起來吧。朕可沒少聽卓安誇獎妳，說妳冰雪聰明，爽朗大氣，美麗賢淑……」

許蘭因紅著臉，謙虛道：「不敢當。」

太后呵呵笑道：「因丫頭是好孩子，卓安有福。男人再能幹也要媳婦賢慧，看看蒲家，哀家的兄長就是娶了個心狠手辣的禍害，不僅害死了穎兒，還把蒲家都搭了進去。」

皇上深以為然地點點頭，又對抱著孩子的錢嬤嬤道：「把明希抱過來讓朕看看。」

錢嬤嬤走過去跪下，皇上伸手抱過孩子。

他這個舉動意味什麼樣的恩寵許蘭因不知道，但太后很開懷。

皇上只親手抱過三個孩子，一個是小時候的太子，一個是小時候的劉元明，第三個就是溫明希了。

皇上的眼神更加柔和，笑道：「這小子也有些像朕。」

太后笑道：「當然像了。皇上和穎兒長得就像，這孩子像穎兒，也就像皇上了。」

皇上又呵呵笑了幾聲，從腰間取下一塊盤龍玉珮，塞在溫明希胸口的衣襟裡，才把孩子交給錢嬤嬤。

皇上和太子說了幾句蒲家的事，蒲家犯欺君、迫害皇家血脈、罔顧人命等多重罪，證據確鑿，多罪並罰，處蒲老太太黃氏極刑，抄沒蒲家家產，貶所有族人為庶人，發回原藉。因為蒲家是太后的娘家，皇上的舅家，不可能滿門抄斬。至於該如何懲治蒲老國舅及其兒孫，皇上還是要徵求太后的意見。

蒲太后咬牙說道：「黃氏惡毒，殺了穎兒，還要殺穎兒的全家，她必須斷子絕孫。她的親兒子、親孫子，一個不留！至於我兄長和他沒有參與此事的庶子，就饒了他們的命吧。當初哀家的母親心存善意，才保住穎兒的命，哀家也不能把她的子孫趕盡殺絕。」

許蘭因暗爽，遺憾蒲老國舅保住了老命，但這也在意料之中，畢竟他是太后的親兄長。

至於溫家，溫言夫婦肯定是死罪；溫老太太有溫氏兄弟的求情，皇上會酌情處理；溫國公監管不力，會降爵，還會讓他把爵位直接傳給長房長孫溫卓豐。若不是為了溫卓豐兄弟，會把他的爵位一擼到底，貶回原藉。

蒲太后又道：「穎兒的死因能浮出水面，主要是卓安的功勞……」她一般不插手朝事，因此話點到即止。

皇上笑道：「母后放心，卓安不僅是皇妹的兒子，還有大本事，當初剷除那兩個逆子，他也立下過大功。朕還想重用他，自不會委屈他。」

太子也說道：「卓安表弟文武雙全，是不可多得的人才。」

他們是天下最有權勢的人，笑談間定下了多少人的命運。

晚上，許蘭因住去偏殿，溫明希依然陪太后住在暖閣。

許蘭因和溫明希在慈寧宮一住三天，蒲、溫兩家的事也落定了。

黃氏判剮刑，她的兩個親生子蒲元傑、蒲元慶及他們的兒子、孫子，蒲家幾個跟著迫害劉穎、溫行夫婦的族人及兒孫，全部判斬立決。老國舅蒲宏和他沒有參與此事的庶子，貶為庶人發回原藉。

溫言、劉氏被判斬立決；其嫡子溫卓華被判流放；判溫老太太義絕，趕回娘家；溫國公的爵位降為東慶侯，世襲罔替降為襲三代。

溫侯爺已經遞了摺子，請求把爵位傳給長孫溫卓豐。

另追封劉穎為長和長公主，駙馬溫行為西慶侯，賜府邸一座，白銀二萬兩，良田五千畝。

溫駙馬已故，爵位由次子溫卓安承襲，府邸和財物由其二子代受。

這是太后和皇上對劉穎及後人的虧欠和補償。

太后很滿意皇上的處理，老太太把對劉穎的寵溺都轉投在溫明希身上，連嫡親的孫子、重孫都往後靠了。她心裡還盤算著，都說卓安有大本事，以後他若再立下大功，就想法子讓皇上再把爵位世襲三代改為五代，最好是世襲罔替……

五月初六，溫卓豐和溫卓安一同來慈寧宮給太后磕頭謝恩。

溫卓豐又紅著臉請太后為他和秦紅雨賜婚。

太后聽說是知府的女兒，先還嫌棄姑娘出身低，後來聽說姑娘是許蘭因的表妹，姑娘美麗賢慧，秦知府又幫了他們大忙，也就同意了。「你今年已經二十八歲了，哀家明兒就下旨，年底你們就把親事給辦了。」

溫卓豐笑得眉目舒展，又磕頭謝恩。

太后留他們在宮裡吃了飯，下晌許蘭因母子同他們一起出了宮。

太后、皇上、太子又賞了許蘭因母子幾車東西。

幾人直接去了溫府。

進了二門，溫卓安領他們去了之前他住的小院和軒。

和軒不大，是個一進四和院，院子裡只有一棵芭蕉樹，其他連株草都沒有。多年沒人住的地方肯定長滿了荒草，剛剛被清理過，還沒來得及種別的花草。

房屋和柱子上的粉和漆許多已經脫落，只有窗紗重新換過，許多家具也是新搬進來的。

溫卓安道：「大哥和三叔要重新給我換院子，我沒同意。咱們又不會在這裡長住，何苦興師動眾。過幾天我們一起回寧州府搬家，讓人把這裡拾掇拾掇即可。」

他還說，溫府爵位和宅子由溫卓豐繼承，溫行的爵位和宅子由溫卓安繼承。賞賜長和長公主和溫行的財物，溫卓豐得三成，溫卓安得七成。將來溫府的家產除了分一些給三房，都歸溫卓豐。雖然溫府已經沒落，但瘦死的駱駝比馬大，還是有些家底。

兩兄弟互敬互愛，都覺得該對方多分，最終商議出這個結果。

溫老太爺還活著，所以溫家暫時不分家，溫卓豐會住在這個大宅子裡。溫卓安已經封侯，算是另外開府建衙，等到秦紅雨嫁進來就搬出去。現在不搬，明著是讓她孝敬溫老太爺，其實是幫溫三夫人管管溫家庶務。

許蘭因想著，這個家看似人多，但老太爺只知煉丹，萬事不管。三房是庶出，二房已經被踩進泥裡不敢掀風浪。人際關係不算複雜，單純的秦紅雨嫁進來也不會太有壓力。

幾人收拾好，就去了前院正堂，溫卓安的媳婦和兒子要正式跟溫家人見面。

溫老太爺坐在上首，六十幾歲的人，家裡又經歷了這麼多悲慘變故，死了那麼多親人，老爺子居然還是紅光滿面，神采奕奕，似乎也沒有多少悲傷，看著就像五十出頭。

許蘭因覺得，這個老爺子不是吃什麼「仙丹」起了作用，就是沒心沒肺。看樣子，他就是不長生不老，再活二十年也沒問題。秦澈希望秦紅雨過小家日子，近二十年都不太可能了。

許蘭因和抱著溫明希的錢嬤嬤給他磕了頭。

溫老太爺點點頭，給了許蘭因一個紅包，溫明希一個玉筆筒和玉擺件。這個他唯一的重孫子也沒有引起他多大的興趣，只是多看了兩眼，笑了笑。又對溫卓豐道：「聽說給卓安媳婦誥封的聖旨明天會下來，等接了聖旨，就把他們母子倆寫進祠堂。」

這是要把族長的位置也傳給溫卓豐了。

溫卓豐躬身應是。

許蘭因母子又給三老爺夫婦見了禮。

三老爺和三夫人都是三十多歲，態度很好。看他們喜孜孜的樣子，溫老太太婆媳從這裡消失，他們終於能夠舒心生活了。

還來了幾個溫家旁支的長輩，也一一給他們見了禮。

接著，是同輩互相見禮。

或許老天真的有眼，溫言這一支算是絕嗣了，溫卓麟眾多妻妾只給他生了一個女兒，溫卓華連女兒都沒有。二姑娘溫嬌十四歲，三姑娘溫香十二歲，大姑娘溫柳已經嫁人。

三房的五爺溫卓中十三歲，四姑娘溫蘭十一歲。

見完禮吃完晚飯，老太爺便讓大家散了。還說，他喜清靜，平日不要去打擾他，每月初

一、十五去問個安，在一起吃個飯即可。

再讓人把西北角的一個院子整理出來，等他把爵位傳給溫卓豐，就在那裡安安心心煉丹。

此時天還未黑透，溫卓安讓下人把溫明希帶回小院，他拉著許蘭因在府中各處走走。

溫府很大，有大片屋舍，還有花園和一個湖泊，只是沒有好好打理，房屋幾年沒有粉刷，花草樹木也有些雜亂。或許溫言夫婦是想承爵分家後，再拾掇。

溫卓安笑道：「改天領妳去西慶侯府瞧瞧。那裡雖然沒有這裡大，卻精緻得多，也有湖和園子，是之前的吳王府。」

原來是太子之前被廢時住的地方，那肯定差不了了。

許蘭因對溫卓安屈了屈膝，笑道：「恭喜溫侯爺、賀喜溫侯爺，我這廂有禮了。」

溫卓安呵呵笑出了聲，把許蘭因的手拉得更緊。他覺得，他之前給妻子的許諾，終於實現了。

天空隱去最後一絲餘暉，明亮的星星爭先恐後冒出來，溫卓安和許蘭因才回了和軒。

次日午時初，封許蘭因為西慶侯夫人的聖旨和為溫卓豐賜婚的懿旨同時來了。

接了旨送走內侍，溫卓豐又帶著溫卓安一家進了西南角的溫家祠堂。

許蘭因抱著溫明希給祖宗牌位磕了頭，他們的名字也被溫卓豐寫進族譜。

下晌，許蘭因一家三口去了許家。

柴氏一直在家等得心焦，終於把他們等回來了，立即抱過溫明希親了一口，又看看女兒跟女婿，笑得一臉滿足。

許蘭月則倚去許蘭因懷裡，想去姊姊家玩兩天。

許蘭因笑道：「等把院子收拾好，把你們梅園四君子都接去玩。」又問許蘭舟道：「聽說你要去國子監讀書？」

許慶岩的官職不夠讓兒子恩蔭入國子監，是柴氏出了錢進去讀的。

進國子監讀書也是一種榮譽，又能結識許多官家子弟，累積人脈長見識。許蘭因勉勵了他一番，還是提醒他交友要慎重。

許蘭舟笑著點頭應是，說道：「弟弟會好好學習，努力後年考上舉人。」

柴氏說道：「儒兒上年考上了舉人，若今春再接再勵，參加春闈就好了。他功課好，肯定能考上進士。」又笑道：「紅雨有福，能嫁給溫大公子，一進門就當家作主，還是侯夫人。最最好的，妳們是親妯娌，多好的緣分！算算日子，懿旨明天就能到秦家，我表哥一家不知有多高興。」

許蘭因也替秦紅雨高興，笑道：「我也盼著她快些嫁過來。」

傍晚，許蘭亭、許慶岩下學、下衙回來。

許慶岩問溫卓安。「聽說你想去刑部？你去那裡，幹到頭也只能做到總捕令，尚書、侍郎不可能。」又建議道：「為什麼不去軍隊？去軍隊前程會更好。」

總捕令就是總捕頭，刑部六扇門的最高長官，正五品文官，跟郎中平級。若是之前，許慶岩根本不敢想溫卓安能坐這個位置，但現在麼，他覺得女婿應該有更好的前程。

溫卓安笑道：「目前，我還不想幹別的。」

許慶岩無法，又問：「溫大公子會去哪裡？」

溫卓安又笑道：「聽皇上的意思，可能會去都察院。」

飯後，許蘭因一家回溫府。

葉嬤嬤拿來兩張帖子笑道：「四奶奶，妳走之後，南陽長公主府和閔府遞了帖子來。」

許蘭因接過來，上面寫著明天閔府李氏和南陽長公主府馬氏會來溫府拜望溫四奶奶。

許蘭因笑起來，這兩個府的當家奶奶明天要來跟她走動了。

葉嬤嬤又稟報道：「三夫人跟前的大丫頭來說，三夫人明天上午請四奶奶過去一起查帳。」

許蘭因道：「明天妳去跟三夫人說，我有客人，後天查吧。再跟她說，晌午送臺席面過來。」

這個府被劉氏攬和這麼多年，溫三夫人又是庶出，後院的許多事和帳許蘭因都要幫著理清。就是為了溫卓豐和秦紅雨，她也不能躲懶。

第二天，許蘭因想著李氏和馬氏肯定要把閔嘉和柴子瀟帶來，便又讓人去許府接許蘭月。

午時初，他們幾人先後來到和軒。

柴子瀟一來就說道：「祖母讓我叫妳姑奶奶，叫表姑父姑爺爺，你們哪裡有那麼老啊？」

眾人都笑起來。

閔嘉頗老道地說：「月姨比我還小，我卻要叫她姨，這就是輩分。」

馬氏笑道：「嗯，輩分是不管年齡、老幼的。」

許蘭因對馬氏笑道：「前天才從宮裡回來，昨天回了趟娘家，我還說今、明兩天去看望皇姨、皇姨丈呢！」

馬氏笑道：「祖母、祖父知道妳忙，就讓我們先來看看妳，問問妳有什麼需要我們幫的？」

見李氏和馬氏有些詫異這個院子的簡陋，許蘭因又說了原由。

吃了晌飯，下晌申時初才把他們送走。

之後的幾天，許蘭因和溫三夫人把溫家的許多事都理清了，劉氏的人都被換了下去，任用了一批新人。

葉嬤嬤當了內院管事，這是許蘭因的堅持。葉嬤嬤是秦夫人當初給許蘭因的，不僅秦家人相信她，許蘭因也相信。

其他地方許蘭因沒有多餘的人，都暫時由溫三夫人派了她的心腹，以後秦紅雨帶來她的人再慢慢替換。

通過察言觀色和聽心聲，溫三夫人不壞，對溫卓安兄弟也沒有惡意。或許太恨溫老太太的緣故，對二房的幾個人非常不善。

許蘭因更恨溫言夫婦，所以由著溫三夫人苛扣、擠兌她們，裝作沒看見。

這天，許蘭因去議事廳的時候，看到溫嬌哭著回來，也沒多問。

溫三夫人說：「那個嬌丫頭想一齣是一齣的，居然還想去大牢看她爹娘，我沒同意。那兩個惡人，說他們是我親戚我都醜著了，她還巴巴地上竿子去瞧！」

許蘭因笑笑沒言語。

除了被判剮刑的老黃氏已經服刑，被判斬立決的溫言夫婦和蒲家幾人，說是斬立決，也不是馬上斬，還是要等到秋後再行刑。

還有幾家跟著一起做過壞事的，也得到了應有的懲罰，其中包括蘇家。

蘇大夫人當初跟劉氏一起算計想把蘇二姑娘嫁給溫卓豐，還散播謠言說溫卓安跳崖是為蘇二姑娘殉情，太后聽了氣得肝痛，這兩個女人也太壞了，想害死溫卓安不說，還想讓溫卓豐一輩子痛苦內疚。還好蘇二姑娘聰明，想辦法躲過了這樁婚事。

蘇侯爺的爵位降至伯，官位連降兩級，太后又下懿旨斥責蘇大夫人不賢不德。蘇伯爺大怒，直接以蘇大夫人犯了大錯送去庵堂清修。

蘇大夫人徹底失了勢，娘家兒女都不認她，這輩子別想從庵堂出來。

蘇晴也算是為她自己的前世今生報了仇。

溫卓豐和溫卓安兄弟又忙著帶人去溫家墳場重新為長和長公主及溫駙馬修墳。

五月十四，溫卓豐被封東慶侯的聖旨下了。雖然溫國公的爵位被降，但一門兩侯，加上兩個溫家當家人的能幹，以及皇上的體恤，讓溫府前所未有的繁盛。之前門可羅雀的溫府，現在的客人絡繹不絕。

次日，溫卓安和溫卓豐一起去了吏部，今天他們的實缺任命就能出來。

回來的溫卓安對許蘭因笑道：「我去刑部六扇門任總副令，正六品。大哥去都察院經歷司任都事，正七品。」又向北拱了拱手說：「皇恩浩蕩啊！」

溫卓安還差半年滿十九歲，這個年紀當上正六品文官的少之又少。而且，年紀輕輕當上六扇門的二把手，是多少捕快作夢都不敢想的。他之前的人生理想，似乎已經提前實現了。

溫卓豐因為之前沒當過官，剛入仕就給了個七品實缺，也不容易了。狀元厲害吧，也是從七品官做起。

許蘭因又笑道：「恭賀溫副令，賀喜溫副令，我親自去做幾個小菜給你下酒。」

溫卓安笑道：「那好，再讓人把我大哥請來，我們哥倆不醉不休！」

溫卓豐聽說後，親自拎了一罈好酒過來。他最喜歡的，還是同弟弟一起，吃著弟妹做的菜下酒。

許蘭因去小廚房做了幾道菜，大廚房又送來一桌席面，溫卓豐和溫卓安喝到戌時末才盡興。

五月十六，溫卓安兄弟及許蘭因母子去皇宮辭行。兄弟兩個先去拜見皇上，許蘭因母子直接去了慈寧宮，幾人在慈寧宮吃過晚飯才回家。同時帶回來的還有一個衛嬤嬤，是太后賞給許蘭因的管事嬤嬤。

衛嬤嬤三十六歲，跟著太后近二十年，專門管慈寧宮迎來送往的差事，宮裡官家的事心裡都有一本帳。太后要見哪家女眷了，衛嬤嬤就會先說一說那家的大概情況。

太后很捨不得衛嬤嬤，但還是忍痛給了許蘭因。

許蘭因現在最缺的就是這種人，高興地謝了恩，又拉著太后的袖子撒了撒嬌。

次日，溫卓安帶著許蘭因、溫明希去寧州府搬家及辦調動，兩旬後去刑部應卯。溫卓豐也一同去，他一句後去都察院應卯，趕著去跟秦家商議娶親事宜。

他們先趕到通縣，住一宿，第二天早上坐船，五月十九傍晚就到了寧州府外的碼頭，又坐車回了城北趙家。

賈叔、賈嬸、柱子、護棋在這裡看家。許蘭因沒想到自己一走兩個多月，回來已是翻天覆地。

那幾人跪下磕頭說道：「恭賀侯爺、恭賀侯夫人。」

賈叔又呵呵笑道：「我們真是祖墳冒青煙了，有幸侍候太后娘娘的外孫子，嫡長公主的後人。」

溫卓安被拍得神清氣爽，笑道：「每人賞二十兩銀子！」

之前，已經賞了立了大功的何東、何西各二百兩銀子，掌棋、林叔夫婦、抱棋等人各五十兩、二十兩不等的銀子。

屋裡已經被薰了香，回屋就能住。

不說溫卓安和許蘭因倍感親切，連溫明希都拍著掌表示高興。

溫卓豐和溫卓安沒有吃飯，而是攜重禮去了閔府。他們兄弟能這麼快把蒲家人和溫言拉下來，最要感謝的人是閔戶，他明面暗地幫助他們頗多。

半夜，許蘭因睡得迷迷糊糊了溫卓安才回來，還一身的酒味。

許蘭因坐起身，推了推他，皺眉道：「你怎麼喝那麼多酒？」話一說完，就是一陣噁心。

溫卓安的醉酒嚇醒一半，問道：「妳不好了嗎？我讓人去請大夫。」

許蘭因突然想到自己月信又推遲了好幾天，這些日子事情太多，她沒往那方面想。她笑道：「或許我又有了。」

溫卓安大樂，抱著媳婦啃了幾口，許蘭因又被他的酒味熏得乾嘔。

溫卓安趕緊穿上鞋子說道：「我不打擾妳了，妳好好歇息。」他捨不得去廂房，把在側屋值夜的抱棋打發走，自己睡在榻上。

次日一吃完早飯，溫卓安就讓人去請大夫來。大夫把了脈後，笑道：「恭喜溫四奶奶，您有喜了。」

溫卓安自是一番歡喜。他不讓許蘭因去秦家，同溫卓豐一起攜厚禮去了。

秦家早些天就接到了太后的賜婚懿旨，自是歡天喜地。

昨天晚上又得了許蘭因讓人送的信，知道他們今天會來。連秦澈都沒去前堂，一家人歡歡喜喜等著他們，只有秦紅雨躲在自己院子裡不好意思出來。

許蘭因坐在屋裡無聊，現在也不能到處亂跑，便讓人去把許家老倆口和大房一家請來。許慶岩和自家給他們帶了許多禮物，以後自家要在京城長住了，還是想跟他們多多相處。

又讓何東去趟蘇晴家裡，把京城的事情告訴她，同時又給她帶了不少補藥，還有請御醫專門為她調製的藥。

蘇晴的訊息和假燕上釵不僅為她自己報了仇，也讓溫家兄弟提前將蒲家和溫言拉下來，真正做到了「雙贏」。

一個時辰後，許家老倆口和大房的人都來了。

胡家前些日子就給他們送了信，說了趙無居然是太后娘娘的嫡親外孫子，他母親和父親被奸人所害。

一看到許蘭因，許老頭就興奮地說：「因丫頭，戲臺子上才有的劇情居然發生在了咱們家！老天，趙家小子……喔，不、不，是西慶侯爺，西慶侯爺的娘是太后娘娘的嫡親閨女，皇上的同胞妹妹，不幸被壞人害死。致使她的兒子流落民間，被妳救了，又以身相許……」

許老太哈哈笑道：「妳爺記性不好，『西慶侯』三個字他足足背了小半個時辰才記住，這幾句話也是他想了好久、背了好久的！」

許滿又揭發道：「太爺不止背了好久，還去問了隔壁家的李秀才，怎樣說才更像戲裡的臺詞呢！」

說得眾人一陣笑。

許老頭臊紅了老臉，嘿嘿笑著。

許老太又道：「我們許家的祖墳冒青煙了。找了個兒媳婦是長公主的閨女，找了個孫女婿又是長公主的兒子！」又雙手合十道：「老天保佑、菩薩顯靈，天大的好事都被我家遇到了！」

許蘭因把送他們及親戚的禮物拿出來。

她送的禮物基本上都是皇宮出品，這些皇家人用的東西讓許家人歡喜不已，直說要拿回去供著，捨不得用。

晚飯後送走許家人，溫家兄弟還沒回來。

許蘭因讓人把下晌已經回來的何東叫進來。

何東進來笑道，蘇晴聽說那件事後，喜極而泣，說過幾天她會親自帶古謙來這裡感謝溫四奶奶。

許蘭因點點頭，讓掌棋帶著何東去收拾另一邊的院子，其實就是想給他們單獨相處的機會。

何東已經二十一歲，與掌棋看對了眼。這兩個人同時得溫卓安和許蘭因的喜歡與信任，幫他們把話挑明，並讓他們明年初成親。

何西則是被南陽長公主府的一個管事看中，把閨女許給了他，今年年底成親。

許蘭因的人手不夠，在京城買了四個丫頭交給衛嬤嬤調教。還買了幾房下人，同林大叔夫婦一起在西慶侯府聽命。

溫卓安是亥時初回來的。

他說，晚上把閔戶也請去了，幾人喝了個痛快。溫卓豐和秦紅雨定於今年十月初一成親，秦家在京城有別院，九月中旬秦紅雨會去那裡待嫁。溫卓豐還要忙修墳事宜，及趕著上衙，明天就會回京。

第二天，送走溫卓豐後，許蘭因又把秦家人、胡家人請來玩了一天。閔楠已經去京城待嫁，她和閔夫人不在。

之後，秦紅雨和胡依幾乎天天來溫家玩，兩個準新娘幸福得不得了。

許蘭因有些孕期反應，精神好就跟她們說說自家堂兄和大伯子的情況；精神不好就閉目養神，那兩個姑娘便互相說著各自的嫁妝準備情況，一點也不覺得被怠慢。

五天後，蘇晴帶著古謙和何嫂子來了。

蘇晴的身體依舊不好，臉色蠟黃，瘦弱得一陣風就能吹倒，但滿臉的喜氣還是讓她生動了幾分。

古謙已經一歲一個月，小傢伙長得非常漂亮，白淨臉，稍稍往上挑的桃花眼，挺而直的鼻子，稜角分明的薄唇，跟古望辰有八分像。他趔趄著走上前幾步，聽娘親的話像模像樣給許蘭因作了個揖，叫了聲「許姨」，一看就是極聰明的孩子。

這個長相令許蘭因不喜，但看到孩子澄澈的眼神，討好地衝著她笑，許蘭因的心又柔軟下來。把他拉過來，為他擦去流下的口水，說道：「好孩子，你娘不容易，要聽娘親的話，好好學習、好好做人。」

古謙答應得非常痛快。「好好……學習，好好……當人，當大儒，不當官。」

蘇晴被古望辰的「上進心」和翻臉無情傷透了，沒有了之前的稜角和雄心壯志，一直這樣教孩子。

這樣的蘇晴讓許蘭因高看了一眼。重生女能夠沈下心過平靜日子，與過去的一切浮華決裂，也不容易做到。

許蘭因笑道：「真是聰明的孩子，會說這麼多話，還知道大儒。」又讓人拿來事先準備好的一套上好筆墨紙硯送給他。「好好學習，有需要許姨幫忙的，可以去京城找我。」

小傢伙又作了個揖，說道：「謝……謝，喜……歡。」

蘇晴還是忍不住關心了古望辰兩句。

許蘭因實話實說，古望辰雖然當了通判，周梓眉又給他生了個閨女，但日子並不好過。因為周家人並不滿意這個女婿，覺得是他行為不端勾引周家女做了醜事，所以仕途上不會對他有多大幫助。

蘇晴暗道，現在許蘭因成了太后娘娘的外孫媳婦，古望辰曾經那樣傷害過她，就是衝著許蘭因，周家也不會幫他。

想到為了一己私利不擇手段的古望辰，蘇晴還是有幾分心酸。為了莫名的前程不惜傷害最親近的人，值得嗎？

許蘭因留蘇晴三人在家吃了晌飯，下晌未時末叫了輛騾車送走他們。

溫卓安把公事、私事處理完，又專程去看望了戒癡和尚和湯仵作、賀捕頭，也到了六月初，他要趕著回京上衙。

秦夫人和許老太的意思是，讓溫卓安先回去，許蘭因在胎兒滿了三個月後再回京。但溫卓安和許蘭因都不願意，坐船比坐馬車平穩，堅持一起走。

初三那天，一家人去城外碼頭坐船。

坐在窗邊望著漸漸遠去的這片山水，許蘭因知道，自己以後難得回來了。

溫卓安看出許蘭因的傷感，把她攬進懷裡說道：「這裡離京城只有五百多里，若妳想這裡和小棗村了，我陪妳回來玩幾天。」

六月初五晚上回到溫府，許蘭因便感覺有些不好。請御醫來診脈，說有些驚胎，讓她臥床歇息一個月。

溫卓安才知道鍋是鐵打的，許多事是不能任性的，嚇得臉都白了，後悔不該讓許蘭因跟自己一起回來。

次日，柴氏領著許蘭月來溫府看望她。

柴氏說，南陽長公主府也有兩件喜事，一件是平郡王妃柴菁菁生了個兒子，另一件事是馬氏又懷孕了。

下晌，太后賜了許多補藥給許蘭因，讓她好好歇息。又讓柴氏明天帶著溫明希去慈寧宮，她想重外孫孫了。

許蘭因能夠起床自由活動，胎兒滿了三個月，也坐穩了。只是，這次懷得明顯比上次大。

許蘭因吃了睡、睡了吃，過著米蟲一樣的生活。很快一個多月過去，到了七月中。

許蘭因上次懷孕三個月時，肚子只有一點點凸起，穿上衣裳根本看不出來懷了孕。而這次，不僅肚子大了，連腰身都粗了一些，像上次懷了四個多月的肚子。

許蘭因沒有多想，覺得是不是這次養得太好，胎兒有些大。又決定控制飲食和鍛鍊身體，不想孩子長得太大不好生。

這天，許蘭因帶著溫明希進宮去見太后，這是她懷孕後第一次進宮。

正好劉兆厚也在。

劉兆厚高興地說：「許姊姊，我有媳婦了，聽說我媳婦長得很像妳，也喜歡下棋，她的名字也帶一個『蘭』字，我極喜歡呢！」

許蘭因已經知道，蒲太后給他賜了婚，姑娘是一個從四品官的女兒，叫白蘭，今年十五歲，他們定於明年五月成親。蒲太后和皇上都心疼他，找這個媳婦很費了些功夫，據說姑娘溫柔敦厚，賢慧知禮。

許蘭因笑著恭賀了他。

劉兆厚又說：「皇祖母說我娶了媳婦就能封王出宮，到時候我天天領著媳婦去妳家玩！」

蒲太后呵呵笑道：「猴兒，你有了媳婦，以後還會有兒女，就是大人了，怎麼好天天惦記著去做客？」

劉兆厚對那美好的日子也十分期待，笑道：「讓我媳婦生個跟希希一樣漂亮討喜的兒子，送給皇祖母，讓皇祖母天天看著他樂！」

眾人都笑起來。

蒲太后更是大樂，笑道：「猴兒，哀家知道你的孝心，哀家心領了。等你生了兒女，才會知道你有多捨不得他們。」

蒲太后找藉口把劉兆厚打發走，悄聲跟許蘭因說：「以後妳經常把白小姑娘請去妳家玩，讓她跟妳學學如何穿衣打扮，再教她下西洋棋和軍棋……兆厚是個好孩子，雖然有些憨直，但人好、單純，少了個壞心眼，哪個姑娘嫁給他都享福。只是，哀家也希望他們小倆口能琴瑟和鳴，他媳婦將來好好照顧他，還能把家擔起來。」

許蘭因知道了，蒲太后是想讓自己調教調教白蘭，讓她向自己靠攏。許蘭因也希望劉兆厚能夠幸福快樂，遂答應下來。不過，裝扮可以教她，下棋可以教她，性格卻是誰也改變不了的。希望姑娘真如傳言所說，溫柔敦厚，賢慧知禮。

蒲太后又看看許蘭因的肚子，臉上有了些愁雲，揮退下人說道：「妳才三個多月吧，怎麼腰身粗了這麼多？不會懷的是雙胎吧？」

許蘭因笑道：「這次懷的的確比上次大一些，起先我還以為是我吃得多、動得少，孩子長得大些。皇祖母這樣說，還真有可能是雙胎呢！」

她喜歡雙胎，不自覺地臉上的歡喜更甚，可看到陰沈著臉的太后，趕緊收斂了笑容。

她非常想說：若我懷了雙胎，一個都不送走，都自己養！話都到了嘴邊，還是強忍回去。面前的老太太是這個世界上最有權勢的老太太，自己萬不能亂說話，衝動是魔鬼。若自己那樣說，會更顯出太后的自私，當初只顧著她和兒子，不顧閨女的死活。

有些話，她的外孫或許可以說，但自己絕對不能說。

蒲太后此時滿腦子都是閨女短暫和坎坷的一生，以及自己當初的不得已。她長長地嘆了一口氣，說道：「我有些乏了，你們回吧。」

此時已近晌午，卻沒留他們吃晌飯。

許蘭因帶著孩子出宮回府。

回到和軒，她對衛嬤嬤說道：「讓人送些飯菜過來，我還沒吃晌飯。」

衛嬤嬤愣了愣，趕緊分派人去廚房。

許蘭因摸著肚子長長嘆了一口氣，很是無奈。在前世，懷雙胎是多麼令人高興的事，可這個時代卻不喜，更不得皇家人的喜。跟皇家關係近了也是一把雙刃劍，他會給予無限恩寵，但伴君如伴虎，一個不注意就會惹怒他們……

晚上，溫卓安回來。

許蘭因跟他提了太后的反應，又固執地說道：「如果我真的生了雙胞胎，也不會把孩子送出去，我捨不得。」

溫卓安說道：「我們的孩子，當然不能送出去。」他沈吟了片刻，又說道：「我娘活得有多辛苦，又死得有多可憐，皇外祖母最清楚。我覺得，就是衝著我娘，她老人家也不會讓咱們走她的老路。若妳真的懷了雙胎，那些話咱們暫時不說，讓她想通了主動說出來……」是啊，太后主動說出來，才顯得她仁慈，體恤晚輩，對閨女心懷愧疚。真如了前世那句話，一孕傻三年，這麼簡單的道理自己半天都想不明白。

許蘭因笑起來，拎了拎好久沒拎過的耳朵說道：「卓安，你越來越狡猾了！」

溫卓安親了她一口，笑道：「那妳今天可要好好慰勞夫君。」

兩日後，許蘭因讓人把柴子瀟和許蘭月接來溫府，又給李氏下了帖子，讓她把閔嘉帶來玩，同時又給白府的白蘭下了帖子。

馬氏跟許蘭因的預產期差不多的時間，也滿了三個月。但南陽長公主府子嗣單薄，許蘭因不敢請她。

李氏先來了溫府，讓幾個孩子去另一間屋玩，許蘭因向她打聽白蘭的情況。

李氏悄聲說：「白姑娘我也認識，她跟我三妹的關係很好。她長相不錯，性格比較大氣。由於是家裡的嫡長女，生母又過世得早，許多事都是她擔著。聽說，白家攀上這門親高興得緊，畢竟就憑她家的家勢，給王爺當側妃都難，這下不僅當了正妃，還是皇上和太后都寵愛的皇子。」

許蘭因信李氏的話，對於白蘭是嫡長女的身分也比較滿意。劉兆厚的媳婦，光是溫柔敦厚不行，還得有擔當，會照顧人。

兩人正說著，白姑娘來了。她身後跟著一位嬤嬤，一看就精明厲害，應該是宮裡派給她的。

白蘭長得小巧白淨，五官清秀，屬於中上之姿。

許蘭因拉著她的手坐去羅漢床上，笑道：「多可人的妹子，以後多來我家玩，我們也能多多親近。」

白蘭在溫家玩到下晌申時才走。

她或許也得了嬤嬤的提點，知道劉兆厚喜歡許蘭因的穿著及下棋，非常虛心地請教許蘭因該如何穿衣打扮，還說她在家裡跟父親和弟弟們學了西洋棋和軍棋，以後會經常過來跟許姊姊學。

經由大半天的接觸和聽心聲，許蘭因也喜歡上了這位小姑娘。看似溫柔，實則精明有主見，也沒壞心思，一心想跟劉兆厚把日子過好。

也是，繼母對她及她的兩個同胞弟妹比較苛刻。她嫁給劉厚兆，不僅以後自己的日子好過，後娘也不敢再苛待她的弟妹。

剛把白蘭和李氏母女、柴子瀟送走，前溫老太太的娘家就來人說，老太太於今天午時去世了。

由於老太太已經義絕，不屬於溫家人。她的後人想去祭拜她盡個心意也行，若不去也沒有人會說後人不孝。因為老太太參與了害死長和長公主一事，溫卓豐和溫卓安兩兄弟肯定不會去。

許蘭因沒表態，說等大爺、四爺回來再說。

不多時，護棋回來說，溫嬌想去奔喪，可三夫人不同意，老太爺也不管，正在院子裡哭鬧。

許蘭因對溫嬌的印象不錯，但因為溫言夫婦的關係，溫卓安兄弟始終不願意跟溫嬌多來往，也不願意插手三房打壓二房的事。許蘭因肯定是跟著丈夫同進退，不過在溫三夫人特別過分的情況下，還是會出手幫幫她們。

這件事許蘭因不好插手，頂多跟溫卓安吹吹風。

晚上溫卓安回來。

許蘭因說了劉老太太死了的事，以及溫嬌想去奔喪但三夫人不允的事。

溫卓安說道：「三嬸有些事做得過了。老太太和溫言夫婦得到了應有的下場，二房剩下的幾人也沒做什麼惡事，她可以不喜或是不幫二房她們，甚至落井下石，卻不能整得她們活不下去……」正說著，小丫頭來報。

「四爺、四奶奶，二姑娘來了。」

溫卓安說道：「讓她進來吧。」

溫嬌穿著素服，頭上戴著白花，眼睛紅腫。

她一進來，就跪下說道：「四哥，祖母死了，我想去奔喪。我知道，祖母和我爹娘做的錯事不可原諒，你們恨他們，該恨。可我不行，祖母對我從小疼到大，她死了我不能不去看看她，我也不想她的後人沒有一個人為她奔喪，讓她孤孤單單地走。四哥，求你了。」

溫卓安點頭道：「好，我會跟三叔和三嬸說，讓他們派車送妳去。」

溫嬌沒想到這麼容易就辦成了，又說道：「四哥，我還有一件事。之前我想等我爹娘『走』了以後再說，可是現在我想通了，想這次一起辦了。」又深吸了一口氣後，堅定地說：「我想出家，就去祖母清修的大慈庵。」

溫卓安一愣，說道：「妳要出家？妳今年才十四歲，還這麼小……這事妳再想想吧。我會跟三叔說說，讓三嬸以後收斂些。」

溫嬌的眼裡湧上淚來，說道：「四哥，謝謝你還肯幫我。不過我的主意已定，四哥就不用再勸了。我想去寺裡為大伯娘和大伯誦經祈福，希望他們下輩子能平安順遂；為祖母和我爹娘誦經贖罪，希望他們下輩子能跟親人相親相愛。不能出家，我寧可去死。」

溫卓安不好再勸，只得說道：「這事也不急於一時，妳再想想吧？」

溫嬌搖頭說：「不用想了，我的東西都收整好了，一起拿出去吧。等把祖母的後事料理完，我就直接出家，不再回來。我還想求四哥幫個忙，能不能跟祖父和大哥說說，把我大嫂母女分出去另過？不用分多少家產，夠她們粗茶淡飯過一輩子即可。至於我二嫂，她沒有孩子，我二哥肯定回不來的，她想投靠娘家，或是另嫁，都隨她吧。還有三妹溫香，當初沒少受我娘的氣，那也是個可憐人，日後為她找的婆家不需要看門第和錢財，夫家良善就成。」

之前，溫卓安和許蘭因恨不得溫言夫婦和他們的後人倒八輩子楣，可聽了溫嬌這些話又有所觸動。

許蘭因也聽說溫三夫人給溫嬌和溫香看好了什麼人家，現在聽來，那兩家人應該都不妥。

溫卓安說道：「好，這些事我會同大哥說說，然後再同祖父和三叔商議。」

溫嬌聽了，非常鄭重地給溫卓安和許蘭因磕了個頭。

這個禮有些大了，溫卓安起身把她扶起來。

溫嬌走後，溫卓安說道：「妳自己吃吧，我去大哥那裡吃。」

許蘭因道：「能幫就幫幫。那些人無罪，就放她們一條生路吧。」

溫卓安苦笑道：「溫嬌出家，別人或許會認為她是受了劉老太太和溫言夫婦下場的刺激，看破紅塵。若再由著三嬸胡為，死了人，人家就會說是我們逼的。溫家的名聲已經糟糕透了，溫家人被說成為了錢財和爵位連親人都要害。大哥一直致力於重振家風，肯定不願意家裡再有什麼不好的事發生。」

第四十章

次日上午，許蘭因去溫嬌的院子送行。

溫二奶奶扈氏和閨女溫萍，溫三奶奶王氏，溫三姑娘溫香都來送行了。幾人的眼睛都哭紅了，還在低聲啜泣。

三房的五爺溫卓中也來了，溫三老爺讓他把溫嬌送至庵堂。

溫嬌的一個貼身大丫頭會跟她一起出家。

許蘭因把二百兩銀子交給溫嬌，說道：「大伯說，溫家每年會給大慈庵捐一百兩的香油錢。」

溫嬌又鄭重地朝許蘭因屈膝道了謝。

下晌，溫三夫人來了和軒。

她的眼睛紅腫，頭髮凌亂，一來就拿著帕子哭起來，說道：「卓安媳婦，如今，我裡外不是人了，連我家老爺都在埋怨我，說我把人往死裡逼……我那麼做，也是氣狠了……」

許蘭因說道：「我理解三嬸的心情。老太太連親骨肉都能下狠心整死，更別說庶子、庶媳了。」

溫三夫人見許蘭因懂她，哭得更甚，又絮絮叨叨地講了許多她嫁進溫家後受過的苦。

「……老太太涼薄、心黑，苛刻我家老爺和我不說，連我懷孕都要給她立規矩，成了形的男胎就那麼沒了，後來我也不能再生了。劉氏也缺德、壞良心，跟老太太一個鼻孔出氣……」

她把心中的鬱氣都說出來，許蘭因又一陣勸，她的心裡才好過些。

那之後，溫三夫人倒也沒有再像以往那麼整二房的人。該給什麼給什麼，只是不搭理她們。

劉老太太的三七過後，溫嬌去大牢裡見了母親劉氏，沒見到溫言，就在大慈庵正式落髮出家，法號明瞭。

溫家人知道她的心意已定，但為了做樣子，三老爺夫婦還是去庵裡勸了她。她一意孤行，也只得隨她。

之後，溫三老爺代溫卓華寫了放妻書，王氏帶著她的嫁妝回娘家過活，從此跟溫家無關。

扈氏不想回娘家，又不願意在溫府過，就分給她二百畝地、一個兩進的宅子、一千兩銀子，帶著女兒溫萍和自己的嫁妝出去單過。

溫卓豐出面，請族中的一位長輩幫溫香重新尋門親事，還會給她二千兩銀子的嫁妝。

溫嬌出家，她求仁得仁，也讓二房其他幾人的日子都好過了。

於是乎，溫家更清靜了。

溫老太爺每個月的初一、十五也不跟晚輩見面了，只顧煉丹。

日子一晃到了九月中，許蘭因的肚子更大了，五個月的肚子像別人懷了七個月，御醫也診出她懷的是雙胎。

這事沒敢跟別人說，只跟許慶岩和柴氏說了。

柴氏愁眉不展。「那怎麼辦？送一個出去養？要不，就送過去給大石養，那兩個孩子忠厚仁義，放心。」

許蘭因搖頭道：「我誰也不送，都自己養。」

柴氏又道：「太后娘娘心疼女婿，若她老人家讓妳送出去一個怎麼辦？」

許蘭因說道：「卓安也不同意送出去。娘放心，太后吃了那個虧，不會硬要我把孩子給別人養的。」

柴氏的心情極為矛盾。她既捨不得把孩子送出去，又怕孩子把女兒、女婿及另一個孩子剋死。

許慶岩倒是想得通，說道：「我在西夏國時遇到過生雙胎的人家，他們不僅不排斥，還特別喜歡，說是上天給他們的恩賜。那些養在一起的雙胎，也不是都養活了的，也有死了的孩子，但別說雙胎了，單胎也有養不大的。孩子不好養，不是單胎或雙胎的問題，而是孩子本身的體質。」

許蘭因對許慶岩刮目相看，這就是讀萬卷書不如行萬里路，書裡沒有的知識，遠方有。

柴氏聽了，又才歡喜起來。

或許太后有些不能面對她的後人又懷了雙胎，得知許蘭因被診出懷雙胎後，就讓內侍來傳口諭，說許蘭因身子重，不要到處亂跑，讓柴氏時常帶溫明希去宮裡陪她即可。

許蘭因正好也不想進宮，這樣最好。

九月十五，秦夫人、秦儒陪著秦紅雨來到京城別院備嫁。

十六這天，柴氏和許蘭因約好，一起去秦家玩，上衙的、上學的男人晚上直接去吃飯。

秦紅雨的嫁妝極其豐厚，田產、鋪子、家具、飾品擺件及壓箱銀子，就有九萬兩之多。

許家和胡家讓秦家給京城許家和許蘭因帶了許多禮物。秦紅雨還說，胡依已經懷孕，胡太太高興壞了，怕胡依有閃失，已經把她接回娘家養胎。

聽說胡依懷了孕，許蘭因也為她和許二石高興。

十月初一，是溫卓豐迎娶秦紅雨的日子。溫家佈置得喜氣洋洋，一片歡天喜地。

許蘭因懷著身孕，今天既不能去新房看新娘子，也不能去吃喜宴，只能悶在自己的小院。

一大早，許蘭亭、許蘭月、閔嘉、柴子瀟就來這裡陪她。而許慶岩、柴氏、許蘭舟等要幫溫府待客，今天溫府要來許多貴客，不僅四皇子、五皇子、幾位王爺、郡王爺和長公主來了，聽說連太子都微服來坐了一刻鐘，溫府的風頭可謂無兩。

十個月大的溫明希能爬能站，看到那幾個孩子就特別興奮，叫聲比他們還大。

新人拜堂前，幾個孩子就帶著溫明希去了新房，柴子瀟要滾床，其他孩子看新娘子。不多時，許蘭月抱著溫明希、帶著兩個下人回了和軒。

許蘭因問：「現在新娘子還沒進洞房吧，妳怎麼先回來了？」

許蘭月說道：「新房裡人太多，希希好像不喜歡，我就帶他回來了。」

許蘭月來這個家最勤，也最會哄孩子，溫明希跟她的感情比跟其他幾個孩子要親近得多。她一來，就會伸出手讓她抱，連錢嬤嬤都不要。

許蘭因覺得小孩子都愛看熱鬧，遂笑道：「把希希放在床上，妳去看新娘子吧。」

許蘭月搖頭道：「等希希睡著我再去。」

許蘭因便沒再勸。像許蘭月這樣有特殊經歷的孩子，要比一般孩子心細得多，也會想得多一些。

晚上，客人們陸續走了，冊封秦紅雨為東慶侯夫人的聖旨及太后的賞賜又來了。不僅新郎新娘出去接旨，溫府所有主子都要去前院磕頭謝恩。

許蘭因剛穿上誥命服準備去前院，就有內侍來傳太后娘娘的口諭，說太后體恤西慶侯夫人懷孕身子重，不需要特地前去謝恩。

許蘭因又當著內侍的面朝皇宮方向拜了拜。

次日一早新郎、新娘要進宮謝恩，晌飯後才認親，許久未露面的溫老太爺才露了一面。

第三日新娘帶著新郎回娘家，許蘭因一家也被請去秦家做客。

秦夫人不放心秦澈，她和秦儒兩天後就要回家，又拜託柴氏和許蘭因幫忙照顧秦紅雨。

秦紅雨知道，她嫁進溫家，許蘭因跟她把家裡的事交代完後，他們一家就要搬去西慶侯府單過。她十分不捨，拉著許蘭因的袖子撒嬌道：「我剛嫁進府不習慣，表姊就多住些時候，年後再搬家，好不好？」

許蘭因笑道：「妳現在是我嫂子，長嫂為母，還跟我撒嬌，羞不羞？」說得眾人大樂，溫卓豐尤其笑得開心。

秦紅雨的臉通紅，還是嘟嘴道：「表姊，求妳了！」

柴氏道：「要不，因兒就再陪紅雨一段日子吧？溫三夫人是個厲害的，有些事妳要跟紅雨說清楚。再說，妳這麼大的肚子怎麼好搬家？都說雙胎要早產，過年前後生都不一定。」

許蘭因看了看溫卓安，商量道：「要不，等我生完孩子再搬家？」

溫卓安笑道：「隨妳，只要妳們姊妹倆高興。」

秦紅雨笑得無比燦爛，看了溫卓豐一眼，意思是：看，我辦到了！

秦夫人笑意更深，說道：「親兄弟當了連襟，表姊妹當了妯娌，這就是緣分。希望紅雨能像蘭因，多多為婆家開枝散葉。」

這話讓溫卓豐更是開懷。

在秦家吃完晚飯，又說笑一陣，戌時眾人才告辭各自回家。

許蘭因上床後，溫卓安還在桌前看書。自從他當上總捕令，更愛看書了，看得最多的是大名律法和歷朝歷代斷案的書。

溫卓安雖然沒有明說，但許蘭因知道，總捕令已經不是他的終極理想，他想的是刑部侍郎，甚至尚書。

有理想的青年是好青年，許蘭因非常支持他。

許蘭因沒有放羅帳，躺著看溫卓安的背影。背影高大，肩膀寬厚，即使還差一個月滿十九歲，已經能為她和孩子撐起一片天……

次日早飯後，許蘭因同溫三夫人跟秦紅雨交接中饋。

許蘭因第一件事就是讓葉嬤嬤把內院管事的權力交出來。秦家給秦紅雨準備了一個能幹的李嬤嬤，秦紅雨順水推舟讓李嬤嬤接了這個職位。

之前許蘭因同溫三夫人接管中饋時說過，她們兩人是暫時管家，所有崗位的人也都是暫時的，等到侯府女主人進來，一切權力都交給她。

溫三夫人憋紅了臉，除了內院管事，廚房管事和內院所有關鍵崗位都是她的人。自己這一房是庶出，過去過的苦日子有多不容易，她經歷過。她咬著牙，就是不說交權的事，也沒讓那些管事來回話。覺得自己是長輩，沒分家前參與主持中饋是應該。

許蘭因和秦紅雨對視一眼，沒多說話，兩人之前就討論過若出現這種情況怎辦。給三夫人幾天時間，也算給三老爺面子。若他們想通最好，以後好好相處，畢竟老太爺活著就不能分家；若想不通，那也對不起了，溫卓豐是這個家的家主。

十月初五，這天要處斬參與迫害長和長公主和溫駙馬的人。

溫言夫婦已被出族，溫家沒有人去看他們，也沒人去收屍。聽說他們死前明瞭師父去大牢探望了他們，他們死後，明瞭和扈氏、溫萍去收的屍，還給他們做了法事。

這天，秦紅雨帶著溫明希進宮陪傷心的蒲太后，並會在宮裡住一天。溫氏兄弟、溫三老爺親自去溫行和劉穎的墳前祭祀，還要做三場法事。

至此，迫害長和長公主及其一家的罪犯全部伏法，劉穎和溫行在天之靈能夠安息了。

男人、孩子都不在家，小院裡靜悄悄的。許蘭因有些不習慣，坐在炕上想心事時，就有丫頭來報。

「四奶奶，門房王叔來報，說有個小棗村的故人求見。」

「小棗村的故人？」

許蘭因有些納悶，若是小棗村的人，最有可能找的是許家，怎麼會找來這裡？遂說道：「去問清楚，那個人姓什麼？長什麼樣？」

不大一會兒，小丫頭又進來說道：「王叔說，那個人是二十出頭的後生，長得頗為俊俏，從小跟著親家夫人讀書。」

許蘭因知道是誰了，一定是古望辰！他害怕了，知道今天溫卓安不在家，所以想重施故伎，跟自己說說甜言蜜語，好不再記恨他。

許蘭因說道：「不見。」

夕陽西下，暮色給厚厚的窗紙染上了一層淡紅。

小丫頭又來報。「四奶奶，親家夫人來了。」

柴氏沈著臉走進來。

「娘，家裡出什麼事了嗎？」

衛嬤嬤見柴氏的神色，知道她有家務事要講，帶著下人退了出去。

柴氏低聲怒道：「那個不要臉的古望辰，剛才去了我家！」

許蘭因沒想到，古望辰沒見到自己，竟又跑去見柴氏。

柴氏咬牙罵道：「那個不要臉的，他居然好意思來找我，還叫我嬸子。他還提出想見妳一面，多氣人！因兒，我是來跟妳說，他若來見妳，千萬別見，不要影響你們小倆口的感情。」

許蘭因也噁心得不行，冷笑道：「憑他，還影響不了我和卓安的感情。那個人先是來了我家，我沒見，才又去了妳那裡。哼，他一定是看到卓安是太后的外孫，嚇著了，想來跟我們修復關係。他怎麼敢想……」

周府，周家二房的一處院子裡，周二夫人正在同閨女周梓眉說悄悄話，兩人的臉色都不好。

因為周老太師下個月過生辰，周二夫人從陝西趕回京城給他祝壽。正好古望辰有公務進京，周梓眉也跟著回了京城，許久未見面的母女終於見了面。

周二夫人喝斥道：「少想那些有的沒的！當初妳大伯要把妳許給溫卓安，是妳自己眼睛長在額頂上推掉的。這個古望辰也是妳自己看對眼，想盡辦法才嫁過去的。如今連閨女都有了，以往那些事，就不要再想了，想了也沒用！」

周二夫人也氣。她一回京就聽周大夫人說，大伯當初看中還是趙無的溫卓安，覺得他有前途，想把梓眉說給他，結果梓眉看不上窮小子趙無，還耍了個小伎倆把事情鬧黃了。後來不知怎麼看上了古望辰，人家還沒跟媳婦和離兩人就勾搭在一起，還未婚先孕，所以不得不把她嫁給古望辰。閨女丟了西瓜撿了芝麻，還得罪了老太師和大房一家……

周二夫人氣得要吐血。現在看到閨女後悔，連帶著對女婿都有些怠慢，更生氣了。

周梓眉的眼淚又流了出來。自從知道趙無是溫卓安，是太后娘娘的嫡親外孫子，還被封了侯，她已哭了無數次。她一直想要的好親事，長輩都送到她手上，卻被她親手推掉了。若當初自己同意，現在她就是侯夫人了，大伯娘有的她都有，所有的姊妹都會被她遠遠甩在後面！

原來覺得古望辰俊俏儒雅、才貌雙全，是天下最漂亮的男子。現在才知道，溫卓安英武俊朗，氣宇軒揚，才是天下最優秀的男人。

周二夫人見周梓眉的眼神渙散，還在想著心事，氣道：「我說的話妳聽到了沒？妳的丈夫就是寒門進士古望辰，妳未婚先孕嫁給他，已經成了娘家的棄子。不要再想過去了，想想怎麼把自己的小家過好，怎麼把妳祖父和大伯重新哄好。」

周梓眉冷哼道：「本來我可以不哄祖父和大伯，本來他們要想著法兒哄我的……」

「夠了！」周二夫人喝道，覺得聲音大了又趕緊降下音量，說道：「妳也說了『本來』！本來妳就嫁給了古望辰，本來溫卓安就跟妳沒有一點關係，本來妳祖父和大伯就不會哄著妳！妳從小就眼高手低，認不清現實，都當了母親還這樣！聽著，不要再沈迷於往事，要看清現狀。有了妳祖父和大伯的疼愛，妳女婿的前程才會好，妳爹也才會看重妳，你們的日子才會過好……」正說著，聽見外面丫頭的聲音。

「三姑爺回來了。」

周二夫人和周梓眉趕緊噤聲。周二夫人調整了面部表情，一副十分高興的樣子，又狠狠瞪了一眼還嘟著嘴的女兒，周梓眉也只得收起之前的委屈。

時間進入臘月，許蘭因的肚子更大了。懷孕七個半月，比別人懷了九個月還大得多。肚子脹得不舒服不說，腿和腳都腫得厲害。

怕早產，接生婆已經住進溫府。這次請的接生婆是蘇晴說的那個郝穩婆，因為郝穩婆年紀大了，連同她兒媳婦一起接來。

太后也擔心，天天都有御醫來給許蘭因診脈，回去再跟她稟報。

偏這些天溫卓安抓捕犯人不在京，外面狂風大雪撲天蓋地，讓許蘭因的心情更加忐忑。

這天下晌，小丫頭進來稟報。「四奶奶，門房來報，有個自稱姓張的老丈求見，說是四奶奶的故人，還說他跟四奶奶做過一筆好生意，四奶奶肯定會見他。」

姓張的老丈？做過一筆好生意？

許蘭因想到一種可能，忙道：「有請，不得怠慢他！」

許蘭因興奮起來，若真的是他，自己別說生雙胎，就是生多胎都不害怕了！再看看許蘭月臉上的長疤，這孩子的臉與許也能治好了……

兩刻鐘後，小丫頭領著一個六十多歲的老丈進來。

老丈戴著污糟糟的搭耳棉帽，穿著油光光的灰色大棉袍，渾身落滿了雪花。

哪怕之前不是許蘭因本人看到，她也一眼就認出了他，正是用如玉生肌膏、小木牌和兩個銀角子買走原主兩棵黑根草的張姓老丈！

他一進來，就大著嗓門埋怨道：「小丫頭，妳利用我名頭這麼久，我來討債了！」

許蘭因迎上前，吃力地屈了屈膝笑道：「真的是張爺爺！哎喲，貴客臨門，快請坐！」

把許蘭月和趙明希打發走，丫頭上了茶，又讓人去準備上好的酒菜。

張老神醫喝了幾口熱茶後，擺手道：「酒菜後一步說，先把我的徒弟安排好，若我要在京城住下，就住妳家。」

他的徒弟是個青年後生，沒讓他進上房，直接請去了廂房。

許蘭因聽了，又讓人在前院收拾出一個院子，先請他的徒弟過去，好好款待。

張老神醫見許蘭因安排完了，看了看她，才說道：「之前老夫看到的是個傻丫頭，現在伶俐了，還伶俐得不像一個人兒。」

許蘭因笑道：「那時候年少不知事，現在長大了。」

張老神醫不耐聽許蘭因解釋，迫不及待地問：「丫頭，我傳授給妳的那個什麼催眠……」

這件事還是傳出去了。許蘭因笑笑，讓屋裡其他人下去，又艱難地起身，屈了屈膝笑著道歉。「還請張爺爺──」

張老神醫攔住她的話，說道：「妳的那個催眠，既然是老夫傳給妳的，老夫總要會吧？」

許蘭因非常願意把催眠這項醫術或者技能告訴張老神醫。她提出請張老神醫在自己生完孩子後再回去；再幫著看看太子和秦紅雨的身體，秦紅雨懷孕了，孕吐得有些嚴重；還要幫忙治許蘭月的臉。心裡還想要一些珍貴藥材和學兩手醫術，但沒敢提了。

張老神醫道：「老夫是神醫，不是神仙，只能治治得好的病，卻治不好要死的人。太子能活到現在已是不易，有老夫當初給他留下的丸藥，也有御醫最精心的調理，他還能活多久要看他的造化，老夫治不了。其他的，那得看妳的催眠值不值那個價？值，就成交；不值，老夫明天就走。」

許蘭因便打足了精神先從心理學講起，再講催眠的理論和作用，似給張老神醫打開了另一個世界。

他們講到吃晚飯，再講到晚上，衛嬤嬤在門外催了好幾遍，張老神醫才起身回客房歇息。

走之前，張老神醫說道：「老夫傳了妳那麼好的技能，當得起妳『師父』吧？」

這似乎搞反了師徒的定義，但許蘭因還是非常高興。她想跪下磕頭，可肚子太大了，不好跪。

許蘭因又倒了盅茶，雙手端至他面前，說道：「徒弟許氏蘭因，給師父敬茶。」

張老神醫笑咪咪地接過茶喝了。

張老神醫擺擺手。「這個頭就留著妳生完孩子磕。」

第二天一早，張老神醫來和軒吃早飯，再繼續講。

三天後，張老神醫就能成功把他徒弟催眠，也不來找許蘭因了，自己關在院子裡繼續研究，不許任何人打擾。偶有想不通的問題就去和軒找許蘭因探討，提的許多疑問讓許蘭因都無法解釋，或者說之前從來沒往這方面想過。經過討論，許蘭因對催眠的認識更深，技藝也更精湛了。

許蘭因覺得，張老神醫不僅是醫學天才，還是醫學「瘋子」。

當然，老頭是張老神醫的事只限於幾個人知道，沒敢傳出去，否則他在這個家就住不安寧了。

張老神醫覺得催眠值大價，分別給許蘭因和秦紅雨把了脈，說許蘭因懷的是龍鳳胎，還給秦紅雨幾丸藥，讓她生產之前吃。

十八這天開始給許蘭月治傷。先在傷疤處抹了藥，這是腐蝕傷疤的，有些痛，就給許蘭月開了些助眠的藥，讓她大半時間都在沈睡。許蘭月雖然小，還是咬緊牙關，只有痛狠了才哭兩聲或是哼哼兩聲。

三天後打開紗布，傷疤已經血肉模糊，又把如玉生肌膏抹上，再纏上紗布。說隔兩天換一次藥，十天後能夠結疤。許蘭月住在和軒的西廂，年也要在這裡過了。

老神醫用的是自己的如玉生肌膏。邊治傷，還邊給許蘭因講了一些外傷處理辦法，又送了一些治外傷的藥，包括那種「腐藥」。

溫卓安是在臘月二十六回來的。

看到許蘭因又大又尖的肚子，苦著臉說道：「我就半個多月沒回家，怎麼又長大這麼多？」

他揮退下人，掀起許蘭因的衣裳，看到肚皮薄得發亮，上面的青筋縱橫交錯，心揪得更緊了。大手輕輕在肚皮上游移著，喃喃道：「不能再長了，再長，可怎麼得了……」

許蘭因說道：「我也不想讓它長，可它會聽話嗎？我餓得發慌，也不敢吃太多。」見溫卓安眉頭緊鎖，又笑道：「莫擔心，張老神醫現就住在咱們府，他說孩子有些大，我肯定會早產，說不定過年前後就會生。」

這兩個消息都讓溫卓安高興，他笑道：「明天我請老神醫喝酒。」

許蘭因笑說：「他沒有時間跟你喝酒，天天關在屋裡研究催眠。之前大伯請過他幾次，他連面都沒見。」又得意道：「我已經拜張老神醫為師了！他說我懷的是龍鳳胎，咱們兒女雙全了。這個女兒我不會送出去，還會更加疼愛她。」

溫卓安笑道：「當然，咱們的閨女，是手上的明珠，比兒子還寶貝。我已經想好了閨女的名字，叫溫明珠。」

這個名字許蘭因也喜歡，又問：「兒子呢？」

溫卓安理所當然地道：「還沒時間想。」

大年三十晌午，溫卓安和許蘭因、溫明希去正院花廳吃團年飯。許蘭月臉上還包著紗布，連門都不出，當然也不願意去吃團年飯了。

請老神醫和他徒弟，兩人也不去，只好讓人做一桌豐盛的席面送過去。

天空仍飄著小雪，幾人都是乘轎去的。一下轎，溫卓安又親自來扶許蘭因，不放心下人，一直把媳婦扶進花廳的椅子上坐下。

三房一家已經來了，好久沒露面的溫老太爺也來了。

秦紅雨還在孕吐，神色萎靡，人瘦多了。她拉著許蘭因的袖子說：「因因，我就兩天沒看到妳，怎麼覺得妳的肚子又大了好些？我娘家嫂子的肚子，要生了也沒有妳的一半大。怎麼辦，我不會也懷雙胎吧？」

對於自己的小媳婦愛跟弟媳婦撒嬌，溫卓豐很無奈，笑道：「哪有那麼容易懷雙胎？天天嚇自己。」

吃完晌飯，繼續在正院玩。許蘭因有點疲倦，就去廂房歇了一陣，酉時又開始吃年夜飯。

外面一長串爆竹響完，溫老太爺端起酒盅說道：「我們溫家的日子越來越好過了，不僅是菩薩保佑，是玉皇大帝和各路天尊、祖宗們的保佑，還有皇上的龍恩、太后娘娘的照拂。喝酒，吃飯吧！」

年夜飯吃得久，戌時了，男人們還在喝酒說笑。女人這邊基本上已放下筷子，卻也沒離開飯桌。

突然，許蘭因的肚子一陣劇痛，叫出了聲。「……我可能要生了。」

溫卓安嚇壞了，趕緊抱起許蘭因往外跑。

溫明希嚇得哇地一聲大哭起來，被錢嬤嬤抱起來哄。

溫卓豐也跟著跑出去，急喊道：「四弟，外面冷，把弟妹放進轎子再抬回去！」

秦紅雨嚇得沒有了任何孕期反應，同溫三夫人一起坐轎跟去了和軒。

和軒生產的房間已經準備好，在西廂。

轎子直接抬到西廂門口，溫卓安把許蘭因抱出來，放去產床上。

郝穩婆和張老神醫也被請過來了。

郝穩婆進去看了許蘭因的下身，說道：「產道才開一指，還早著呢。」

溫卓安等人才放下心。

張老神醫又對衛嬤嬤說道：「把老夫給的生產前吃的四丸藥餵我徒兒吃下。」

衛嬤嬤做事認真，哪怕知道這老頭是神醫，還是問道：「我看那幾丸藥不一樣，是做什麼用的？」

張老神醫第一次被人不放心，愣了愣，還是說道：「兩丸棕色藥能保持產婦的體力，兩丸黑色藥能幫助產婦快速打開產道。」

這兩種藥的確對產婦有益，衛嬤嬤便把藥餵給許蘭因吃了。

此時是戌時末，溫卓安在西廂外面焦急地轉來轉去。

溫卓豐和秦紅雨也不願意離開，同老神醫一起在上房等消息。

溫三老爺不好意思在這裡等，對溫三夫人說道：「妳是長輩，又生過兩個孩子，在這裡看著，有什麼需要就幫著拿拿主意。」說完便走了。

許蘭月本已經在東廂睡下，聽到外面的吵鬧聲，又爬了起來。

她知道生孩子有危險，生雙胞胎的危險更大。聽到西廂窗裡偶爾傳來大姊的呼痛聲，再看到姊夫焦急的身影，她嚇得哭了起來。

她怕大姊死。這個世上，對她最好的人是大姊，爹爹都及不上……

子時初，接到消息的許慶岩和柴氏趕到了和軒。聽說產婦的情況還好，兩人才放下心。看到不停拿帕子擦眼淚的許蘭月，許慶岩安慰道：「傻丫頭，哭什麼哭？妳姊生孩子是好事，快回去歇息。」

柴氏把許蘭月拉到身邊，用帕子給她擦著淚說：「放心，這裡有張老大夫，妳大姊不會有事。」

溫卓豐看到許蘭月臉上的紗布都被眼淚浸濕了，還想請張老神醫幫著換換紗布，卻聽到一陣響亮的呼嚕聲——張老神醫在西屋的榻上睡著了，呼嚕聲都傳到了這裡來！

他讓人拿來紗布，想幫著換，被許慶岩接了過去。

許慶岩笑道：「我來。」

夜色中，小雪還在飄著。和軒燈火通明，屋裡幾乎所有的燈都亮著，廊下的紗燈在夜風中飄搖。

溫卓安待在西廂外，時而來回暴走，時而駐足小窗前，安慰著小窗另一邊的許蘭因。

或許有那幾丸藥的功勞，儘管是雙胎，許蘭因生得也算快。頭天戌時末發作，次日寅時二刻先生下一個男孩，隔半刻鐘又生下一個女孩。男孩重五斤半，女孩重三斤九兩。

母子女三人平安。和軒一片歡騰。

溫三夫人笑道：「怪不得卓安媳婦的肚子那麼大，兩個孩子加起來有九斤四兩重呢！嘖嘖，雙生子能有五斤半，就是有些單胎的孩子也比不上啊！」

把產婦收拾完，溫卓安、柴氏、秦紅雨、許蘭月幾人就急不可待地衝進西廂看孩子。

柴氏抱男孩，溫卓安抱女孩，兩人笑得眼睛都彎了。

秦紅雨則這邊看看，再那邊看看，不停地誇著。「哎呀，真俊！」

許蘭月看不到，不敢拉大娘，只好拉著溫卓安的衣服急道：「讓我看看，快讓我看看！」

許慶岩在外面也急得不行，走進廳屋，喊道：「你們看夠了就抱出來給我看看啊！」

溫卓豐也想看，可做為大伯不好意思進西廂，這麼冷的天也不敢讓人把孩子抱出來。

早上宮門一開，衛嬤嬤就第一時間進宮給太后娘娘報喜。

衛嬤嬤笑道：「稟太后娘娘，先生哥兒，隔了半刻鐘又生下姊兒。哥兒五斤半，姊兒三斤九兩重。都長得極漂亮，哥兒像四奶奶多些，姊兒像希哥兒多些。」

聽說女孩三斤九兩，比男孩晚生半刻鐘，蒲太后的腦袋「嗡」地叫起來。她的女兒劉穎，生下來也是三斤九兩，也是比兒子晚出生半刻鐘，只不過兒子生下來是四斤一兩。再聽說女孩長得像希哥兒，她再也坐不住了，起身唸了一聲佛。「阿彌陀佛，真的就這麼巧？」又對郭公公說道：「去跟皇上說一聲，哀家要去東慶侯府看重外孫女。」

郭公公和幾個宮人嚇得全跪了下去。

郭公公勸道：「太后娘娘請三思啊！您親自去東慶侯府，這不、不……」他到底不敢把「不合祖制」的話說出來，只得道：「外面寒冬臘月，滴水成冰，不能凍著您老人家啊！」

又有人提醒說：「太后娘娘，今天是大年初一，夠品級的女眷都要來給您磕頭拜年。」

蒲太后冷哼道：「哀家總不能為了等那些女眷來拜年，就不去看重外孫女了吧？天兒冷怎麼了？天兒冷，人就不活了？不要再說了，再說掌嘴！」

不多時，皇上親自來了。

他剛才也得到了溫卓安媳婦平安生下龍鳳胎的事，還沒等他賞賜，怎麼老娘就要親自去東慶侯府？這麼冷的天，怎麼能讓她出宮？再說也不合祖制。

皇上知道老母的心結，勸道：「母后，天兒太冷了，把您老人家凍著，卓安他們也心疼不是？讓兆印媳婦去看看吧，回來再仔細跟母后說清楚。」

蒲太后一臉倔強，固執地說道：「哀家知道這麼做不合祖制，但律法都不外乎人情，何況規矩？哀家已經有四十幾年沒出過宮了，最後一次還是在哀家的母親去世的時候。今天哀家必須去看那個孩子，誰攔都不行！」聲音又緩和下來。「皇兒，那女孩兒生下來也是三斤九兩，跟你妹妹一樣重。也是比男孩晚生半刻鐘，跟你和你妹妹出生時相差的時間一樣。據說長得特別像明希，那不就是像穎兒嗎？老天有眼，居然能這麼巧。哀家等不及了，就是想親自去看看……」說著，流下了眼淚。

太后的話也讓皇上的心柔軟下來，說道：「母后要去就去吧，讓兆印媳婦陪您去。」

太后又道：「哀家還想幫那孩子向皇兒討個封賞，皇兒看著給吧。」

皇上愣了愣，看著給？

蒲太后穿著明黃色厚棉褙子，披著毛斗篷，戴著昭君套，鳳輦裡又放了兩個炭盆，一個湯婆子，帶著太子妃張氏去了東慶侯府。

溫卓豐正要去皇宮給皇上拜年，馬車剛出大門，就被急匆匆趕來的內侍攔住了。聽說太后要親自來府裡看望龍鳳胎，他又驚又喜，這個榮寵溫家可是頭一份！趕緊讓人給秦紅雨及和軒送信，又招呼溫三老爺準備迎駕事宜。

秦紅雨辛苦了一夜，正睡得香，就被一陣大嗓門吵起來。「快、快，侯爺派人來說，太后娘娘和太子妃要來家裡看望二少爺和大姊兒！」

秦紅雨趕緊坐起來，卻不知道該忙些什麼。

她帶的下人都沒遇到過這些事，只得又讓人去和軒請衛嬤嬤，看該如何準備。

衛嬤嬤也剛剛趕回府，去和軒稟報後，又被溫卓安派來協助秦紅雨。

本來今天過年，府裡就佈置得喜氣洋洋。下人們又把從外院到和軒的道路重新灑掃過一遍，路兩旁的樹上、廊下掛紅著綠，府裡最好的燈籠也都掛在了這裡。

蒲太后午時初到達溫府，溫老太爺帶著一個兒子、幾個孫子跪在門外接駕，連小小的溫明希都跪在這裡。

蒲太后心疼極了，說道：「把這麼點大的孩子折騰出來做甚？快把他抱回屋裡，莫涼著了！」

到了二門，溫三夫人和秦紅雨又跪下接駕。

蒲太后打開車簾說道：「卓豐媳婦剛剛懷孕，大冷的天兒，快回屋歇著，莫涼著累著了。」

秦紅雨道：「謝太后體恤，臣婦不敢。」

蒲太后皺眉道：「莫講那些繁文縟節，給哀家生個大胖重外孫才是正經。」

秦紅雨不好再多說，由著下人把她扶回院子。

溫三夫人起身，同溫老太爺等幾個男主子一起，跟在太后和太子妃的鳳輦後去了和軒。

來到和軒門口，溫卓豐和溫卓安一起上前扶蒲太后下車。

此時雪已經停了，太陽也出來了，碧空如洗，陽光燦爛。蒲太后環望四周一圈，又深吸了幾口氣，覺得外面的風都要自由些。

溫卓安扶著蒲太后進西廂，後面只跟著溫三夫人和兩個宮中女官，其他人都候在外面。

太后又回頭體恤道：「天兒冷，你們都進屋歇著吧。」

兩個乳娘抱著兩個孩子跪在屋裡。許蘭因依然躺在床上，太后之前有口喻，不許她起身接駕。

蒲太后被扶在羅漢床上坐下，看著那兩個紅色的小紅包笑道：「快，快抱過來讓哀家看看。」

兩個乳娘把孩子抱上前。

蒲太后一個孩子看了一眼，目光最後定在小了一圈的孩子身上。

一旁的溫卓安笑道：「這是閨女，名字叫明珠。那是兒子，名字叫明昭。」

蒲太后笑道：「明珠，這個名兒真好，哀家也想到了這個名兒。」向抱溫明珠的乳娘伸出手，乳娘把溫明珠遞給她。

溫明珠此時正好醒著，沒有哭，睜著澄澈的眼睛靜靜望著太后。

蒲太后抱著溫明珠，嘴上是笑著的，眼裡卻有了濕意，小聲說道：「像，真像，也是這麼輕。」笑著笑著，又流下了眼淚。

她似乎又回到當年，手中的孩子飄輕，也是這麼望著她。她流著眼淚親了親孩子，硬著心腸把孩子交給章嬤嬤，送去蒲家。與孩子一起被送出去的，還有那支刻著「穎」字的燕上釵，她期許燕子能再回故巢。

再次見到那個孩子是在一年後，孩子滿了一歲，長得玉雪可愛，含糊不清地叫她「姑」，讓她又是心酸、又是高興。之後，每個月她都會召見那孩子一次，想著，等孩子長大嫁人了就偷偷認下，給她多多的嫁妝。若兒子登上大位，就名正言順認下，把她接回宮，給她全天下最好的東西。可是，孩子五歲後只見過一次便再沒見到，蒲家說孩子病死了。

她背著人哭了無數次，難言之隱卻無人能訴說。還是皇上在登上大位後，才跟他講了這件事……

溫卓安輕聲喚道：「皇外祖母，別把您老人家累著了。」

蒲太后吸了吸鼻子，說道：「這麼輕的小人兒，怎麼會累著哀家？」她又看向並不算胖，但比溫明珠胖得多的溫明昭說：「就你會搶食，還是哥哥呢，看把妹妹餓的！」

蒲太后的孩子話把溫卓安逗樂了，附和道：「就是，外孫也生他的氣，等他長大些定要揍他一頓。」

蒲太后也覺得自己的話不對，笑了起來，說道：「他那麼小，懂什麼……」話還沒說完，溫明昭就大哭起來，一聲趕一聲急。他一哭，溫明珠也哭起來，聲音比哥哥小得多，有氣無力的。

蒲太后更心疼了，說道：「他們一定是餓了，快去餵他們。」

兩個乳娘抱著孩子去了另一間屋餵奶。

一旁的溫明希說道：「妹妹，愛。弟弟，揍。」他也聽出皇太外祖母和爹爹喜歡妹妹、嫌棄弟弟，討好著他們。

蒲太后大樂，說道：「要多多的愛護妹妹，但也不能打弟弟。」她起身，去臥房看許蘭因。

許蘭因要坐起身，被她按下。「快躺好，要坐好月子，以後才能再生。」

她坐下剛說了兩句話，就有人來報，皇上的聖旨和賞賜到了。

內侍來和軒宣聖旨，來的居然是執筆大太監李公公，令所有人大感意外。

李公公笑問：「請問溫侯爺，二公子和大姑娘的名字是？」

溫卓安抱拳笑道：「小兒溫明昭，小女溫明珠。」

李公公聽了，讓人研墨，直接在聖旨上填寫名字。

和軒的院子裡已經擺上香案，除了秦紅雨和許蘭因，所有主子都來跪下聽旨，包括溫明希。抱溫明昭和溫明珠的乳娘跪在西廂廳屋，西廂的門大開，棉簾也全部捲上。

內侍唱道：「奉天承運，皇帝詔曰：朕之胞妹劉穎，溫婉賢淑，然命運多舛……」說了一堆懷念長和長公主劉穎的話，最後封其長孫溫明希、次孫溫明昭為柱國將軍，長孫女溫明珠為掌珠郡主。

這三個封號無疑又越矩了。親王的孫子是柱國將軍，女兒是郡主。眾人都猜測，一定是太后太喜歡溫明珠，皇上給了她封號，總不好不給兩個男孩，那兩個孩子純屬沾光。

這是溫府的滿門榮光。

銀票。

溫卓安和溫卓豐壓抑住狂喜的心情，磕頭謝恩。之後又謝了李公公，偷偷塞給他一千兩

蒲太后很滿意皇上的做法，她心裡就是想給溫明珠一個郡主的頭銜。

她在和軒又待了兩刻多鐘，抱了溫明珠一會兒，賞賜了許蘭因和兩個孩子許多寶貝，才起身擺駕回宮。

孩子洗三那天，京城勛貴豪門幾乎都來溫府恭賀，洗三宴辦得比別家孩子的周歲宴還熱鬧。

不過，還是有些朝臣對皇上和太后此舉不滿，衙門還沒開印，就有人急不可待地進宮上摺子，說皇上跟太后違背祖制。皇上扣下未發，他們母子的確徇私了，又怎樣？

正月初十，許蘭月臉上的疤全部脫落，新長出的皮膚還是粉紅色的。老神醫說，再過十天半個月，新皮膚就能像周遭皮膚一樣白皙。

看到鏡子裡的自己，臉上沒有了那長長的、像肉蟲子一樣的長疤，皮膚像煮熟的雞蛋一樣平滑細嫩，許蘭月的眼裡溢出淚水。

她跪下給張老神醫磕了個頭。「謝謝張爺爺！」就跑去了許蘭因屋裡。

許蘭因看到許蘭月，捧著她的小臉笑道：「呀，妹妹真漂亮！」

許蘭月撲進許蘭因的懷裡，哽咽道：「謝謝大姊！別人都說沒有親娘的孩子可憐，就像

大娘，還有大姊夫、溫大哥。我也沒有親娘，沒有外家，可我有大姊，活得比他們都好。我知道，哪怕我娘活著，我的日子也不會這麼好過。謝謝大姊……」

許蘭因順著她的頭髮笑道：「妳是我妹子，我當然要愛護妳。妳的歲數還小，以後的路長著呢，要保持妳的豁達樂觀。」

許蘭月點頭道：「嗯，我知道，會的，我會跟大姊一樣好……」

許蘭因讓人把她的東西收拾好，送她回了許家。小妮子已經在溫府住了近一個月，不好再留她。

正月二十，張老神醫離京，他走之前，許蘭因跪下給他磕了三個頭，補上拜師禮。許蘭因十分不捨，可張老神醫說他還要帶著徒弟去西域採藥。等幾年後回家，路過京城再來看她。

二月初八，宜搬家，西慶侯溫卓安要帶著媳婦兒女正式搬去西慶侯府。

他們的東西都搬過去了，今天只有人去。如今的龍鳳胎已經一個多月，長得非常好，溫明昭九斤，溫明珠七斤二兩。

早飯後，穿著光鮮的夫婦二人，以及被嬤嬤抱在懷裡的三個孩子，先去溫老太爺的院子給他磕頭拜別，再請他去自家玩耍。

院子裡的丹爐燒得正旺，老爺子只說了幾句話。「我忙，哪裡也不想去。記著，兄弟齊心，其利斷金。」
老爺子的話越來越少，也更加任性了。
溫卓安應是，又客氣道：「那我們就走了，以後孫兒會常來看您。」
老爺子道：「我沒有什麼好看的，你們兄弟多看顧一下你三叔便是。」
「是。」
溫卓安躬了躬身，帶著媳婦兒女走了。
溫卓豐及溫卓中把他們送至大門便停下，溫府的人會後一步去西慶侯府做客。
兩座府離得其實不遠，兩刻多鐘就到了。
馬車來到大門，溫卓安下馬，又去把許蘭因扶下車。
兩隻威風的石獅立在門前，鉚著大銅釘的朱色大門已經大開，門房頂上四個金光閃閃的大字——西慶侯府，門外站著兩排躬身迎接主子的下人。
溫卓安咧嘴笑起來，笑容比天上的陽光還燦爛。他拉起許蘭因的手，說道：「姊，這是咱們的家，我帶妳和兒子、閨女回家。」
許蘭因甜甜一笑，說道：「我們一起回家。」
夫妻二人相攜著走進大門，三個抱著孩子的嬤嬤緊隨其後。
溫卓安怕孩子們涼著，讓幾個嬤嬤先抱他們回屋，他和許蘭因走路。從前院走至二門，再走至正院，一路亭臺樓閣、綠竹掩映，長長的柳條已抽出新綠。

正院三進帶兩個跨院，溫明希住東跨院，龍鳳胎住西跨院。夫妻兩個直接來到二進院，這裡是他們住的正房。

他們進臥房換了衣裳，兄妹三人也被嬤嬤抱來上房，許家人已率先到了。

許蘭亭恭賀了姊姊、姊夫，就趕緊過去看外甥女、外甥。小少年已經十歲，被父親管得緊，不能像許蘭月那樣經常來大姊家串門，難得來一次他感覺像過年。

敘了幾句話，溫卓安和許慶岩、許蘭舟就要去外院接待男客。許蘭亭還不想走，被許慶岩瞪了一眼。

許蘭因摸摸他的丫角，低聲笑道：「到時我幫你求情，晚上留你們梅園四君子在我家住一宿。」

許蘭亭才笑著去了前院。

不多時，東慶侯府的人來了，接著是南陽長公主府，除了前幾天剛生了個閨女的馬氏，所有主子都來了。再接著，閔府、李府、周府、四皇子、平郡王府、衛王府、北陽長公主府等等，想到沒想到的客人都來了。

西慶侯府熱鬧了一天，申時末客人們才陸續離開，梅園四君子也如願留在這裡。

溫卓安從前院回來，笑道：「累嗎？若不累，我們再去走走。」

許蘭因正有此意，笑道：「我也想再看看咱們的家。」

耳朵尖的柴子瀟聽到了，喊道：「我們也要去！」

溫明希跳了一跳，也嚷道：「去、去、去……」

許蘭月看出姊姊跟姊夫想獨處，笑道：「滿院子轉多累啊，咱們去梅林讓丫頭做燒烤，煮湯論英雄！」

這個提議讓閔嘉、許蘭亭、柴子瀟都來了興致，忙招呼下人準備東西。

許蘭因和溫卓安誰都沒帶，兩人手牽手信步走著。走過遊廊、甬道、樹林、花園、湖邊、柳堤，最後來到石橋上。

望著湖裡碧波蕩漾，遠處層層疊疊的飛簷翹角，天邊大片晚霞，許蘭因又想到了上一世。自己這一世擁有了美滿的生活，不知前世的父母走出失女的痛苦了沒有？

她問道：「卓安，你信不信人有穿越、重生？或者是，我夢蝴蝶，蝴蝶夢我？」

溫卓安的大手捏了捏她的小手，說道：「我只知道妳是不簡單的人，還是我最愛的姊姊、妻子、因因。」

本來許蘭因想說一說自己的前世，聽了溫卓安的話，便沒再說了。

她是他的姊姊、妻子、因因，還需要再說什麼呢？

有些話，放到以後他們都老了，再說吧……

番外　蘇晴

午後的陽光格外熾熱。

小院裡，一個年輕婦人正坐在簷下做針線。婦人很瘦，臉色蠟黃，一看身體就不好。她拿針的手時而上下翻飛，時而停下手中的活，靜靜聽一聽小窗裡傳出的讀書聲。聲音稚嫩，一聽就是四、五歲的小童。

女人正是蘇晴，現在自稱為梅氏。讀書的小童是古謙，今年四歲。雖然他還沒有正式上學，但跟著母親讀會了兩本書，還會寫幾十個大字。

今天上午，梅氏帶著古謙去縣城最好的一家私塾拜望先生，先生考校了古謙後，難掩興奮之情，說古謙可以立即上學，孩子小無事，上學期間他兒媳婦可以幫著照顧。還說這孩子有極高的天賦，自己只能給他啟蒙，兩年後應該找名師指點，萬莫誤了他。

蘇晴喜極，承諾明天立即讓孩子去私塾讀書。

正想著，讀書聲停下，古謙走了出來。

古謙坐去小凳子上，拉著娘親的袖子說：「娘親，已經燃盡兩炷香，兒子能歇息一會兒了。」

「欸。」蘇晴答應著，掏出帕子給他擦了前額上的汗，又有些心疼還未滿五歲的兒子，說道：「謙兒，要不，咱們等到天涼後再上學？」

古謙搖搖頭，認真地說：「娘親，咱們已經跟先生說好了，人無信則不立。」

見兒子把名言都說了出來，蘇晴的笑意更甚。「好，聽兒子的。」

古謙又道：「不是聽兒子的，而是聽聖人的。」

蘇晴連連稱是。

垂花門打開，何嫂子走進來，晃了晃手上足足有三斤多的大鯉魚，笑道：「大奶奶、哥兒，我去集上買了一條肥魚，晚上燒魚給哥兒吃！都說多吃魚聰明，哥兒要多多的吃，將來更聰明！」

何嫂子背上還揹了一個快滿一歲的孩子。前年她成了親，是家裡買的一個叫王飛的下人。現在，要稱她為王嫂子了。

幾人正說著，大門響了起來。

王飛把門打開，看到一個陌生的後生，問道：「請問你找哪家？」

那個後生說道：「梅氏住在這裡嗎？」見王飛點頭，他又說道：「我是京城西慶侯府的賈大柱，我家四奶奶有信給梅娘子。」

王嫂子笑道：「喔，是賈小哥兒呀，快請進！」又進內院稟報道：「大奶奶，溫四奶奶讓賈小哥兒給您送信來了。」

許蘭因從京城給她送信，肯定是發生什麼大事了。

蘇晴驚得站起來，說道：「快請進！」

賈大柱進來，把信呈給蘇晴。

蘇晴打開信，越看臉色越沈，身子晃了晃，被王嫂子扶住。

古謙擔心道：「娘，妳又不好了嗎？我去請大夫。」

蘇晴疼惜地看了古謙一眼，讓王飛把他領去外院玩。自己拉著王嫂子，支撐著去屋裡，又請賈大柱坐下，這才問道：「他被判秋後處斬，周家就沒有救他？」

賈大柱說道：「聽主子們說，古大人……喔，古望辰，他同其他幾人一共貪墨治理河道的九萬兩白銀，被人告發，證據確鑿。周家大義滅親，不僅沒幫忙說情脫罪，還說王子犯法與庶民同罪。古望辰和那幾個一起貪墨的人都被判秋後處斬，聽說周家三姑奶奶已經帶著閨女跟他和離了。」

此時，蘇晴的心就像被掏空一樣。她恨古望辰恨得咬牙切齒，曾經不止一次詛咒他去死。可他真的要死了，如自己所願了，她的心為什麼這樣痛？

賈大柱又說道：「我家四奶奶還說，若梅娘子想帶謙哥兒去京城見見他，我家侯爺會幫忙，我也會護送你們進京。若不想見，我就回京城覆命了。」

蘇晴忙說道：「見，我要帶孩子去見見他！他再可惡，也是孩子的爹。」

兩天後，王飛趕著牛車，蘇晴和古謙、王嫂子母子坐在車上，賈大柱騎馬，踏上了去京城的路途。

蘇晴對古謙的說辭是，他一位遠房叔叔犯了罪，他們去看他。

車裡，古謙不解地問：「娘親，那位叔叔犯了罪，做了不好的事，我們為什麼要去看他？娘經常講『孟母三遷』，還不許兒子跟不好的人說話。」

蘇晴道：「你父親早死，古家只剩這麼一位親人，咱們就盡一份心。看了他以後，再在京城住一段時日……」為他收屍。最後一句話她沒有說出來。

古謙「喔」了一聲，又道：「娘親，貪墨不好，會被砍頭。我長大了若當官，定不貪墨。」

蘇晴的腰一下子坐直了，厲聲說道：「你不許當官！要當大儒！」

娘親從來沒有這麼嚴厲跟他說過話，古謙嚇著了，趕緊解釋道：「娘親莫生氣，我只是打比方。我不想當官，只想當大儒。」

蘇晴的身子又軟下來，把古謙摟進懷裡說道：「你一定要記住，哪怕娘早死，也不要忘記這個承諾。」

古謙的眼裡湧上淚意，抱著蘇晴說道：「娘親不要早死，我聽話，不當官！」又補充了一句。「還要德才兼備。」

這是那天見先生時，先生對他提的期望。

蘇晴喃喃說道：「是的，要德才兼備。德不配位，結果都不好……」

半路遇到下大雨，幾人六日後的晌午才到京城。

蘇晴掀開車簾，她曾經以為，她不會再回到這裡，卻不想幾年後又回來了，還是為了那個男人。

終於到了西慶侯府。

進了西角門，守門的人跟賈大柱說，四奶奶領著哥兒和姊兒進宮了。賈大柱讓人把牛車趕去馬棚，再讓一個管事嬤嬤帶著他們去內院的客房歇息，他帶王飛去前院一間下人房歇息。

蘇晴幾人被帶去內院的一個小院。一路走來，這個府比曾經的長戶侯府還要精緻華麗。

夕陽西下時，小丫頭來報，四奶奶從宮裡回來了，請梅娘子去正院相見。

走了近一刻鐘，幾人來到正院。

院子裡，三個漂亮的華服小公子、小小姐正在逗一隻鴿子。他們見來了客人，都直起身來看他們，大些的小公子還非常有禮貌地跟蘇晴等人笑了笑，主要是跟古謙笑。

蘇晴也跟他們笑了笑，古謙還作了個揖。

那個小姑娘愣愣地看著他們，糯糯說道：「來客人了，不認識。」

另一個跟她一樣大的男孩說：「嗯，新客。」

蘇晴幾人進屋，繞過富貴花開圍屏，被丫頭引去西側屋，看到羅漢床上坐著一位年輕麗人，正是許蘭因。

許蘭因起身笑道：「一路辛苦了，請坐。」

蘇晴給許蘭因屈了屈膝，感激地說：「謝謝溫四奶奶，還專程派人告訴我那件事。」

古謙早已得了娘親的吩咐，跪下磕了一個頭，說道：「謝謝夫人。」

許蘭因笑道：「好孩子，快起來。」又拉著他的手說道：「長大了，更……俊俏了。」她是想說「更像古望辰了」。孩子雖然五官極像古望辰，但眼神清明，小小年紀就舉止有度。她拉著古謙說了兩句話，就對跟進屋的溫明希、溫明昭、溫明珠說道：「這是古謙小哥哥，帶著他出去玩吧。」

孩子們不在了，許蘭因才跟蘇晴更詳細地說了一下古望辰的事。

古望辰貪墨，最開始是被另幾個人硬拉進去的。

他手裡有蘇晴留下的一部分嫁妝，周梓眉的嫁妝也豐厚，他還特別想快些升官，肯定不願意因為銀子把自己折進去。

而那幾個人覺得他是周家女婿，只要把他拉進去，哪怕被發現也有人力保，所以聯合設計古望辰。先用不被律法管制的小利吸引他，不犯法，又有錢拿，古望辰也就受之坦然。那幾人再一點點加大，古望辰慢慢越陷越深，膽子也越來越大，不僅勒索商人，連朝廷修河道的銀子也敢貪。

等到事情真的爆出來了，哪裡想到周家人撇清不說，周梓眉還提出了和離。之前恨不得跟古家穿一條褲子的族人也不見了蹤影，古婆子最終餓死在床上……

許蘭因沒好說的是，古望辰幾人貪墨的事會這麼容易被揭露出來，溫卓安和閔戶出了不少大力。

許蘭因最後的總結是——「這種人德不配位，三觀不正，貪財心黑，眼皮子又淺，自以為天下他最聰明，遲早會出事，早出事只查處他本人，晚出事會連累全族。」

蘇晴含淚點點頭，不得不承認許蘭因說得對。就古望辰的性格，這次沒被抓出來，將來會惹更大的禍。「他心裡怎麼就沒有個夠？以為外面的人都像我們，只有他設計別人，沒有別人設計他的……」

許蘭因沒再說話，靜靜聽著蘇晴的哭訴。或許古望辰是她愛過兩世的男人，也或許這個男人是孩子的父親，即使知道他壞、他要弄死他們母子，那份愛還是放不下。

蘇晴把心裡的話倒完了後，說道：「溫四奶奶，大恩不言謝，妳的情和好我永遠記著。我還想求妳一件事，我想在府上多叨擾一段時日，等到把他送走了，我們娘倆再回家。」

即使許蘭因不聽她的心聲，也能猜到她的想法。聽賈大柱說，她買下了蘇家莊和蘇家的二百畝地，家裡存款應該花得差不多了。想偶爾去看古望辰，再讓他少受些罪，就要大手筆地賄賂牢頭。她沒有那麼多銀子，但若是住在溫府，給人感覺她跟溫府的關係匪淺，牢頭有再大的膽子也不敢訛她。

許蘭因一直感念蘇晴，這個忙她肯定會幫，哪怕再覺得古望辰該死。

她點頭笑道：「住下就是。有什麼需要，跟我說，或跟葉嬤嬤說都行。我很喜歡謙兒，無事讓他來跟明希一起玩耍。若妳想恢復身分，我改天請蘇伯爺的夫人來我家說說話。」

現在的蘇伯爺是蘇晴的嫡兄。

蘇晴推辭了，她不願意古謙頂著貪污犯兒子的名聲生活。

蘇晴母子回到自己住的小院，天色已經微暗。

古謙這才把一直壓在心底的話說出。「娘親，我好羨慕明希弟弟，他不僅有娘親，還有爹爹、弟弟、妹妹。」

這是蘇晴對孩子最大的愧疚。她把古謙摟在懷裡說道：「好孩子，你這輩子只有娘親了。但是，你長大以後會有媳婦、兒女，你的兒女就會有爹爹、娘親、弟弟跟妹妹。」

古謙明白了，雖然自己沒有，但自己的孩子會有。他想到那美好的一天，笑得雙眼彎彎，說道：「我會像溫叔叔一樣，最稀罕閨女，抱著她親！」

這話說得蘇晴又是高興、又是心酸。若那一天自己還活著，該多好。

看到娘親的眼裡有淚光，古謙又趕緊說道：「我會讓我的媳婦、孩子孝敬娘親。」

蘇晴笑道：「娘知道，謙兒最孝順。」

次日辰時末，蘇晴一手拎著食盒，一手牽著古謙，被小丫頭領去了外院。

蘇晴穿了一身藏藍色棉麻衣裙，頭上戴了一支銀簪，還化了個淡妝。古謙穿著墨綠色過膝細布長衣、白色長褲。食盒裡裝著一盤滷肉、一壺酒。

賈大柱正在角門處等他們。

蘇晴把用帕子包著的五十兩銀子交給賈大柱，請他交給牢頭。自己是年輕婦人，不好跟牢頭打交道。再者，由溫府把銀子送給牢頭，牢頭知道自己背後有溫府，以後也不會再難為她。還有就是，這點銀子想買通刑部的牢頭實在太少。

他們上了馬車，直奔刑部大牢而去。

刑部大牢在刑部的後面，何東正站在大門口等他們，一個牢頭模樣的人跟他說笑著，態度非常謙恭。

何東做了介紹後，于牢頭笑道：「賈爺、梅娘子，走吧。」

何東沒跟著進去，賈大柱陪著蘇晴母子進了監牢大門。來到關死刑犯的監舍前，賈大柱把小包裹給于牢頭，他也不想進那晦氣的地方。

于牢頭可不敢要，連忙推拒道：「賈爺客氣了，使不得！」

賈大柱笑道：「讓你拿著你就拿著，我家侯爺不會怪。這是梅娘子的心意，以後幫忙照應著些。」

于牢頭接過銀子，領著蘇晴和古謙進了監舍。一進去是一間大屋子，裡面坐著四個獄卒，牆上掛著各種刑具，嚇得蘇晴一個哆嗦。

即使古謙看不懂那些刑具是做什麼的，也被裡面陰森恐怖的氣氛嚇到。他本能地不想繼續走，但抬頭看了看娘親，覺得不能讓娘親自己進去，因此還是咬著牙沒有後退。

蘇晴等人進了小門，牢房裡黑黢黢的，只有屋頂的天窗撒下一點光亮。裡面又潮又臭，地面也不平坦，小古謙實在忍不住，用手捏住了鼻子。

一牢監舍裡有人，頭髮亂篷篷地擋住了臉，從鐵門裡伸出銬著鐵鐐的髒手說：「小娘子，是來看我的嗎？」

另兩牢監舍裡也有人，沒人說話，只有鐵鍊子拖地的聲音。

蘇晴嚇得縮了縮脖子，古謙也顧不得臭了，雙手緊緊抓住娘親的裙子。

來到一個監舍前，獄卒站下對鐵門裡的人說道：「古望辰，有人探監了！」說完，他就退到二丈開外的地方。

古望辰正坐在裡面發呆等死，聽說有人來看他，知道不可能是伸根指頭就能幫到自己的周家人，應該是古家的哪個族人。

他抬頭望出去，光線極暗，漏進來的一點天光還是在那一高一矮的身後，就更看不清對方的臉了。但他看清楚是一個女人，還帶著一個孩子。難道是周梓眉那個賤婦，領著閨女來看他？

他拖著鐵鐐來到門前，來人卻是他作夢都沒想到的蘇晴。

他先是有些羞愧，但看到蘇晴身邊的小男孩長得跟自己極像，想到某種可能，古望辰激動得雙手一下子抓緊門上的鐵欄杆，手腕上的鐵鐐碰得鐵門一陣脆響。

古謙嚇得抱緊蘇晴的大腿，躲去了她身後。

蘇晴柔聲說道：「古謙，莫怕，這就是你的遠房叔叔古望辰。」

古謙聽了，身子沒動，探出小腦袋望著古望辰。這位叔叔很高很髒，頭髮亂篷篷的，戴著腳鐐手銬，身上還散發出惡臭。

古望辰聽說孩子姓「古」，更加確認了他的身分。原來，蘇晴當年生下的孩子沒有死，自己居然有個兒子！再聽蘇晴說自己是孩子的遠房叔叔，這是怕孩子知道他有個犯貪污罪的父親了。這樣也好……

他含淚說道：「你叫古謙，謙兒？」

蘇晴清冷的聲音響起。「是，謙遜仁義的『謙』。期許孩子將來能夠謙遜仁義，成為真正的謙謙君子，不做喪良心的事。」

古謙又說道：「叔叔，你為什麼要犯罪呢？錢不夠，可以向我娘親借啊，我娘親很大方的。」

蘇晴的話讓古望辰羞愧，聽了古謙的話更是心酸。

他的眼睛沒有離開過古謙，身體慢慢下滑坐在地上，跟古謙的視線齊平。

自己小時候的眼神應該也是如此清澈吧？若是母親像蘇晴這樣教他，自己還會做那些事嗎？

他的耳畔清晰地響起已經非常久遠的話——

兒子，里正家收梨子了，你模樣好，討喜，去甜甜地說句話，與許老爺子就能給你一個。他不給，你就趁人不注意時偷拿一個，他們即使看到了，也不會跟娃子一般見識的。

娘，我怕，偷東西要坐牢的。

沒出息的東西！一個破梨怎可能就去坐牢？

娘，我會好好讀書，中了舉人後，給妳買多多的梨，還買肉。

嗯，中了舉人，當大大的官，跟縣太爺一樣大，到時咱們吃香喝辣，梨和肉算個屁！

……

兒子，去老許家吃了肉，怎沒給老娘帶點回來？老娘養你養得辛苦！

兒子，怎麼就拿了兩塊點心回來？若是弄幾個銅板，還能買二兩肉。

兒子，這點銅板夠買什麼？要過年了，你要做身新衣，老娘也該做一身。老許家有錢，那丫頭又傻了吧嘰的，你再想法子去多擠點。

兒子，許慶岩死了，老許家要敗落了，你學問這樣好，又這麼俊俏，那個傻丫頭怎麼配得上你？哎喲，可憐我兒了，沒個幫襯，後面還有一串吃閒飯的人。

等到自己越大，想要的就越多了，比他娘還有過之而無不及。若是他娘也像蘇晴這樣教自己，自己會走到這一步嗎？

他眼裡湧上淚水，柔聲說道：「謙兒，我……叔叔是你的前車之鑒，你要好好聽娘親的話。」

古謙已經不太怕這個人了，從蘇晴身後站出來說道：「我一直很聽娘親的話。等我們回家後，我就會去私塾讀書，長大了不當官，要當大儒，做學問。」

這話讓古望辰有些遺憾，但不當官，至少走不到自己這一步。

他點點頭，又抬頭對蘇晴說道：「晴兒，對不起……」

蘇晴嘆了一口氣，蹲下把食盒放在地上，從裡面拿出用油紙包的、已經切成片的滷肉，還有一小壺酒，說道：「吃吧，我們只能在這裡待一刻鐘。」

古望辰抓了幾片肉塞進嘴裡，拿起酒壺仰頭往嘴裡倒，酒溢出嘴角，再順著雜亂的短鬚流下，嗆得咳嗽了幾聲，又繼續喝。

蘇晴用手捂著嘴，想流淚流不出。之前的古望辰清雅乾淨得像天上的謫仙，那樣的古望辰似乎遠在上輩子，跟眼前這個髒漢子沒有一點關係。

古謙又勸道：「叔叔慢些吃，你喜歡喝，我們下次再送來。」

壺裡只有二兩酒，幾口就喝完了。

古望辰對古謙笑笑，又問蘇晴道：「知道我娘的消息嗎？」

蘇晴實話實說。「聽溫四奶奶說，她躺在床上幾天沒人管，餓死了。」

軍士來抄家抓自己的時候，家裡有周氏母女、十幾個下人，還有來打秋風的兩個族親，沒想到老娘居然餓死了。也是，老娘的那張嘴，討所有人的嫌……等等，溫四奶奶不就是許蘭因嗎？原來她還關心著自己！

古望辰的眼裡閃過一道精光，頹廢的髒臉有了笑容，說道：「許蘭因也知道我的事？」

蘇晴的臉上滑過一絲哀其不爭，說道：「她當然知道，我們還是她派人接來的，現就住在她家。」

古望辰抓鐵欄杆的手抓得更緊了，咧嘴輕笑了幾聲，又低聲說道：「晴兒，這些天我一直在想，這輩子我最對不起的人，一個是妳，一個是她。若當初我能留下妳們中的任何一個，我也不會有這個下場……晴兒，妳見到許蘭因時跟她說一聲，我知道錯了，之前那些事都是我娘讓我做的。她是溫卓安的媳婦，得太后娘娘的喜歡，若是她想救我，還來得及。等到我出去了，我再也不想榮華富貴，會跟妳和孩子好好過日子。我有學問，會親自教導謙兒，讓他考進士……喔，不，當大儒。晴兒，求妳了，妳好好求求許蘭因，她會幫忙的……」

由於激動，他的聲音都在顫抖，似光明就在前方。

剛才蘇晴的心是哀傷和心痛的，現在聽了他的話，心似乎一下子涼透了，涼得她的身子都有些發抖。定了定神才想起，這就是古望辰的本來面目，死到臨頭了，依然沒有意識到自己的錯誤，還要把過錯推給別人。

她冷聲說道：「古望辰，你高看我，也高看你自己了。我跟許蘭因是什麼關係，你跟她又是什麼關係？我們憑什麼讓她違反律法幫這個忙？還有，你走到今天這種地步，你娘有錯，但你的錯更大。教導過你的不只你娘，還有你的先生、有許夫人、有那麼多上峰，以及朝廷律法，可你獨獨聽你娘的話，跟那幾個人同流合污……好了，我們走了，下個月我再來看你。」說著，蘇晴彎腰把酒壺拿起來放進食盒，牽著古謙往外走去。

「晴兒、晴兒……」古望辰的聲音在監牢裡響著，還有回聲。

蘇晴頭也沒回地往前走著，古謙時不時回頭望望已經看不清的「古叔叔」。

走出牢房大門，火辣辣的陽光讓他們睜不開眼睛，滾滾熱浪撲面襲來，連小小的古謙都舒服地吸了一口氣。

「娘，沐浴在陽光下真好。」古謙又拉了拉蘇晴的衣裳，問道：「娘，妳為什麼不求許姨幫幫叔叔呢？」

蘇晴低頭看了他一眼，鄭重說道：「他犯的是砍頭大罪，誰也救不了他，每個人都要為自己的言行負責。人，不僅要有學識，還要有德行。」

古謙點頭道：「喔，我知道了，要德才兼備。」

三個月後，古望辰被斬首。

蘇晴母子買了副棺材，拉著古望辰的屍首回了上林縣。古望辰的屍骨不可能葬進古家祖墳，就埋在了上林縣郊外。

幾年後。

狂風呼呼颳著，漫天雪花看不清前路，才剛剛申時天就黑了。

一個大院門口，兩盞燈籠隨風飄搖著，透出些許光亮。

王飛站在牛車旁跺著腳，又向門房裡看了看。姑奶奶去世，小少爺在家守了三個月的孝，這才剛上了幾天的課。

大半刻鐘後，穿著素服的古謙走了出來。昏黃的燈光下，依然能看出他哭過，臉上還有淚痕。

王飛一把抱起他放進車廂，說道：「少爺怎麼哭了？天兒冷，咱回家說。」

牛車走了兩刻多鐘，來到梅家院子。

王嫂子一直在門房等著，聽見動靜趕緊開了門。

進了上房，古謙還抹著眼淚。

王嫂子急道：「哥兒，怎麼了？受什麼委屈了？若有人欺負你，讓友子爹去省城找秦大人，他現在當了按察使，沒人惹得起他。」

古謙搖搖頭，哽咽著說道：「沒有人欺負我。是先生對我說，他現在教不了我了，讓我再找位好先生，最好不要在上林縣找，去省城或是京城找。可是，我捨不得離開娘親……」

原來是這事，王嫂子又是難過、又是欣慰。「姑奶奶去世前說過，若沈先生教不了哥兒，或是遇到什麼難事，就請人給溫四奶奶送信，請她幫忙。姑奶奶還說，溫四奶奶肯定會幫哥兒的。」

古謙哭出了聲。「我不想離開上林縣，不想離娘親太遠，怕她孤單……」離娘親遠了，他也會很孤單。但這話說出來，王嬸肯定會傷心，他不好說。

王嫂子的眼淚也湧了上來，用帕子給他擦著眼淚，說道：「可是，哥兒要有出息，要實現姑奶奶的遺願，就要學問好，當大儒，這必須要找好先生。」頓了頓，又道：「姑奶奶不會孤單，她去了那邊，會去找她的生母梅姨娘，還有心疼她的梅老太爺、梅老太太。再說，等哥兒休沐了，也可以回來給姑奶奶燒紙，陪她說話……」她勸了一陣古謙後，就去前院自己家屋裡，輕聲對王飛說道：「你明天去省城給秦大人送封信，若他們有去京城的人，請他們把咱的信一道帶給溫四奶奶。」

王飛點頭道：「欸。」

次日早飯後，經過古謙的同意，王嫂子拿了二十兩銀子給王飛，讓他去買送秦府的年貨。

蘇晴死之前，把家裡的事跟古謙和王嫂子作了交代。家裡的六百畝地和蘇家莊、住的這個院子，都上在古謙名下，外加三百兩銀子；王嫂子名下有二百畝地及一百兩銀子。

家裡的帳本、銀子由古謙保管，每支一筆銀或是收一筆銀，都要記帳，王嫂子那裡有一套同樣的帳本。

為了保險起見，專門請了鮑捕頭夫婦作證人，還送了他們夫婦五十兩銀子。

王飛走後，古謙在書案上練大字，王友也有模有樣地在小几上寫字。
王嫂子又往炭盆裡加了些炭，就去外院叫小閨女起床。
午時初，王飛買了東西回來，剛給小主子稟報買了些什麼，就聽見有人拍門。
王嫂子打開門，來的居然是賈大柱。
賈大柱笑道：「我家侯爺和四奶奶、小主子都來了寧州府，四奶奶遣我來給梅娘子送信，請梅娘子和古少爺去別院相聚。」
王嫂子的眼圈紅了，說道：「……我家姑奶奶三個月前就病逝了。」
吃驚不已的賈大柱隨著王嫂子進了上房，跟古謙見了面後，就趕著車回寧州府向四奶奶稟報去了。

許蘭因一家回來參加許老太的七十大壽，順便在這裡過年。三年前許老頭去世時，他們回來過一次。上次是喪事，只她和溫卓安帶著溫明希跟許慶岩一家回來。這次是喜事，不僅她和溫卓安回來，還把溫明希、溫明昭、溫明珠、溫明果四個兒女都帶了回來。
不只他們，許慶岩夫婦、許蘭舟夫婦及兒子閨女、許蘭亭夫婦、許蘭月都回來了。
如今，閔戶已經升任布政使，溫卓安當了總捕令，許慶岩是右衛營正三品參領，許蘭舟在御林軍當帶刀護衛，許蘭亭已經中了舉。
他們一家回來，絕對是衣錦還鄉。

許蘭因一家仍然住之前的趙家院子，許慶岩一大家子仍然住隔壁。許蘭亭和閔嘉小夫妻是新婚，直接住去了老丈人閔戶家。

他們一來寧州府，溫卓安和許慶岩幾個男人就忙著去外面應酬，幾個兒女又大半時間待在外祖母家，屋裡只有許蘭因在準備送親戚朋友的年禮。

未時末，賈大柱回家稟報，梅娘子已於三個月前病逝，又呈上一個荷包，說是蘇晴讓古謙送許蘭因的。

許蘭因嚇了一跳。她知道蘇晴不會長命，卻沒想到這麼年輕就死了。小古謙只有八歲，就成了無父無母無任何親戚的孤兒，雖然有王嫂子一家忠僕，也是命苦了。

想到兩輩子都命運多舛的蘇晴，許蘭因也掬了一捧同情的淚。她死的時候，得有多不放心年幼的兒子啊！給了下人小半家產，送銀子給捕頭請他們當見證人，還送了自己一件應該是她最好的首飾，託付自己照顧她兒子……

這支釵值個五百多兩銀子，許蘭因就留作紀念，以後多花些銀子在古謙身上。

許蘭因長長嘆了一口氣，說道：「準備準備，明天我去上林縣一趟。」

她想去給蘇晴燒個紙，再跟古謙談談，看他願不願意跟自己去京城。京城有好先生、好書院，也方便自己照顧他。

亥時末溫卓安才回家。看到許蘭因還靠在床頭發呆。「這麼晚了，怎麼還沒睡？」

許蘭因說道：「蘇晴死了。」

掛肚。」

溫卓安也是一愣。「她死了？」

許蘭因點點頭，讓溫卓安坐在床邊，說道：「你知道嗎，蘇晴是重生之人，她前輩子早死，死的時候帶著無盡的恨。沒想到這輩子還是沒逃過早死的命運，卻是帶著對幼子的牽腸掛肚。」

溫卓安伸手摸了摸許蘭因的前額，嘀咕道：「也沒發熱啊……」

許蘭因把他的大手抓下來握在手裡，又道：「你信不信，我也是歷經兩世之人，我很確定我不是在作夢。蘇晴前一世，我死了，你死了，她嫁的是你大哥，你大哥因為你的死對她恨之入骨，最後也死了。蘇晴之所以把那支燕上釵拿給我們，是因為她前世知道釵的不同尋常……還有，我爹沒回來，閔戶和我舅舅都死了，三皇子當了太子……所有的一切，跟現在完全相反……這輩子，因為我的到來救下你，你又把我爹帶回來，不僅改變了我們兩家的命運，也改變了大名朝的命運……」

這些匪夷所思的話令溫卓安震驚不已，但見許蘭因表情鄭重，再想到許蘭因說過幾次類似的話，還有那支不同尋常的燕上釵，沈思片刻後，他把許蘭因摟進懷裡。

許蘭因納悶道：「你信我的話嗎？就一點都不害怕？」

溫卓安把下巴放在她的頭頂，笑道：「妳一切都是為我好，我為什麼要害怕？我信妳說的每一個字。謝謝妳來到這裡，救下我，改變了我們所有人的命運。不管妳是仙女、是妖精，還是穿越之人，都是給了我一切的姊姊、妻子、因因……」

許蘭因送上一個香吻。她就知道，不管自己是什麼，溫卓安都會毫不猶豫地接受。

次日，溫卓安陪許蘭因一起去上林縣。

雪昨天夜裡已經停了，太陽出來了，卻沒有一點溫度。

他們來到梅家，穿著素服的古謙跪下哭出了聲。雖然他只在幾年前見過許姨，對她的印象已經模糊了，但娘親在世時經常唸叨著，死前又拉著他的手囑咐有難事就找許姨，還要聽許姨的話，因此這位許姨在他心裡的地位僅次於娘親。

看到抖動著雙肩的小人兒，許蘭因的鼻子也酸澀不已。她把古謙扶起來，擦著他的眼淚柔聲說：「好孩子，以後，你就是我另一個兒子。」

聽了這話，古謙抱著許蘭因的腰，哭得更加傷心。

等古謙哭夠了，許蘭因才坐去椅子上，拉著他的手說道：「你願意跟我去京城嗎？我會送你去香山書院學習，還會想辦法請周書先生收你作弟子。」

周書目前依然在國子監，經常去茶舍下棋，跟許蘭因的關係一直很好。古謙有極高的讀書天分，請周書利用業餘時間多多指導，他會願意的。

古謙也知道周書是著名的大儒，之前在寧州府書院供職。聽說能拜周書為師，他非常激動，但又捨不下這裡。

許蘭因又道：「京城離這裡只有三、五天的路程，可以時常回來祭拜你娘。」

王嫂子也說道：「哥兒，若姑奶奶知道你拜周書為師，定會很高興的。」

古謙想想也是，便又跪下給許蘭因和溫卓安磕了一個頭，說道：「謝謝許姨，謝謝溫侯爺，我定不會辜負我娘和許姨的期望。」

之後，古謙陪許蘭因去郊外祭奠蘇晴，溫卓安去見上林縣的縣令和鮑捕頭，請他們看顧一下古家在這裡的產業。

上林縣是平原，郊外一馬平川。在一片荒蕪的地方，有許多墳頭，古望辰和蘇晴的墳都在這裡，只是兩個墳的距離隔得很遠。

看來，蘇晴希望下輩子再也不跟古望辰有交集。

這裡的雪比別的地方都厚，白茫茫一片。偌大的地方，只有他們幾個人。他們一來，嚇得樹上的一群烏鴉飛了起來，枝上的雪花紛紛落下。

來到墳前，古謙把墓碑上的雪掃下來，上面寫的是「蘇氏」而不是梅氏。

許蘭因在墳前燒了紙，鞠躬禱告——

好好去投胎吧，多喝點孟婆湯，忘掉這兩世的悲苦。放心，古謙是個仁義的好孩子，我會把他當兒子看，盡最大的努力培養他成大儒……

——全書完

2021年4月出版

落難千金翻身記

文創風 945～946

若有人問，安隆街上誰賣的豆花最好吃？
幾乎人人都會說：「那個邊唱曲邊賣豆花的小姑娘呀！」
不是陶如意在說，她賣的豆花好吃，
全都多虧當初她死裡逃生，收留她的丫鬟一家的手藝，
但人家只是普通農戶，她不能白吃白住，
既不會砍柴種田，當然得拿出她擅長的本事幫一把啦！

市井中的浪漫，舌尖上的幸福／溪拂

陶如意貴為官家千金，又名為「如意」，
照理說該大富大貴，可她的人生一點都不如她意！
父親一代良將，卻被奸人誣衊下獄，害她家破人亡，
未婚夫在此時伸出援手，她以為終於雨過天晴，
誰知竟是上演渣男與閨密聯手置她於死地的老戲碼。
她在瀕死之際僥倖被人救活，那人還留了一筆銀子給她，
雖然她沒看清那人的模樣，但這份感激她不會忘！
逃過一劫後，她一邊賣豆花，一邊伺機要救出尚在獄中的父母，
沒想到豆花意外暢銷，還因緣際會得到一本食譜，財富隨之而來，
這期間她偶然發現到，有一位男顧客與救命恩人的背影十分相像，
可據說這男子是遠近馳名的惡漢李承元，
這樣的人會大發善心來救她，她莫不是認錯了人？

2021年4月出版

迎妻納福

文創風 942～944

齊家之道在於和，小庶女也能有大福氣！
嘴甜心善，好運自然上門來～～

人好家圓，喜慶滿堂／月舞

出身相府卻軟弱好欺，成親後遭外室毒死，腦子進水才會活得這麼慘吧？
她穆婉寧雖是小小庶女，也明白錯一次是苦命，再錯一次就是犯蠢的道理，
如今重生可不能任誰搓揉，她決定改改脾氣，當個討人喜歡的小姑娘，
除了跟兄弟姊妹和樂相處，亦要承歡長輩膝下，靠山總是不嫌多嘛～～
原以為歲月就此靜好，孰料考驗又至，她上街買串臭豆腐竟捲入刺殺案件，
被路見不平的大將軍蕭長恭救下後，得他青眼，低調日子從此一去不回頭啊……
蕭長恭的示好讓她心動又失笑，送把刀給她防身，居然想請戒殺的和尚開光！
夜探閨房更是理所當然，難道戴著獠牙面具、霸氣無雙的他真是個二愣子不成？
不過要權有權、要錢有錢的蕭長恭乃貴女們的佳婿人選，現在沒了機會豈能甘休，
但她已非昔日的軟柿子，還有宰相府和將軍府撐腰，誰敢算計她，定加倍奉還！

2021年3月出版

福運莽妻

文創風 940～941

她覺得自己還是挺有福氣的，
這不？本來今天只有一小把韭菜能煮，
突然有條傻蛇送上門來加菜了～～

真情至純，不拘繁文縟節／山有木兮

「與其逆來順受，被欺負到死，倒不如同歸於盡！」
舒燕對著苛刻的二叔一家放狠話，儘管她不願走到這步。
原主父母雙亡，只剩個需要保護的弟弟，卻被親人搓磨致死，
這才輪到她面對要被賣進窯子、替堂哥抵債的境地。
幸而村裡的封景安，在最後關頭伸出援手，
那可是他要前去考童生的盤纏呀?!
分明封家前幾年也遭逢巨變，他家就只剩他一人了……
不管怎麼樣，現在他們已經是一家人，
無論是為報恩情、為盡妻子的義務，她都得好好擔起責任。
可、可同床共枕這件事，她還沒做好心理準備呀！
結果人家沒碰她，反倒是她睡覺不老實，一直靠著他，
尷尬下，她提出自己睡地上的提議，結果他居然說：「可。」
這傢伙，到底懂不懂什麼叫憐香惜玉呀？
算了，這書生如玉，她皮糙肉厚的，就睡地上吧！

國家圖書館出版品預行編目資料

大四喜 / 灩灩清泉著. --
初版. -- 臺北市 : 狗屋出版社有限公司, 2021.04-05
冊 ; 公分. --（文創風 ; 949-952）
ISBN 978-986-509-209-2（第4冊 : 平裝）. --

857.7　　110003814

著作者　灩灩清泉
編輯　黃淑珍
校對　吳帛奕
發行所　狗屋出版社有限公司
地址　台北市104中山區龍江路71巷15號1樓
電話　02-2776-5889～0
發行字號　局版台業字845號
法律顧問　蕭雄淋律師
總經銷　知遠文化事業有限公司
電話　02-2664-8800
初版　2021年5月
國際書碼　ISBN-13　978-986-509-209-2

本著作物由起點中文網（www.qidian.com）授權出版

定價260元
狗屋劃撥帳號：19001626
網址：love.doghouse.com.tw　E-mail：love@doghouse.com.tw